ちくま文庫

山梔

野溝七生子

筑摩書房

目次

山梔

一

夕暮がだんだん迫って来た。

白い厚味のある花片（はなびら）と芳烈な香を持った繊細な小枝を見上げて子供は立っていた。透明な空の下に静かさが一ぱい充ちていて、街道を行く遠くの人声までもききとれるのであった。

山梔（くちなし）はぷんぷん薫っていた。子供は折りとろうとして、折りとろうとしていくたびも手を伸ばしたがやっと下枝の病葉（わくらば）にとどく位に小さかった。

子供はお母さんのことで頭が一ぱいだったので、花を愛するお母さんを喜ばすことよりほかには何も考えてはいなかった。一生懸命のその姿は、空の彼方（かなた）にまで遠く腕を伸ばして何物かを摑（つか）もうとしているようにも純潔であった。

そこは、いつも子供が学校の帰途には寄り道して一時間の上もそこの娘達と遊んで行くことになっている大きな寺院の庭であった。

その年頃には何も彼（か）もが生れて初めての経験であるように、白い山梔の花は、生れて初めて見た清い芳烈な花だと子供には思われた。

いつもお母さんの坐っている後の茶棚の上の小さな花瓶に、その枝を挿すことを考えて、小さな足の先に精一ぱいの力をこめて突立って手を伸ばしていた。子供はやがて見上げ見上げ、その木の周囲を一まわりしたが再び、元の足場に来た時も、一度手を伸ばした。

根気よく、いく度となく伸び上り伸び上り、そしては小さな踵をすとんと落して、又伸び上っている子供の体を、後から突然に抱え上げた、白い指の長い女の両手がある。女は何も云わないで子供を差し上げたので、驚いて口も利かれず体を捻じってあどけない顔を俯伏せに、少し蒼ざめた片頰笑みの女の顔を見下した、その時、すらすらと花の着いたしなやかな枝が子供の額に触れて、芳香があたりに散った。

子供の頭の後には高い拡がった空があって、落日のおごそかな光を、二人の上に投げていた。

女は子供を下に降すと、清らかな袖口から真直に腕を伸ばして白い花の枝を折って呉れた。

それを手に持たせながら、身体を曲げて女は子供に訊ねた。

「お家はどこ？　私、誰だか知ってること？」

「ええ、知ってるわ。」

子供は半ば恐れに気を奪われながら答えた。

子供達が、遊んでいる時、どうかしたはずみに、広い庭の端れに突き出た茶室風の一室の窓下に近づこうものなら、きっと寺の娘の一人が、袖を引っぱって、遠ざからしていた、その部屋にいていつもいつも本許《ばか》り読んでいる、子供等《ら》の「魔法使」であることを子供は知ったからであった。

女の妹達は、よく子供等にその話をしてきかした。姉さんは魔法で以《もつ》て、どんな強情な人にでも、自分の云うことをきっときかしてしまう人である事や、いつかも大きい従兄《いとこ》が大そう強情を張っていたけれど、いつの間にか姉さんの云っていたとおりに、ふいと立って、その時縁先に置いてあった、住職の秘蔵の秘蔵の薔薇《ばら》の鉢植の花を挘《むし》って、大そう住職に叱られて、そしてそれが魔法のせいだとわかると、住職が手を拍《う》って笑ったりしたことや、そのほかいろいろな話を、子供は思い浮べて、空想好きな小さな心は、好奇心と恐れとの中で、まじまじと、女を見上げるのであった。女はびっくりするほど美しく見えた。子供は心のうちで、自分の姉だってこんなには美しくないと思った。女の眸《め》は、姉のそれに比べると大そう冷たかった。その眸でじっと見詰められると、子供は胸が苦しくなるほどに女が好きになった。

女はもう一度、上体を曲げて、

「おうちは何所《どこ》なの？」

と訊《き》いた。声は含み声で甘かった。

「あっち、あっちなの。」

子供の答えるのをきくと女は声を上げてあは……と笑った。

子供は赤くなった。大変辱められたように感じたから。

女は子供の房々した髪を撫でてそれから、両手の間にその頰を挟んで、軽く圧しつけた。

「小さいお嬢さんは、怒ったのね。」

「だって、笑うんですもの、あたい大きらいよ。」

「怒るもんじゃないわ。だってあなたが、大変可笑しいんですもの、私はあなたみたいな可笑しい人に初めて会ってよ。誰もが私を笑わしたことはなかったの。私を怒らしたり、泣かしたりはしてもね。あなたは好い子だから、私とお友達になるでしょう。ね、なってね。」

と声が甘く、かすれた。

子供は、びっくりして相手を見た。そして笑いだした。

「可笑しい。ああ可笑しい。」

「何故？」

「だってそんな大きい癖に、あたいとお友達だって？」

と語尾に力を入れて、快活な笑いを転ばした。

女は限りなく子供を愛した。

「おお好い子、あなただって私のことを笑ったじゃありませんか。私はあなたが怒ったから好きなの。笑ったから好きなの。あなたは好い子だわ。」

女は、言葉を切ってあたりを見まわした。烏が二三羽、矢のように空間をきって過ぎた。

「おうちはどこなの？　こんなに日が暮れてしまって。どうしてあなただけ、皆と一緒に帰らなかったの？」

「あたい帰るわ。あたい、父さんに叱られちゃう。」

子供の前にはもう何もなかった。急いで、鞄を肩に引っかけてほどけた靴の紐を締直そうとして俯向いた。だが女はもっと早く身をかがめて、綺麗な指でその紐を結わえて呉れた。

「私に、これがふさわしいように。」

と、女はその時云った。そして、

「何故、そんなに急に、慌てるの。」

「だって、晩くなっちゃって父さんに叱られちゃうんですもの。」

「では、おかえんなさい。また明日ね。」

「ええ、ええ。」

と子供は上の空で答えて馳け出した。子供の眼の前には怒った父親の顔がいつまでも

いつまでも、浮かんで来た。でも庫裡の角を曲るとき、急に後を振り返った。女は笑って頭をちょっと右に傾けた。

「さよなら。」

と張り切るような声を残して子供が行ってしまうと女は、寂しい顔をした。葉裏をまで真暗に染めた夕暮の中で、山梔の花は純潔に輝いていた。

子供は、大変恐れていた。裏門をはいると、父親が如露を提げて庭口の木戸から出て来た。

あの小さな腕を額に上げて何かを防ごうとした次の瞬間に、子供の体は鞠のように地上をころがった。覚束ない眼を上げて、そこらに母の姿をいそがしく求めたが、実に、涙の底に父親の振り上げた拳を見出した計りであった。

第二の打擲を逃れようとして子供は、自分から、傍の土蔵の石段を這い登った。扉は重く閉ざされた。

「馬鹿な奴め、こんなに晩くまで何所で何をしていたのだ。」

子供は、暗い中で堅くなって父親の声をきいていた。

「親に心配をかける不孝者め、出て来たら、承知しないぞ。」

子供はとび上って叫んだ。

「出ますから、ごめんなさい。出ますから、ごめんなさい。」

あの重い扉を細い腕で、どうして一寸の上も引きあけることが出来たかと不思議である。だがその瞬間に再び重い音を立てて閉めきられてしまった。父親は、無雑作に扉に掛金をかって行ってしまった。闇が子供の心を恐怖の中に駆り立てた。

硬ばった指が扉の板を手探り乍ら這うように幾度となく引掻きながら、

「母さん。緑ちゃん。助けて頂戴。」

と咽喉の引き裂けそうな声を上げたが答える者はなかった。

子供は、時々歔欷り上げては何かを考えようとした。永い間かかって小さい、可哀そうな頭で一生懸命に考え得たことは死ぬことであった。面当に死ぬことであった。

子供は、もっと小さかった時、如何に他の同胞にもまして、自分が父から愛されていたかを思い出していた。だが父親の気まぐれな愛は今では幼い妹と——おお、その妹さえも時には恐ろしい折檻をどうしても逃れることはかなわなかったのである。——そしてやがては士官になろうとしている兄とにのみ注がれていた。あの優しく美しい姉でさえも。

ある日学校から帰って、その日初めて、重く結ばれた姉の島田まげの美しさに、逃げるのを追っかけまわして、見上げた時、姉の眼は、今しがたまで泣いていたように湿っていた。父が姉を打ったのだということはすぐにわかった。子供には、理由をきこうとも思わなかった。その日一日、父親の眼から逃げまわっていた。子供には、父親が恐ろしい人のほかの何者でもなかったのだった。

子供は、思い出しては歔欷きをした。土蔵の中は真暗で、厚い格子戸の外には、軒端をこめて夜の黒さが落ちかかって来た。星の輝きが遠くに冷たかった。

そうして幾時間かをすごすうちに子供は、もう泣かなくなった。子供の悲しみは、そんなに永く続くものではない。子供は、星のように輝いた白い花を思い、その花の下に立った美しい女の眸を思い出した。

二

土蔵から出されて、泥にまみれた洋服を脱がされて、元禄袖の着物を着せられて、扱帯を、ふっさりと後に結び下げられて、そっと母さんに突つかれた。

「おわびをなさい。」

子供は、指を咬えて体を左右に振った。

「父様におわびをなさい。」

母の低い声に力がこもっていたので子供はだまって父親の部屋の襖を開けて、そこに平伏して清らかな額を畳にすりつけた。涙が止め度なく湧いて、口がきけなかった。子供の心には、どうしても消すことの出来ない口惜しさが一ぱいに充ちていた。

父親は、新聞を読んでいた眼を子供の方にじろりと投げたが何も云わなかった。子供もだまっていた。その時、父親の中に、憐憫の情が、全くなかったとは云えないと思う。少くも、その拳は、再び子供が土蔵から出て来たことによって、振り上げられはしなかったのである。

その夜寝についてから、隣室で父と母との声をきいた時、それらの言葉は、永く子供を苦しましめた。子供等は、めいめいその寝床にいた為に、ずいぶん静かな夜であったから、二人の言葉は手にとるようにききとれた。

父が、子供を折檻するのは、自分が打たれるよりももっと我慢がならないと母は云った。

母の躾が悪いから、父が打たなければならないような子供が出来上るのだと父が云った。

以後は、折檻の必要がある場合には、自分でする、決して父の手を煩わしたくないと母が云った。そして、その声がどんなに傷ましかったか。

「折檻というものが、ですが、そんなに必要なものでしょうか。」

「放任が、どんな恐ろしい結果を生むだろうかを考えたら、その言葉は出まい。」

盛り上った憎悪を振りこぼすような——正しく父はそれである——その折檻の結果はもっと恐ろしいと母は答えた。

子供に、父を恐れ父を憎ませることを教えるのが、甘い母親の仕事かと父は云うのであった。

　だが、それは、どんなに父自身が子供等に教えていることか。それが母が、父の為に恐れた結果であろうとしているのではなかったか。

　これが子供の最初の不幸であった。子供は、父と母との争いが自分許りでなくて兄の為にも姉の為にも如何なにたびたび繰り返されたであろうことを知って激しく悲しんだ。その永い時間がすぎてその後、どうかすると子供の体に母の手が加えられるようなことになった時、子供は父を憎んだように母をも憎みはしないかということを恐れて、声を上げて逃げまわったのであった。子供達の過失が父と母とに同時に知られた場合、母はどんなに敏捷に父の手から子供達を奪ったか。そして父の眼前で母は自分の子供等を折檻したのであった。可哀そうな母は、子供にその心持を知られることなしに、若しくは子供から、憎悪と恐怖との外の何物からも受けられない鞭を父の耳元で鳴らしたのであった。理由は兎に角、打たれて育つ子供の生涯がそこにあったのである。それで子供等は奉公人の手で掩護されることのほかは、そんな時何も望みはしなかった。小さい咽喉が裂けるほど、女中の名を呼び立てて、そしてもう逃れる所はないと観念した小さい体を部屋の片隅に押しつけて両手で顔をかくして眼を一生懸命つぶって振り卸される鞭を受けた。

こうして育つ子供がどうなるかと考えることさえ恐ろしいことである。後に、子供等が成人するにつけて、その結果はさまざまに現われて行かなければならなかった。

勿論それはその子供の素質によるとは云っても、子供の純潔を奪い、傷つけ痛めて、嘘をいつの間にか云わせるようにしたのは、――しかもその嘘が吐かれた場合、子供等は死んだ方が増しなのであった。――父と母との理由は兎に角不当の鞭の仕業ではなかったのか。そして子供等のその嘘をどうしてとがめることが出来よう。

その嘘が、本当であったならば、それはもっとよかったにちがいない、その嘘は、どんなにか心からの願いなのであったからである。

両親の心はとうてい子供にわかるものではないように、子供の心も、たとえ一度は子供であったとは云え、親にはまたとうていわかることは出来ないのである。

そこに、親と子とだけではない人間一人一人の、差別相があった。

三

快活で腕白娘の阿字子は、ながい夏の日を、終日、戸外へも出ずそうかと云って、つい今しがたまでそこいらにいた筈の姿も見せずに、何所の隅っこでか、しずまり返っているのであった。

どうしてそれがそんな風になって行ったのか、今考えても不思議な位である。

何所の父親にも、めったに見られない恐ろしい人を父に持ってはいたけれども、心までねじけてひがんではいなかった。子供は矢張り子供である。次から次へと何かの悪戯を、見つけては叱られ叱られしていたのであったが。

何かの用事で、娘を探していた母親が、外に出た様子もないのに――何故なら新らしい麦藁帽はそのまま帽子掛に懸っていて――いく度呼んでも返事もしなければ姿も見せなくなった。しまいには押入を開けてまで見て、婢に戸外まで見せさしたりしたのであった。

それで、夕方の食卓には、いつの間にかきょうだいたちと並んで箸をとっている娘を、母は呆れて見ていた。

「何処に行っていました。帽子もかぶらないで、日射病になっても知りませんよ。」

阿字子は、いつもの癖の、人差指を咬えてにこにこ笑った。

「また、何か悪いことをして来ましたね。」

「ううん。」

「して来たんでしょ。猫の穽なんぞ仕掛けて来たんじゃないの。いつかのお蔵の入口の首吊りも阿字子の仕業だって評判ですよ、婢やが見つけなかろうものなら、猫は死んでしまう所でしたよ、いけない子ね。」

「あたい、そんなこと知らないの。」

そう云っておいてこの上、口を利かないように大急ぎでご飯を一ぱいに頬張った。

緑は、妹のそういう恰好を見るとくすくす笑い出した。彼女は阿字子を、どの同胞よりかも愛しているので、その小さな感情の動きを自分の瞳ほどにもよく知っていた。こういうことのたびに、彼女は優しい、狡猾な笑を浮べて母と妹とにちらちらと眼使いをするのであった。姉の、この沈み勝ちな優しい性質の為に、腕白な阿字子はよく損をするのであった。姉が、どんな悪戯をしても、姉の口から白状せられない限り、猫のひげを剪って鈍感にしたり、牡鶏のきれいなながい尾を引き抜いたり、咲いたばかりの花が、いつの間にか茎ばかりになっていたり、それらは皆、阿字子の仕業になってしまうのである。阿字子のめまぐるしい性格はまた、それが自分のしたことか人の仕事かが、見境がつかなくて、苦もなく叱られてばかりいた。それで、母はよく阿字子のことを、お人好だと云って怒ったり笑ったりした。

或日のこと、また阿字子が居なくなった。探しあぐねていた婢が、蔵の前まで来ると、夏のことではあり、田舎の家なので、大きい蛇が、ゾロリと、扉の隙から蔵の中に這い込んだ。昔からのその蔵は、今では物置になって、壁土は落ちるに任してあるので、どうしても、お化が住んでいるとより思われなかった。大昔、この家の主人が善根を積んだ功徳で、ここにかくして貯えられた莫大な宝を、数頭の白蛇が、とぐろを巻いて守っていたということである。

そのせいか、このあたりに、夏分、蛇の多いことは、驚くばかりである。婢はだから、隙間から辷(すべ)りこんだ蛇を見て、ああ蔵の主だなと思ったそうである。それで、何となく蛇のあとから、蔵の中にはいって行った。中はうす暗いから、もとより蛇の姿をそのまま見失ってしまったのであったが、その時どこからともなく、サラサラと例えば、本の頁をでも繰るような音がきこえて来た。久(ひさ)は、気丈な、もしくは好奇な女であったから別に気味悪くも感じないで、そこいらを見まわした。

天井の片隅に、一間四角位の屋根裏に通う段梯子(ばしご)の口が開いていて、そこに壊れかかった危っかしい梯子が、軽業のように投げかけてあった。婢は、こわごわそれを登って行った。そして、そこで何を見たか、そして今まで、何をしようとしていたのかを思い出した。

小さな明り取りの金網の目をとおして、夕方の光は、屋根裏を明るく一面に彩っていた。

そこいらには、あの危っかしい梯子を、どうやって持ちこんだものだか、刀箪笥(だんす)や、軸箪笥や長持や本箱が、ごたごたと置き並べてあって、もう十年の上も誰一人として手もつけたこともないように埃(ほこり)が一ぱい溜っていた。

その中に、彼女の小さい女主人は、真中の焦げた炬燵櫓(こたつやぐら)に腰を卸(おろ)して、三寸も五寸も厚味のある明り取りの窓に本を置いて、可愛い房々したお河童を両手で抱え込むように肘杖ついて、何故だか、眉を顰めて、喰いつくように読み耽っていた。阿字子は、婢の上って来たことには少しも気づかなかった。

夕照の燃えるような暑さも、本の譚に気を奪われている子供には感じられなかった。いつしらず土蔵の二階で、秘密に物を読み耽るようになってからは、阿字子の姿は母や姉の前から魔法のように消えて行った。

阿字子は、山梔の下の女を決して忘れることはなかったのである。

ある日女は、阿字子に向って、

「あなたのおうちには、昔からの好い御本が、どっさりあるでしょう。お祖父さんは、聞えた学者でいらしたのだから。」

と云った。阿字子はしかし、そんな本なんか、一向に見あたらない旨を答えると、女はすかすような眼つきで、笑い乍ら、

「私が、あなたなら、きっと探し出して見せるわ。好い児だからそんなに腕白ばかりしていないでご本を探してごらんなさいよ。あなたは、きっと好い児になれるんだから。あなたは、本を読むのはきらい？」

好きで好きで叱られる位好きだと答えた。女は、長い指で、相手の真赤な頰を突いて、

「私みたいに慾張だと、口でだけで云っていないで、もう疾に見つけて、読んでいたん

だけど。阿字ちゃん、私のところではね、古いものや仕様のないものなんぞと皆、お蔵の上に、ほり上げてしまうんですよ。ほらね、わかったでしょ。ええ。」

そんなことのあったのが夢のように思われることもあったけれど阿字子は、いつか、この朽ちかかった屋根裏の本箱の中から、草双紙や絵巻物などを引き出す秘密のたのしみを持つようになってしまった。だが、今日、その秘密はとうとう婢に発見せられてしまった。

阿字子は、秘密にするという楽しさと同時に、父に知られることをひどく恐れていたので、その注意深さというものはなかった。自分から、そうやって忍び入っても日を暮すことの出来る土蔵の中に父に追われて入るときの恐ろしさは忘れられなかったからである。

だから、婢から声をかけられた時の阿字子の愕きというものは大変であった。阿字子の咽喉からは張り裂けそうな叫びが洩れた。きゃっと云う悲鳴と同時に立ち上って、それが誰であるかを見定める間もなく、突然、婢を突きのけて梯子を一つとびに走り去ってしまった。婢は婢で、そんなつもりではなかったのが、あんまり子供の驚きがひどいので、そして婢自身も大変に驚いて思わず、すとんと腰を落してしまったほどである。

母の傍にとんで来た阿字子は顔色が変っていた。

「ああこわかった。」

「どうしました。久が探しに行ったでしょ、また、どこだかに行っていましたね。」

「久は、久は今、幽霊に、足をたべられている所なの。」

とそう云って溜息を吐いた。阿字子はその時、久の口から出ないさきに、自分から云ってしまおうと賢くも思案した。子供は出来るだけ叮嚀に、静かにたずねた。

「母さんは、阿字子が、いつでもどこかに居なくなっちゃって、どこに行くんだろうかと思って知りたいんですか。」

　そう云っておいてから、お寺の姉さんが、お蔵の二階に、何かきっと好いものあるにちがいないと云ったから、見に行って居たこと、もう先から、たびたび母さんの傍から居なくなるたびに屋根裏に行ったにちがいないこと、今日は何とかいう支那の幽霊の話を読んでいたこと、そしてもう可い加減怖くなっているのに、久が音もなく来て、いきなり自分を驚かしたこと、自分は、今まで読んでいた本の中から脱け出した幽霊だと思って、気絶しかけたこと、だがあれがほんとに久だったとしたらと、子供は、母を見上げ見上げ、

「ねえ、幽霊は、誰でも、摑えちゃ足をたべてしまうんでしょ、そして、自分の仲間を拵えるのね。」

　だが、母さんはその時笑わなかった。何となく浮かない顔をして、娘の話をきいてい

たが、暫（しばら）くだまっていて、やがて、

「阿字子、あなたは、もうお寺に行ってはいけませんよ。それから屋根裏に行くのも、およしなさい。いつも、母さんの傍にいるんですよ。」

娘は、心から溜息をついてうなずいていた。

四

阿字子は、毎日寂しそうにしていた。

「どうしたの、この頃阿字子はちっとも元気がないのね。」

と緑は、縁側に腰かけて、足をぶらぶらさして詰（つま）らない顔をしている妹に問いかけた。

「だって、阿字子、つまらないんだもの。」

「何故（なぜ）さ。」

「だって詰らないんだもの。」

「だから何故ってきいてるんじゃありませんか。」

「だって、だって、阿字子には云えないんだもの。」

「阿字子は、お蔵の屋根裏で草双紙やなんか見たっていうじゃないの？」

「ええ、そうよ。それが、あたい見られなくなっちゃって、そして母さんが、阿字子の

ことを叱るんだもの。」

「また叱られたの、よく叱られるのね。でもそれは仕方がないわ、あの草双紙は、阿字子には、早すぎるんですもの。」

「早かないわ、早かないわ。阿字子に、あれは読めてよ。緑ちゃん読んだことがあって？」

「でも母さんは、まだ阿字子があれを読まない方が好いと思いになったからでしょ。私もそう思うんですもの。」

「何故読んじゃいけないの？」

「そんなこと、私には云えないわ、阿字子が知ってるでしょ。」

「あたいが？」

阿字子は、もう我慢がならない。

「そんなこと、決して決して、あたい知らないことよ。」

「阿字子。」

緑は、いたわるように優しく呼びかけた。白い指で、房々した額髪を、撫で上げつつ、

「こんなに可愛い好い子なのに静かにおなり、あなたは、今っから、そんなに慾ばって色んなことを知らなくても好いじゃないの。もう知りたくなくて、沢山だと思うほど、大人になれば知るんですもの。」

妹は答える代りに、そのまま素足で、沓脱石に突立って、すぐ眼の前の植木鉢にとまった、蜻蛉を狙って身構えた。

もう、秋が近いから、蜻蛉の翅は、硝子のようにキラキラと光を増して来ていた。可哀そうな虫はもう決して逃れることはならなかった。あの手で如何に沢山のばったを秋の野からつまんで来て、鶏に食べさしたことだったか。小さい頭が傾きかかった次の瞬間には、片翅をつままれた蜻蛉は、阿字子の拳で、カサカサと身悶えしていた。

「放しておやりよ。」

だが阿字子は姉の言葉に耳を貸さなかった。

「翅を、おリボンのように切ってやりましょうか。」

「そんなこと、およしなさい。それよりか、糸で縛って、天井まで飛ばしてやる方がましよ。」

阿字子は翅を一つ挘った。緑はだまって見ていた。

と、また一つ挘った。

立派な翅を残らず挘がれた哀れな虫は、見すぼらしい姿で、拡げられた掌を這いまわっているのだった。

見ているうちに、緑の心は、苦しくなって来た。

「阿字子は、屋根裏に行きたいと思ってるの？」

姉は妹をじっと見つめてたずねた。妹は首を振った。

「いいえ。」

だが、その眼は明らかに嘘を語った。

「いやな阿字子、何だってそんなことを云うの。ほんとは行きたいんでしょ、そうだったら、阿字子のために、考えて上げても好いと思うわ。」

「だって、阿字子、行きたくないの。」

「およしなさい。そんなことを云うのを。私が心配するのはそのことだわ。阿字子に、正直さがなくなって行く位なら、死んだ方がましなのよ。お蔵の二階は、阿字子を、嘘吐きにしたんですか。大変、大変悲しいことだわね。」

五

秋になって、木の葉が落ちる頃になると、お寺の庭の栗の木や椎の木は、沢山の実をこぼし始めた。

学校の帰途にお寺の娘に連れられて、ずいぶん久しぶりに行って見ると、茶褐色の重々しい色があたりを籠めていて、空は、高い栗の木林の上にきらきら光っていた。阿字子の心は幸福に充ちていた。

「ねえ、ずいぶん綺麗ね。」

「いやな阿字ちゃん。何が綺麗なの。」

「だって、こんなに景色がずいぶん好いんですもの。あたい、もっとたびたび来れば好かったと思うわ。」

「阿字ちゃんはちっとも来なかったのね、どうしてなの？」

「どうしてだか、知らないわ。」

子供等は、そんなことを云い合い乍ら、木々の間を縫って行った。

お寺の娘は、どん栗と椎の実とを、拾い上げて、掌に並べて二つを、こんな風にちがうのだと云ってきかした。けれど阿字子はほんとうによくわからなかったので、やはり、どん栗を沢山拾い込んで前掛のポケットを膨ました。

枯葉の堆積の中に、何か青い草の葉でも見つけると阿字子の心は楽しさにわくわくした。その周囲に枯葉を堤にして丸く円を描いて王様のお庭だと云って、騒いでいた。

子供等の快活な叫声が、透明な空気の中を千里の彼方にまで響くかと思うほどに生々と伝って行った。子供等はだんだん夢中になって、落葉の上に坐りこんだり、どん栗と椎の実とを撰り分けたり、低い木によじ登ったり、どうしても、凝然とさして置かないような、自然の美しさに酔っ払ってしまっていた。そしていつの間にか別れ別れに、自分の勝手なことばかりしていた。疲れると子供等は落葉の上に寝ころんだ。そして唱歌を唄った。そして木蔭から、日向へ日向へ体を持って行って眠った。

眼がさめた時、阿字子は、そこに、一時間の上もこうしていただろうと思われる、山梔（くちなし）の下の女の静かな冷い眼眸（まなざし）に打（ぶ）つかった。子供は寝たままでにっこり笑った。どんなに笑った時にでもその眼は決して温くはならない眸（め）を、真直（まっすぐ）に阿字子の上に据えて、両手で抱き起して、女は、低い声で、

「今日は。」

と云った。

子供は、はっきり女の顔を見て夢の続きではなく現実のことだと知ると、何とも云えない恐怖がその心を摑（つか）んだ。

「何て顔をしているんです。ヴィヴィアン。ヴィヴィアン。」

女は、泣きそうな阿字子の笑顔を見ると、心から可笑（おか）しそうにくすくす笑って云った。

「そんな顔をして。え、ヴィヴィアン。それが、久しぶりの御挨拶（ごあいさつ）なの？」

ヴィヴィアン、ヴィヴィアンと女は阿字子のことをそう呼んだ。

阿字子は、釣り込まれてついにこにこ笑ってしまった。

「どうしました。」

「あたい、びっくりして、大変こわかったの。」

「私がこわいの？」

「ええ、こわかったのよ。」

「どうして？」

「あたい、誰かが魔法使だと思って、そして、何処かのお姫様が、森の奥で、魔法使から、鶯に変えられちゃったお話のことを思い出してしまったの。あたい、もう帰るわ。」

「駄目よ、まだ帰っちゃいけないのよ。」

「だって、もう晩いんですもの。」

「まだ、お日様はあってよ。もっとお話しなさいな。ねえ、ヴィヴィアン。どうしてこんなに永く来なかったの？」

「だって、仕方がないんだもの。」

「何が仕方がないの。あなたはお友達だってことを忘れたの。あなたは、大変私が好きな筈でしょう。私は、そんなに小さいあなたにだって、なおざりに考えられることは嫌なのよ。あなたは、お怜悧だから、私の云ってることは、きっとわかるでしょう。あなたは、ここに何故、来なかったの？　来たくなかったからですか。」

女の声は、甘くて静かであったけれども、どうしてもそれは怒っているように思えて仕方がなかった。阿字子は眼をそらして、

「いいえ。」

と低く答えた。

「では、どうして？」

「どうしてだか知らないの。だってあたい、来ちゃいけなかったんだもの。」

「よしよし。」

と女は独言（ひとりごと）のように云った。

「あなたは、誰かから、きっと止められたんですね。」

二人の上に、栗の林は、涙のように葉を落した。女の心を忖（はか）りかねて、困惑しつつ子供はあたりを見まわした。その辺には誰をも見出すことが出来なかった。女は笑った。しかしそれは女性にのみ見ることの出来る、残酷な微笑であった。人知らぬ山中の湖の漣（さざなみ）のように女は笑った。

「あなたは、誰から、それを止められたのだかは、私にわかったわ。きっとそうよ、きっとそうだと思ったの。ねえ、そうでしょう。お母さんが、もう、お寺に行っちゃいけないって。あの気狂い娘とは遊ぶんじゃないって、そう仰云（おっしゃ）ったんでしょう。」

「いいえ、母さんは、そんなこと、云わなかったわ。」

「そうよ、口に出しては、仰云らなかったでしょう。でもね、きっとそう思ってはいらしたのよ。」

「そんなことないわ。そんなことないわ。」

「だまっていらっしゃい。もしそう思っていらっしゃらなかったとしたら、あなたのお母さんはよっぽど変よ。だって、私とお友達だってことをあなたが云ってもよ。あなたはお母さんにそう云ったでしょう。さあ話しておきかせなさい。」

阿字子は、びっくりしてまごまごして、相手を見上げた。女は矢張り笑っていた。だがそれがどんな風に次の瞬間に変って行くかもしれない笑い方をして、威張って阿字子を見下した。阿字子は女を恐れていたが、どうしても好きであった。自分が、この女の為にどんな目に会わされるかもしれないと思って、そしてどんな目にでも会わされて見たいと思って、女が笑えば笑い、怒れば泣こうと思って、じっとこらえて、いつまでも見詰め合っていた。

「私は世間の母親に云ってやるわ。あなた方の娘が、私みたいなものに、ならないように御用心なさいってね。でも大変大変お気のどくだけれど、阿字ちゃんは、どうも私みたいになりそうなのよ。あなたは、私の幼い時の鏡みたいだわ。

どうも、どうもお気のどくね。」

女の言葉は、阿字子の心に怒りを呼び起した。

「誰かは、阿字子の母さんのことを、そう云っているの？」

「ええ、ええ、そうなのよ。いまに、阿字ちゃんが、きっと私みたいになるだろうと思って、私愉快なのよ。私は出来るだけ自分を美しくすることよりほかは考えたことのない人間ですから、あなたのお嬢さんの為に、そんなに私を警戒なさる必要はございません、と私が云っていたって母さんに云って頂だい。」

「阿字子の母さんのことをそんなにいう人は私、大きらい。」

そう云って子供はポケットから拾い集めた椎の実を、バラバラ摑み出した。

「これも、返すわよ。そしてもう、私、来ないわよ。誰かもきっと阿字子がきらいでしょ。だって阿字子は母さんとこの子ですもの。」

「馬鹿ね。阿字ちゃんは、ずいぶん馬鹿ね。初めっから母さんとこの子だって知ってるわよ。」

「あたい、誰か、意地悪だからきらい。」

「意地悪ですって？　阿字ちゃん。こんな意地悪に誰がしたんだか知ってて、阿字ちゃんの母さんじゃありませんか。」

「誰かは、ずいぶん嘘つきね。」

「何云ってるの、嘘なんか吐かないわ。寄って集って私をこんなに意地悪にしたんじゃありませんか。あなたは、まだ小さいんだから何故、そうなのかわからないでしょう。でもね、私だって阿字ちゃん位の時には、意地悪ではなかったわ。

皆が、私が綺麗だと云っては取り、頭が好いと云っては取り、愛されたからと云っては取り、私が愛したからと云っては取り、もうちっとも残らないほど取り上げてしまって、そしてそのあとに意地悪をくれたんですもの。」

「意地悪なんぞをもらわなければ好い。」

「仕方がないわ、阿字ちゃんと同じものを持っていたのを、残らず代価に払っちゃって、折角（せっかく）、もらった意地悪なんですもの、でも阿字ちゃん、誰もが、私を意地悪だとは知らないほど、私は意地悪なんだから、誰にも云っちゃいけないことよ。あなたに知られたことは我慢するわ、どうせ今にあなたもきっと意地悪になるにきまってるんですもの。母さんのために私に憤ったあなたは好い子よ。ずいぶん好い子だわ。でも、いまにあなたは、私の為に――あなたの為に――きっと母さんに憤るときが来ることよ。そして阿字ちゃんは少しずつ、とられて行くんだわ。ずいぶん悲しいことだけど仕方がないことよ。」

今まで、誰もが見たことのなかっただろうほど、女の眼眸（まなざし）は物悲しく優しく、阿字子には感じられた。

六

永い冬の夜を、そこに枕を並べて眠る子供を、優しく見守り乍（なが）ら、こうしてだんだん大きくなって行くのだと思うと、母は幸福な思いで一ぱいになった。実に母の生涯は子供等に与えることよりほかの何物でもなかった。どんな苦痛をでも、小さいものの為になら堪えて行けそうに思えた。

戸外は荒々しい凩が、存分に吹きまくって、時々落葉を雨かとおもうほどに雨戸に持って来て叩きつけた。

「まだおやすみにならないんですか。お母さん。」

障子の外で声をかけて、緑は袖を抱いて縁側からはいって来た。

「大変な埃ですね。縁側がザラザラして。」

「皆、もう寝ているんだから。」

「可愛い顔をしていますね。」

そう云って緑は、妹達の寝顔を覗きこんだ。

「どんな夢を見ているんだか。」

母は、針の手をとめて娘と向き合って、火鉢にかざした。

「空ちゃんの着物ですか。」

「ええ。羽織にしようと思って。好い柄でしょ。」

「ずいぶん好いんですね。」

「羽織といえば、緑ちゃんのも一つ欲しいのだけれど。」

「可いわ。私、沢山ですよ。」

「沢山でもないけれど、今年は、我慢おしよ。春になったらきっと拵えて上げますから。」

「好いのよ。好いのよ。またそんなことでもってお母さんと父さんと、喧嘩をなさると私、いやだから。」

「ひどいことを。」

母は顔を赤らめた。けれど娘の言葉を否むことは出来なかった。普断着一枚のことにしても、父の眼は不機嫌に外らされて、着物を着せる斗りが、親の能でもあるまいという風なことを呟いた。美しい娘を持つ母親に、僅かに許されたその楽しみも——人並に装わして眺めたいという——母の前には背を向けているのであった。

「ごめんなさい。私は決してお母さんを辱めるつもりで云ったんじゃありませんのよ。ほんとに私着物なんか、どうだって好いんですもの。」

「私が、意久地がないから。満足に着せてあげることも出来ない。」

「そんなことを、緑が考えているでしょうか。御覧なさいまし、私は凍えてはいないじゃありませんか。」

「そうよ、あなたが凍えていないからって、要るだけのものが要らないですますことは出来ないじゃないの。両親がついていて、年頃の娘に、振袖一つ持たさないなんて、あんまり情けない話でしょう。」

「そんなこと何でもないことです。私は別に恥じてはいないんですもの、可笑しいわ、お母さんがそんな風に考えなさることを、阿字子に云ったら、あの子は何と云うでしょう。大人になるとそんなに煩(うるさ)いものかしらと笑うでしょう。」

「私は、着物も着せて上げられない母親だけれど、子供達から、笑われるような母親にはなりたくないと思っているの。」

「ですから私たちの欲しがらないものを、お母さんが欲しがりなすっちゃ可笑しいじゃありませんか。一枚破れたら、一枚拵えるって風に、何故人間は簡単に行かないものですかね。」

「そんなことを云ったって仕方がないわ、大昔から、女性(おんな)は着物を欲しがるように出来ているんだもの。」

「男が名誉を欲しがるようにですか。」

「私はちっとも変りはないと思うわ。女はそれで可愛いんだもの。」

「では私たちは可愛くないんですね。お母さん、私だったら着物よりも名誉の方を欲しがりますわ。」

「ほんとうの名誉をね。」

「お母さんの子であるということが、私の名誉でありますように、私のお母さんでいらっしゃることが、あなたの名誉でありますように、私は、どうしても立派な女になりたいと思いますわ。」

「どうぞなって頂戴。」

「お母さんは、たくさん苦労をなすったのね。私たちのために。」

「子供の為の苦労は、私の糧だもの。世の中のお母さんは、皆、同じですよ。それは苦労であって苦労ではないの。」

「でも、でも、お母さんは苦労をしていらっしゃるんですもの。出来るだけ軽めて上げる為に私はどうすれば好んでしょう。」

「緑ちゃん。私は、もう少しだと思うよ。あなたが、その気持になって呉れることで、私はもうずいぶん報われているんだから。」

「お母さんの苦労を尊敬します、そして好い子になりますわ。」

外は、なお、凩が荒れまさっている。木の葉の狂う中に、小さい枯枝が、ガサガサ地を辷って走る。遠くで劈くような汽笛が響いて風の音ともつかず汽車が轟と行きすぎた。この夜、茶の間の二人のほかに、なお起きているものがあるとすれば、それは子供等の父親である。世にも不幸な男である。

彼の何物よりも早い不幸というのは、継母の手に育てられたその事であった。継母は余り聡明な女ではなかった上に、自分の子に家督を譲りたさから、幼い彼を虐待した。そういう一つの悪い動機がどんなに多くの悪事を企むことか、最も恐ろしいことは、生命を奪うことよりも、人を憎んで行く絶望の気持を、彼の魂の中に根深く種蒔いたことであった。

年と共に、息づまる様な物狂おしい、絶体絶命の生活が彼を取り囲んだ。女という女は、皆、継母のように、醜く歪んでいた。男という男は、また残らず、彼の父親に——見知らぬ他人に、その子の生命の萌芽を、存分に蹂躙らした、その父親に——見えていた。

生きていることなどは、どうでもよかった。戦争が始まると、死のうと思って軍人になった。戦争が彼の荒々しい魂に、こうして生きるものだと教えた。死ぬのは此処だといくども思った。戦死の名誉の代りに、赫々たる武功がうたわれた。彼は自分が軍人としてのみ生き得るのだと初めて生甲斐を覚えた。学者の家は軍人の家になった。軍人としての彼は郷党の中に於いて、ほまれ高き彼の父親の名と、栄誉を争ったのであった。

人間としての彼は、しかしどう考えても不具者であった。彼は所有することを知って、愛することを知らなかった。欲するものは何でもつかみ取った。だがすぐにまた、捨てた。生活は放縦になるだけなって行った。気まぐれで怒りっぽくて、傲慢で自信強い虚栄家であった。この悪魔の友達のような男に、どうしても一点彼の損害われなかった好人物さというものが欠けていたならば、彼の不幸はその辺で止まっていたにちがいなかったが、彼は人から勧められるままに妻を迎えた。只一つ取り残された、常人の足跡を踏んで見たのであった。これ以上に、不幸にはなりっこのない男ではあったけれど、彼の妻の不幸と併せて、結婚ということが、どん底の不幸にまで彼を突き落してしまった。結婚しなかった方が、少しは不幸が軽められていたとさえ思えて来た。だが、その不幸を少しでも幸福にしようとして自分から移動さしてゆくほどの男ではなかった。不幸の底に首まで沈みこんで、これ等は残らず、他人の故だと思いこんでしまうような男であった。それ故、彼の中には、自分に対する苦悶というものが、殆んど見出せないほどであった。どんなになって行っても自分の知ったことではないと思っているらしかった。

彼の不幸な妻と二人の生活は、結婚した誰もが、かつて出会わなかったほどの猛烈な戦争であった。

それでいて誰もがそれほどの二人だと気づくことが出来なかったほど、二人は静かであった。妻は、怒りと悲しみとを、裡へ裡へと堆積して行った。子供が生れてからはなお更であった。妻として生き得なくとも、完全に母として生き得たらば、それ以上望めないことではなかったか。決して彼女は夫を愛することはしなかった。そして子供への愛は倍加せられて行った。夫は、それが不服であった。子供は、実に、自分から妻を奪って行く者であった。この心の歩みが、子供を挟んで父と母との――夫と妻との、男と女との争いの――首途であった。

何という不幸であろう。

子供達はその前途を暗黒に祝福せられ乍ら成長して行く。誰も誰もの上に不幸の予感ばかりが拡がっていて残らずの子供が、父の気まぐれの犠牲になってゆくのである。父は自分が、継母からなされたことの仕返しを、子供等の上になし遂げようとしているように見えた。そう見えるほどにも、彼が、如何（どんな）に運命から弄（もてあそ）ばれ、嘲（あざけ）られていることか。彼はどう考えても不幸な男であった。

彼が幼い日の、愛と思い出の母の胸が、彼の心に拒まれている限り彼は、永久に愛するということを許されてはいない。継母の冷たい記憶は、人を憎むことよりほか何者をも教えはしなかったから。

こうして誰からも愛されるということなく、愛するということもなく、長い旅程を旅行く彼に只一つ残された幸福は、彼自身、彼の不幸を、知らないということでなければならなかった。

七

海を下に見る高台に、ぐるりを白楊樹（ポプラ）の並木でとりまかれた、空家のように荒れた変な恰好（かっこう）の——洋館ともつかず日本建（にほんだて）ともつかない——大きな家が只一つ建っていた。それを子供等は「お祖父さんの家」と呼んで、今では夏の住居（すまい）になっている。

先頃まで、洋画家夫婦が住んでいて、子供等の父はそんなことには無頓着であったから、夫婦は永い間暮しているうちに、家賃で修繕し、家賃で建て直して、絵を描くのに都合の好いように自分勝手に、子供等の祖父の生きていた頃とは、すっかり変えてしまっていた。彼等が、海にも飽いたと云って、風呂敷包に荷拵えして引っこして行ったあとは、光線の工合の大変好い立派な画室が威張って残っていたきりであった。

「絵描きででもなければ、こんな家の借手はあるもんじゃない。」

父はそう云って、もう人に貸すことを止めてしまった。そしてどうにか住めるように其処此処を修繕して、永い夏中を子供とここで暮すことに話をきめてしまった。

その頃はもう、父は軍職を引いて——そして大佐の恩給で、暮して行った。

その夏は、輝衛が、士官学校に於いての最後の夏休暇であった。

年中、悪魔と握手をしているとしか思われなかった父も、時には神様から擽られることがないではなかった。その頃は実に機嫌がよくて——これは彼の気まぐれの好い徴候であった。——子供達が気味悪いほど、笑いかけたり戯談を云ったりした。また、よく朝の間などは、小さい空の手を引いて海の方へ下りて行ったり、時々素裸になって、空を背中に止まらして沖の方まで泳いで行ったりした。

おお、おお、その時、どの子供が彼等の父を憎むことが能きたであろう。あの煩雑極まる軍職から身を引いたことは、彼を明る味に突き出したことのように見えた。

生活は切り縮められ一変せられて行ったことが、子供等の上に父の姿を変えて見せたことであった。その夏を、年経て後、子供等は、どんなになつかしく憧れたことであったか。

あの外見張りの、毎晩の夕食が宴会騒ぎのように客の出入の多い、子供はいつもいつも父の顔も母の顔も見ることなしに婢の世話で晩飯をすます、そう云った子供のでもなければ、父や母たちの生活でもない日毎夜毎から、今では親子がくっついた一つの生活を生活してゆくようになったのである。

いつ父の機嫌が変るかもしれないという、その不安さえ子供等の上から、取除くことが出来たならば、もう大変愉快な、またとなく好い夏中であった。

海は、朝から晩まで子供達に微笑んで見せた。白帆が子供達の夢をのせて遠く水平線の彼方にまで運んで行った。

日が暮れると、和い海風に吹かれて、ヴェランダに椅子を並べて漁火を数えた。それは、竜宮の美姫を守る竜の鱗のように閃めいていた。

そこに行けば、波を裂いて白玉の海城が、輝かしく建っているであろうというような空想が、幼い子供の頭脳を支配した。

彼等は健康で、勇気があって、小さい神々のように快活であった。

輝衛は真夜半の海を、彼の友達と共に遠泳して海月に刺されて帰って来た。又、月の落ちたあとの波打際を、松火を燃して、岩に這い上って来る貝類を拾って歩いた。その時には、緑も、草履をはいて、ピチャピチャとついて歩いた。

恐らく、誰もがこのほかの生活というものを想像することは出来なかったであろう。

「こんな位なら、もっと早くお父様が、お罷めになった方がよかったのね。」

緑は母に囁いて深く微笑み交わしたほどであった。緑はまた、

「私達は、何て幸福だかわかりませんね。もっともっと、質素に暮しましょう。勿体ないようですわ。」

そう云って、夕方などは、お勝手で、婢の手伝いをしたりした。

阿字子や空の服装なども緑の、姉らしい細い注意のもとに、いつも清々と整えられているのであった。

日に焼けて真黒になった小さい子供は、いつもいつも、目の中に日光が射込んでいるように、たのしかった。よく兄の友達に、交り番こに、抱かれたり、おんぶしたり、海に飛び込んで頭から波を浴びたり、砂丘を馳け登ったり、つまずいたり、ころんだりした。或時は阿字子が、貝殻で足を傷つけたと云って空と二人で泣き泣き帰って来たこともあった。

あついあつい日の午後、海から上った許りの阿字子は、可愛い素裸で、砂の上をころげまわっていると、海水帽を深く冠って、白粉を濃くつけた、藍の色のはっきりした

浴衣の女が近づいて来て、

「阿字ちゃん。」

と呼んだ。それは珍らしくお寺の姉さんの声であった。阿字子は、びっくりして腹這いの身を起した。

「いやな阿字ちゃん。髪も顔も砂だらけ、どうしたの、裸なんぞで日向にいちゃ勿体ないわ。体を大事にするものよ。」

と云いながら、下駄を脱いで阿字子の横に坐りこんだ。

「暫くね。」

「ええ、あたい、びっくりした。」

「阿字ちゃんのびっくりは有名なものよ。いつだって、びっくりしない時ってないんですもの。」

「だって、誰かこんな所に来て、おうちで御本を読まないの。」

「ご本はもうお止めなの。私はお嫁さんになるんですもの。」

「いやな誰かね。お嫁さんなんぞになるの？」

「軽蔑するわね。」

そう云って女はふふんと笑った。

もう一年近く会わない間に、女は、あの時よりも、もっともっと綺麗になっていた。

その眼の光はあの時程に、冷たく澄んではいなかった。何となく、焦々して燃え上るように見えた。態度も、言葉もあの時の魔法使のように、自信強く打ち上っては見えないで、どこかに棄鉢なわざとらしい粗々しさがあって、其人とも思えない位であった。それが阿字子に、いつもほど彼女を好きに思わせなかった。

「もう、何も彼もがおしまいになっちゃったのよ。好いこと？　私がどんなことをしたって、知らないから、私の故じゃないわよ、あなたは、来なくなっちゃうし、あなたの世界ともさよならしちゃって。

私は、大変な大人になってしまうんですよ。ああああ、嫌だ嫌だ。うちにいても詰らないからぶらぶら出かけて来たわ。あなたが丘の家に引こしなすったって、妹たちからきいたものだから、もしかして、その可愛い顔が見られるかもしれないと思って。いくどでもあなたが波を冠るのを私はあっちで見ていたわ、こんどこそと思っても、矢張りあなたは、溺れないで浮いてたわね。ずいぶんえらいと思ってよ。でも、そんな汚い顔をしていると、私、あなたが嫌いになっちゃうから、好いこと？」

阿字子は、しかし女の云ったことの半分もきいていなかった。

子供は女が結婚するのだというその事に気をとられて、何だか一生懸命に考えていた。

日がじりじりと、焼けつくように暑かった。女は立って額を拭った。そして帽子を一層、眼深く冠った。それで、女の顔は、形の好い鼻とくっきりした美しい唇とを残してあの長い三日月形の眉も、人を烙きつけるような瞳もかくされてしまった。

「どうも、偶に外に出ると、人が怖くて仕方がないわ。阿字ちゃん彼所に誰か立って此方を見てるじゃないの。おやおや、此方に来るんだわ。」

近づいたのを見ると、阿字子は砂の中から、はね起きて、青年の手にぶらさがった。

「輝衛兄さん。」

「また一人で来てるんだね。危くって仕様がないじゃないか。母さんが呼んでいらっしゃるからお帰り。」

　そう云って彼は砂まぶれの裸坊を浴衣の腕に抱えた。

「帰らないの、あたい、だってお友達と遊ぶんですもの。」

と阿字子は、女の方を捻じ向いた。輝衛は、初めてはっきりと調の方に視線を投げた。二人はだまってお辞儀をした。二人とも見知らぬ顔ではなかったが、初めて会ったのも同じことであった。

　調は、その日初めて、阿字子の母と姉とに紹介された。調の花のように美しい態度や、優雅な言葉の調子は、強く人々の心を牽きつけた。彼女はあたりを見まわして、傾きかけた軒に、這いかかる蔦の葉を、触って見て繻子のような手触りだと云った。中世紀の英国の田舎に、こんな家が建ってはいなかったかしら、と云って微笑んだ。

　緑は、冷たい紅茶を勧めながら、

「ねえ、あの、ずいぶん、むつかしい御本を勉強遊ばすんですって?」

と嘆美に充ちて云った。

「勉強しないであなたのようになれましたら、ずいぶん好いと存じますわ。」

と調は低く答えた。

「まあ、私のことをそんな風に仰云って。私なんて、何も存じませんのよ。」

「知りますことは、ちっとも好いことではございませんわ。」

そう云って調は俯向いた。

日足が、白楊樹の梢に斜に懸って、蟬の声が遠退いた。奥の間で昼寝から醒めたらしい空の声が間食を強請っていたが、やがて母の手にぶらさがってヴェランダに出て来た。

調は頰を赤くして、

「今日は。」

と低いお辞儀をした。空は頭を一つぴょことと下げて母の袂の蔭にかくれてしまった。

調は阿字子から、たびたびきかされている、小さい空を初めて見た。大そう可愛く思った。顔は阿字子よりももっと丸くて、髪は、倍ほども厚くふさふさとしていた。眼はまるくて唇が花片の様に小さく紅く結ばれていた。調の眼は、空の一挙一動を追って和やかに瞬られていた。空は、何をしているともなく、決して凝然としていなかった。玩具箱から小裂を引き出してお人形にきせて見てまたすぐ捨てたり、紙を雪のように切り細ざいたり、折鶴をふくらましたり、畏まったり足を投げ出したり、阿字子の眠っている籐椅子に腰かけたり、蠅を捕まえようとして追っかけたり、絵本を拡げたり、腹這になったりしていた。調はそっと溜息をついた。

「子供が、お好きでいらっしゃいますか。」

と母が訊ねた。

「大変、尊敬をいたしますのよ。子供の世界は、私達の後に閉ざされた王国のほかの何物でもございませんのね。私共の前には永久に失われています。とりかえしがつかないんでございますもの。」

「それでしたら、私は大変考えちがいをして居ましたわ。あなたのような方は、子供なんぞには興味も何もお持ちにはならないだろうと存じ上げましたの。」

「そんな風にごらんなさいましても止むを得ませんことですわ。皆さまからはもっとひどく思われて居るんですもの。」

「それを嘘だとは申しません。」

と母は卒直に云った。

「人をほんとに知りますのは会わなければ駄目なものですね。お目にかかれて大変よかったと思いますよ。」

「私もそう思いますわ。」

と調は思い深く云った。

暫くすると、空は、調のそばに寄って来て膝に凭れかかった。

「おばちゃんのおうちはどこ？」

「あっちの街の方ですわ。」

「そう？　空のおうちは此処よ。そして、街にもあるの。空が街に帰ったら、遊びに行って好い？」

「どうぞ、その時にもまだ私がいましたらね。どうぞいらして下さいまし。」

「おばちゃんは、何て可愛いんでしょ。あたい、あんまりびっくりしちゃったの。」

子供の言葉は皆を笑わした。

調の頬は緋桃のようになった。

暫くするといつまでも居りたい居りたいと云い乍ら、調は立って帰り支度をした。緑は、阿字子を揺り起した。不意に起されて、阿字子は真赤な眼をこすった。

「阿字子は、お見送りをしないんですか。」

「なあに？」

「阿字ちゃん。さよならよ。また伺えますように、母さまにお願いして下さいな。」

そう云って調は裳をかえした。

母と緑が立って見送った。阿字子は、石の段々を一つ一つ両足を揃えて飛び降り乍ら随いて来た。

「ねえ、誰か、お嫁さんになっちゃうの。」

「ああ、なりたくないんだけどなあ。」

と調は、独言のように云って、唇を嚙み歪めた。日は傾き始めて、金泥を流したような波が海の上を一面に覆った。

八

夏がすぎて秋がすぎて冬になった。また、春が来た。阿字子はその年、女学校の一年生に入学することになって、半里の野道を朝夕に通った。

その頃、緑と調との間には、たびたび手紙の往復があって阿字子は、いつもその文使を承らされた。

前夜、緑が書いて封じて置くのを、朝、阿字子が学校の行きがけに、庫裡の裏をまわって、調の窓の所に持って行った。その返事を帰途に寄って持って帰るのであった。あんまりたびたびのことなので、阿字子は、少し晩い朝などはお寺の前を素通りして駆け出すこともあった。

「お手紙というものが、どんなに人から待たれるものだか知ってて。」

と姉さんから叱られたりなんぞした。

或時、返事をとりに寄ると、調は開け放した窓に倚って、後頭を柱に押しつけて、空を見ていた。眼からはいく筋も涙が流れ落ちていた。こんな姉さんを阿字子は初めて見た。阿字子が側に寄ると何も云わないで、その髪の毛を指に絡んで弄んだ。しばらくして、

「今日はお返事を書かなかったの。」

と云った。何となく女は苦しそうであった。

「そいじゃ、あたい、帰る。」

「急ぐの？」

「いいえ。でも、誰か、阿字子がいない方が好いでしょ。」

「そうでもないわ。暫く遊んでいらっしゃいよ。学校のお話でもしてさ。」

「誰か、何だって泣いてるの？」

「泣いてたって好いわよ。涙が出ちゃったんですもの。」

女はそう云って、濡れた眼でにっこりした。

「誰か、変ね。大変大変、悲しいの？」

「何でもない。何でもないの。今に話して上げます。泣いたのは私大変可笑しいことね。自分でも泣けたと思うと、変な気になっちゃうの。」

とまた笑った。そして膝をついて、窓から半身を乗り出して、

「学校は面白いこと？」

とたずねた。

「ええ、だんだん皆とお友達になって行って、それはたのしみなの。あの、女学校になると、誰も名を呼ばないで、姓ばかり呼ぶの。あたい、自分のことを、阿字子阿字子って、つい云っちゃ皆から笑われて仕ようがないの。」

「笑われて、皆から可愛がられてその間が好いの、今に憎まれる時が来そうね。」

「だってあたいは、誰かのような意地悪はしないことに極めたんですもの。」

「だって仕方がないわ。きっと阿字ちゃんのような子は、一度は憎まれるにきまってるんですもの。」

「いやな誰か。あたい、そんなことしないわよ。」

阿字子はそう云ってくるりと後を向いた。女はまた笑った。

「誰か、阿字子のことを笑うから大きらい。」

「だって可笑しいんですもの。」

「もう帰って好い？　もう来ないわよ。」

と阿字子は女からはなれて向き直った。女は急に寂しい顔をした。

籠から立ってゆく小鳥を見送るような寂しい顔をした。

「では、では姉さまによろしく云って頂戴。私お目にかかりたいんだけどね。」

「じゃ、一緒に行けば好い。」

「止そう。人が煩さいから。ではお帰んなさい。明日寄って見て頂だい。お返事が書けてるかも知れませんから。」

女は阿字子を見送り乍ら独語のように呟いた。

「私のような者を、どうしようって云うんだろう。」

「なあに。」

と阿字子は、立ち止まって振向いた。

「何でもないから早くお帰りなさい。私は生れて初めてほんとに苦しんでいるのよ。今に話して上げます。でも、話して上げないかも知れないけれど。」

そう云って絞るように手を捻じ合わした。阿字子は、それを見ると後戻りして、何か云って慰めて見たいと思って、思案し乍ら立っていた。女は追立てるように、

「早くお帰んなさいよ。」

と障子の蔭から顔を出して云った。調のような女には溢れきった自分の苦悩の姿を、譬え阿字子にでも見られることは、たまらないだろうように見えた。

身悶えに、どんなにあの黒髪が乱れるだろうと、思い乍ら、阿字子はお寺の門を出た。

その翌日、お寺に寄ると調は頭から、布団を被って寝ていた。

阿字子が窓の障子を叩くと開けて頂戴と布団の中から眼許り（ばか）出して答えた。

「誰か、病（わる）いの？」

「あんまりよく眠らなかったものだから、頭が痛いの。」

「いけないことね。可哀そうね。」

「これでは、あんまり阿字ちゃんに失礼だから起きましょうか。」

「駄目よ、駄目よ。起きると眼がまわっちゃうから、およしなさいよ。」

「そんな弱虫なものですか。」

女は、身を起して、乱れた頭髪から、ピンを抜いて二三度静かに振り動かした。颯（さっ）と音がするかと思うほど、額際から二つに別れてその黒髪が肩に流れた。寛（ゆる）やかな寝衣（ねまき）の襟を掻（か）き合せながら、すらりとした細い姿で窓に倚（よ）った。

「今日（こんち）は。」

「いやだ。魚屋さんみたいなことを云って。」

「ひどい阿字ちゃん、あなたの顔を見たら、頭の痛いのなんぞ何処（どこ）かに消し飛んじゃったの。」

「お返事は書けて？」

「昨夜、一晩書いて、書いてやっぱし駄目だったの。悲しくなって寝ちゃったの。ごめんなさい。姉さまは何て仰云（おっしゃ）って？」

「あたい、云っちゃったの。いけないこと?」

「何を云っちゃったの?」

「誰かが、泣いていたこと。」

「いやな人ね。だまってれば好いのに。」

「だって、緑(みい)ちゃんが、誰か、どうしていらしてってきいたんですもの。いけなかったらごめんなさい。もう云わない事にするから。」

「仕方がないわね。」

「緑ちゃんが、よろしくって、お目にかかりたいような気がしますって。」

「ありがとうよ。でも、ほんとに私の決心のつくまでは、矢張り会わない方が好い。」

と女は、二三度、握り拳(こぶし)で額を打ち乍ら云った。

「誰か、矢張(やっぱ)し頭が痛いんでしょ。」

「そうじゃないの、好い智恵を叩き出してるんだわ。」

「誰か、どうしても変よ。よっぽど変よ。大変、大変何か考えてるのね。でも阿字子は、誰かのそんな顔の方が、もっと大変好きだけれど。」

女は阿字子の手を取って両手に埋めて握りしめた。その頬に睫毛(まつげ)の触れるまで近々と顔をさしよせて、

「いつまでもいつまでも、阿字ちゃんと仲よしで居たい。でも阿字ちゃんは大きくなっ

て何所かに行っちゃって、私のことなんぞ忘れて了うんでしょうね。」

阿字子はだまって頬をすり寄せた、女の頬が濡れていた。阿字子の眼からも涙が溢れた。

「誰かは、泣くんですもの。阿字子も泣いちゃったわ。」

と乾干びたような声で阿字子は云った。

「阿字ちゃん。私を一つどやして頂戴。こんな弱虫の筈ではなかったんだけれど。死ね、死ね。ほんとうにいやな誰かね。こんな馬鹿は死んじゃうと好いわ。」

女は両腕に顔を埋めて凝然としていた。徂春の風が乱れた女の髪を吹いた。阿字子はどうして好いかわからないで、袴の紐を前歯で噛み噛みしていつ迄も黙っていた。

そうした永い沈黙の後、女は静かに顔を上げた。夕暮の中に蒼ざめた女の顔は、凄い程美しかった。

「日が暮れる。もうお帰んなさいよ。明日こそ、きっとお返事を書いておきますから。」

女は伏せた視線を動かさずに唇だけをかすかに動かして云った。

「阿字ちゃんに、毎日顔を見せてもらうつもりなら、お返事をいつまでも引っぱって置くんだけど。」

「よかったら、毎日来ることとよ。」

と阿字子は熱心に云った。

「でも駄目よ。私がお返事を書いちゃったら、もしかして阿字ちゃんに会えなくなるかもしれないんですもの。」

「ずいぶん、いやね。」

「でも、もしかすると、」

と云いかけて女は不意に眼を上げて阿字子を見た。

「何でもない、阿字ちゃん、私を忘れちゃいや。」

「忘れないわ。」

「ではお帰んなさい、魔法使の魔法も阿字ちゃんの前には形なしだわ。だから私はあなたをはなさない。では、ではさよならしましょう。明日こそ、きっと厄介者の感傷(センチメンタル)を追い出してしまいますから。」

女はそう云ってだんだん、落着(おちつき)を取り戻し始めたように見えた。

九

阿字子は掃除当番をすまして大急ぎで帰った。でもお寺の近くに来た時には、もうどうしても夕暮の影が、大きい翼を伸ばしていた。

「おそくなっちゃった。」

と独言（ひとりごと）を云ってお寺の石段を駈（か）け上ると、そこには調が立って待っていた。彼女は持っていた手紙を阿字子に握らして、しっかりその上を押えた。

「待ってたのよ。待ってたのよ。おそかったわね。」

もう、いつか、いつかきいた甘いなつかしい含声（ふくみごえ）で物を云った。女の眸（め）は澄み切って決意に輝いていた。

「お当番だったのあたい、誰か、永く永く待ってたでしょ。」

阿字子は女の眼の中を見入り乍（なが）ら云った。

「頭痛はもうしないの？」

「追い出しちゃったの。何も彼（か）も一緒にね。その手紙を、姉さまに渡して頂だい。賽（さい）は投（なげ）られたのよ。これがお別れになるかも知れないわ。」

「今日は帰るわ。でも明日また来てよ。」

「今夜、私は旅に出るの、四五日帰れないでしょう。たぶん、だから、だからもう、お別れよ。」

女は少女を胸に抱きしめた。

「どうぞ好（い）い目が出ますように、いのって頂戴（ちょうだい）。

あなたも、いつか、このことを知るときが来るけれど、私を軽蔑だけはしないでね。」

そう云って、もう一度、阿字子の手紙を持つ手を握りしめた。

これが二人の間の永い別れであった。

阿字子はその永い後に、このことの何も彼もを知る時が来た。

それは、金持で金持で仕方のない人の家に、調が嫁ぐという噂のきこえたその日であった。

緑は「お祖父さんの家」のポプラの蔭で、阿字子に話してきかした。

「私は、別に阿字子を欺(だま)していたわけではなかったの。知らせる必要がないと思っただけのことなのよ。あなたが私の手紙だと思って持って行ったあれは、皆、輝衛さんの手紙だったのよ。それは中には、私の書いたものも混ってはいたけれど。」

「あたいも、少しは、そうだろうと思って知っていたの。」

阿字子は小さい声で答えた。

「私は、少しは怒ってるの、調さんのことを。第一お母さんに大変お気の毒で、すまないことをしちゃったんですもの。」

阿字子は驚いて顔を上げた。このことに母が係り合っているということは初めてきいたことである。

「阿字子、私には説明が出来ないわ。ねえ、お母さんから、調さんを輝衛さんの為に戴きたいって申込んで、美事(みごと)に撥(は)ねつけられてしまったなんてあることでしょうか。」

「では、調さんは、あたいのとこにお嫁さんになりに来る筈(はず)だったの?」

「そうよ。だって調さんから私に手紙が来て、阿字子が持って帰ったじゃありませんか。あの中に、そう書いてあったわ。どうぞ其方(そちら)からお申込み下さい。運命の指が、賽の目を数えるでしょうって。

私、調さんが他家に嫁(い)く気がおありだと知ったら、お母さんにあんないやな思いを、おさせするんじゃなかったわ。私が馬鹿だったのよ。私が同情したのが間違っていたんだわ。私が母さんにお願いしたのがいけなかったのよ。」

「でも、でも、仕方がなかったんですもの。母さんだって緑(みい)ちゃんだって、阿字子だって調さんが、どんなにか好きだったんですもの。」

「そうよ、そうよ。その私達を傷つけたんだから、許せないわ。」

「調さんが悪かないわ。調さんの父さんが悪いのよ。だって調さんは、いつか阿字子が会った時ずいぶんずいぶん泣いてたことよ。」

「私だって、調さんの気持がわからなくはないけれど、でも、でも許せないわ。ひどいんですもの。」

「緑ちゃんがあんまりそんなに云うと、阿字子も調さんをひどいと思ってよ。」

阿字子は考え考えそう云った。

それをきくと緑はとび上った。

「おお、おお、とんでもない、阿字子。」

と身悶えして、云った。

「ごめんなさい。私は、何てことをしようとしたのだろう。あなたの中に、そんな気持を植えつけて好いものですか、私達は人を憎むことはならなかったのね、恐ろしいことだわ。私はもう少しであなたを突き落す所だった。ごめんなさい。何ていけない姉さんだかわからない。ごめんなさい。ごめんなさい。」

阿字子は只、二三度、瞬(まばた)きをして姉の顔を眺めていた。

一〇

調の噂を聞くこともなく、誰もきかせるものもなく年月は流れて行った。阿字子は、山梔(くちなし)の花が咲く頃になると、どうしているかと涙の出るような思いで、考えしみていた。ほんとにもう、誰一人決して、調のことを云い出す人はなかった。母も姉も、あの事は、そんな事の少しもなかった時とちっとも変りのない心持ちで、忘れてしまったように見えた。

「私は、ほんとに執拗(しつこ)い娘だわ、いつまで思い出しているんだろう。」

阿字子は心の裡(うち)でそう云った。

あれから、いくど目かの夏が来た。海はもう阿字子の心を誘いこまなかった。少女は、ヴェランダで、寝椅子の上に横たわって、海を眺めているだけである。

緑ははなれて、膝に本を拡げたまま妹を見ていた。

「ああ、また、瞳が燃えている。何かを考えているんだわ。」

阿字子のそうした姿は、緑に何となく悲しみを与えた。砂を浴びて、空(くう)と砂丘に戯れていた時の阿字子は、どこに行ったかと思われるほど、少女は大きくなっていた。やっと肩に届く位だった散(ちら)し髪は、今は重く三つに編んで、投げ出した、しなやかな腕とすれすれに、寝椅子の端からこぼれていて、白い、寛(ゆる)やかな、裳裾(スカアト)からは健康な、細い脚がすらりと投げ出されて、爪先(つまさき)にまで、生き生きと力をこめて重ねられていた。その眼眸(まなざし)は遠い空に、限りない憧憬を以て大きく瞶(みは)られ、炎のように熱を帯びて燃えた。

阿字子の前には、幸福と、不幸とが、両腕を開いて待っているように見えた。

緑は、本に眼を落した。

拡げた頁の中程に「舌は誓ったが、心は束縛されない儘(まま)でいた。」と小さい二重括弧の中に書いてある。

緑は驚いて眼を上げて、

「阿字子」

と呼んだ。彼女は立って妹に近づき乍(なが)ら、

「こんなことが書いてあってよ。読んでごらん。」

阿字子は身を起した。視線が姉の指先を追った。妹は、黙って笑った。

「驚いたわ。」

と緑が微笑み返した。

「その次には『運命(まわりあわせ)だ』と書いてあってよ。」

と妹は、姉の手から本を取って、伏せ乍ら云った。

姉妹(きょうだい)は並んで腰かけた。

「あなたは、近ごろ、ずいぶん変ってよ。」

姉は、妹のおくれ毛を、耳の上に搔き上げ搔き上げてやり乍ら云った。

「あたいは、もう、学校の教科書だけでは、我慢が出来ないのよ。」

と阿字子は激しく首を上げた。

「そうだろうと思っていたわ。『お祖父さんの家』には屋根裏がないんですもの。」

「屋根裏ですって。屋根裏ですって。もう屋根裏には、阿字子の読む本はなくなってしまったの、阿字子は、新らしい本が欲しいの、誰もが、阿字子に本を買って呉(く)れないんですもの。本が読みたい。本が読みたい。本が読みたい。」

そう云って、不意に阿字子は激しく嗚咽(おえつ)した。

「泣くんじゃない。阿字子、好い子だから泣き止みなさい。」

緑は、妹の頭に、額を押しあてて慰めた。

「私は、どうして上げれば好いかわからないの、そんなに泣かれると、私は困っちゃうの。好い子だから、泣き止みなさい。」

しかし、阿字子はいつまでも歔ないた。緑もそれきり、額を押しあてた儘で黙ってしまった。

下の方から、空の歌を唄う声がきこえて、石垣の斜面に可愛いお河童が、ちらちらした。

空はもう、どんな危いことでもするようになっていた。この子供は、海から上って来る時には決して、坂を上らなかった。石垣に小さい手と足とをかけて、蟹のように這い上って来た。末子のせいもあったが、緑や阿字子のその時に比べると、ずっとずっと、まだ幼かった。母はこの子供を、やはり、どうしても一番可愛がっていた。父も――あの恐ろしい鞭が、気まぐれに、鳴ることを除けば――ほかの子供には決してしなかった、抱っこだの、頰ずりなどの愛撫を与えていた。誰もこの子供を憎めなかった。その気持は幼くて幼くて、どんな事にでも、びっくりして眼を睜ってばかりいるのだ。生れた時は、小さい、小さい子で掌の中にはいって蓋をせられる子だと云われていた。これが育つだろうかとも云われていた。だから、今でもその健康は、一番、誰よりも気づかわれていたのである。

石垣から、せいせい云って上って来た空は、ヴェランダの上の姉達を見ると、びっくりしたように立ち止まった。緑は、阿字子から手を放して、端の方に出て来た。

「どうしたの。変な顔をして。」

「そこに居るのは誰。」

と空は、遠くから阿字子を指差した。

「小さい姉ちゃんじゃありませんか。」

「あたい、顔が見えなかったの。阿字ちゃん、どうしたの。」

と空は、そろそろ、近づきながら訊ねた。阿字子は顔を上げた。

空は、阿字子の頸に、両手でぶらさがって、小さい声で囁いた。

「阿字ちゃん、泣いたの。」

「ああ。」

「父ちゃんに打たれたの。」

とまめやかにきくのだった。

「ううん。お父さんなんぞに打たれやしない。」

「よかった。」

と大きい声を出した。

空は可愛い子であった。いつかも何かのことで、阿字子が父に打たれようとした時、

——実際一つはもう打たれていた。——あの小さい体を、泣き声を洩らすまいとして一生懸命に喰いしばって、打たれるままに身動きもしない小さい姉の後から、投げかけた。

こんなことはたびたびあった。

ある時は、父の片腕に抱きすくめられて、姉が手鞠のように蹴倒されるのを見ると、堪りかねて父の手にかみついた。父は怒りに任せて、空をそこに投げ倒した。

子供は、自分の体が自由になると、どんなに素早く、阿字子にとびついたことか。そして姉の頭を抱きしめて、声を上げて泣くのだった。母にも、緑にも、決して手を引くことをしない父は空の邪魔立てにはいつも弱らされていた。

「空の生れたことは、阿字の為に立派な楯が授けられたようなものだ。」

と父はよく云い云いした。そのことの忘れられて後、新しい折檻が繰り返されても、空の小さい歯型は、父の手に残っていたことであった。阿字子は、それを見ると空の為にならどんなことでもしなければならない、と独り、心の中で決心していた。

空は、そんな子であったから阿字子も、緑も、この子供の前にはいつもいつも、花を撒いてやろうと思っているのであった。

阿字子は、黙りこんでいた、緑も黙っていた。空は、飛び立とうとする鳥をでも押えるかのように両手で阿字子の頸を抱いて、その顔をじろじろ、眺めていた。阿字子が溜息を吐くと、空も吻と息を吐き、阿字子が瞬きすると空もぱちりと瞬きした。阿字子が笑うと空も笑った。

そして、

「阿字ちゃん、阿字ちゃん。」

と云って、一そうきつく抱きしめた。阿字子は心臓の中に、春が溶け込んだような気持がした。

「空。」

と阿字子は切なそうに身動きした。

「放してちょうだい。息が出来ないわ。」

空は手を放した。

阿字子は、空の肩を両手で捉えて、額に額を押しつけて、そしてそのまま、押して押して、とうとう椅子の上に押しころがしてしまった。

空は、きいきいした声で笑い乍ら抵抗しようとして騒いだけれど、とうてい勝つことは出来なかった。

阿字子は、その額と云わず、眼と云わず、頰と云わず、めちゃくちゃに、接吻(せっぷん)を押しつけて、顔中を濡れ濡れにしてから放してやった。阿字子が逃げ出すと、空は一生懸命に顔を引っこすりながら追いかけて行った。その恰好(かっこう)は可愛いかった。緑は、いつの間にかもう顔中を輝かして微笑み乍ら、喰い入るようにそのあとを見送っていた自分に気がついた。

「もう好いわ、もう好いわ。」

と彼女は思った。

「私はもう、何も望んではいけない。あの二人があるんだもの。よかった。二人の姉さんでよかった。愛する権利がある。大威張りで愛することが出来る。二人の為になら踏台になれるわ。もうそれだけでどんなに幸福だかわからない。」

彼女は、家の中にはいって行った。そこには、母が此方(こちら)に背を向けて、一心に針を動かしていた。

「そしてこの母さんの娘。」

と緑は思い続ける。

「それで沢山じゃないか。」

母は、気配でそれと気づくと彼方(むこう)を向いたままで云った。

「緑ちゃんですか。」

「私ですよ。母さん。お仕事ですか。あついのに。」

「輝衛さんが帰省するって知らして来たから、大急ぎで浴衣(ゆかた)を縫って置こうと思って。」

「お手伝いしますわ。」

と、緑は心から云うのであった。

二

堤の上を、走っているのを見た時から、その俥上の人が誰であるかが、空にも阿字子にもわかっていた。だんだんそれが近づくともう待ち切れなくなって、二人は一緒に馳け出して、坂の上り口で首を長くして見迎えた。

「兄ちゃん、兄ちゃん。」

と空は跳び上って叫んだ。その声に母と緑とが家の中から出て来た。俥の上から、輝衛は白い手袋の手を振った。

俥が坂の下で梶棒を下すと、輝衛は待ちかねたように飛び降りて、下まで馳け下りた小さい二人の頭を、交り番こに押しつけた。

「輝衛さんはずいぶん立派だこと。」

と阿字子は思った。

阿字子も空も、首が痛いほど仰向かなければ輝衛の眼を見ることが出来ないほど、輝衛は背が高かった。その高い肩の上には、少尉の肩章が、きらきらしていた。長い剣が、美しい青の革帯に絡んでいた。輝衛は、立派に生い立った我子の上に、飽くことのない視線を凝らしている母を見つけると、軍帽の庇に手を挙げて、花のように美しく礼をした。

空は、桜の花を鏤めた美事な剣の柄に触って見て、びっくりして手を引込めたり、ゆらゆらと揺れている、刀緒を松鞠だと思って摑もうとしたりした。

「母さんは、どんなに喜んでいらっしゃるだろう。」

緑はそう思い乍ら、皆のあとから随いて行った。

幾日かが過ぎた。

皆は、ほんとに何も思い出すことはないのであろうか。

「輝衛さんは何故あんなに平気な顔をしているのだろう。」

と阿字子は、ヴェランダに立って、海から上って来る輝衛を見守っていた。少女の頭には、調のことが、一ぱい詰まっていた。

ほんとに、只の一度も、兄の口からも姉の口からも調の名は呼ばれようともしなかった。何を考えているかわからないほど、輝衛は快活に話して、気むずかしい父にさえも微笑をかくさせない程愉快に振舞っていた。そうだ、全く、どんな傷んだ心でも、母の愛撫の手の前にはその傷口を閉じなければならなかったのであろう。何方を見ても、只優しく微笑みかける眼眸ばかりがあるのだ。——たとえ、阿字子の内心に、自分を空と同じ様な子供だとしか、見ていないように見える兄に対して、少しの不服が、ひそんでいたとは云え。——どうしても真冬だとしか思われない、荒々しい営庭から、澄んだ心と、温い手とがいつでも、手を引き合って、自分を容れる為に、待ち設けている住家（すみか）へと衝（つ）きやられた時、どんな悲しみに破れた心にでも、春が回って来ることなしにはいなかったであろう。

神々の、――あの意地悪が――只一つ、人間に吝（おし）まなかった、よき賜物（たまもの）は、実に、忘却そのものであったのだ。その傍（そば）をとおりすぎるとき、凡（あら）ゆる悲しみは甘かった。天も地も、海も風も、人も皆が、微笑で、傷口をそっと撫でて行くのであった。

輝衛は眸（め）を上げて阿字子を見た。

どうしても阿字子は無愛想な顔をしていようとしても、能（で）きなかった程、その眼眸（まなざし）は優しかった。

「そこで、何をしてるの。」

「輝衛さんのことを見てたの。」

「本を読んでたんだろう。手に持っているじゃないか。」

阿字子は、手をくるりと後にまわして、後退（あとずさ）りした。輝衛は柱に手を掛けて、ヴェランダに飛び上った。

「何の本だい、お見せ。」

「いやよ。」

「何故。」

「輝衛さんが怒るから。」

「誰が、お前なんぞに怒るものか。」

「ほらね、」阿字子は心のうちで呟いた。「ひとを子供だと思ってる。」

「お見せよ。」

「ほら、輝衛さんのご本よ。怒ってもあたい、知らないから。」

阿字子は、投げ出すように、それを兄の手に渡して、急いで馳け出して行った。

見るとそれは輝衛が汽車の中で読もうと思って、改札を待つ間に最寄の本屋で買って来た、トルストイの短篇集であった。輝衛は胸を衝かれたような一種の不安を覚えて、急いで阿字子のあとを追ったが、その辺にはもう姿が見えなかった。

「阿字。」

と呼んで見たが、誰も答えない。彼は家の中に引っ返した。そして、懐から、その本を取り出して、ばらばらと頁を繰っていたが、いきなり、旅行鞄の中に投げ込んで、ピンと蓋をしてしまった。

晩の食卓に、阿字子は姿を見せなかった。

「阿字子はどこに行ったの。」

と輝衛が訊いた。

「寝ています。」

緑が答えた。

「既う?」

「あの子は、兄さんと喧嘩をしたそうですが、本当ですか。」

「阿字子が、そう云ったのかい。」

「ええ、そう云いましたわ。」

「大迷惑だ。私は喧嘩なんぞしないさ。」

と輝衛は、苦笑した。

緑は微笑んだ。

「びっくりなすったでしょう。」

「何が。」

しかし、緑は説明しなかった。

食事をすますと、輝衛は妹の寝室に行った。鍵が掛けてあるかもしれないと思って扉に手を掛けると、案外にもすっと開いた。

三つ並んだ真中のベッドに阿字子は畏まって坐っている。

「起きてたの。何故、出て来ないんだい。」

阿字子はだまっていた。

輝衛は、寝台の端に腰を卸した。

「あたいは。」

と阿字子は、考え考え云った。

「輝衛さんと喧嘩をしているのよ、だから、物を云わないことに極めたの。」

「何故、喧嘩をしたと云うの。物をお云い。お前は、あの本を読んじゃったのかい。」

「ええ、それは、阿字子が無断であのご本を見たのは、いけない子だったけれど、あれは輝衛さんが悪いのよ。あんな所に投げ出して置くんですもの。」

「誰々が悪いなんてそんな言葉を使っちゃいけない。誰も阿字子をいけない子だとは云ってやしないじゃないか。何云ってんだ。」

「でも阿字子はそう思ってるの。」

と妹は小さい溜息をついた。

「しかし、あれを読んで解るかね。」

阿字子はだまっていた。

「あれはまだ、読まない方が好い。」

兄は矢張り私を子供だとより考えてはいないのだと思うと阿字子の眼から炎が走った。

「早いって云うんでしょ。早いっていうんでしょ。皆でたんとそう云ってちょうだい。」

「静かにおし。」

輝衛は何か、不思議な魂が叫んでいる言葉を、聴かないわけには行かなかった。文学者であった祖父の魂が妹の中に眼を醒ましたのだ。自分でさえ、時には、何故、軍人なぞになったのかと思うほど、文学や美術等に心を根こそぎ奪われてゆくことを、どうすることも出来ないのではなかったか。

この少女が、と思う時、輝衛は阿字子の中に、自分自身の姿を見出したような気がした。

つい此間まで、自分が絵を描いている横で、ありたけの絵具を、知らない間に、残らず絞り出してエプロンも床も、小さい手も足も花園のように染めてしまった悪魔の子ではなかったか。そう。この間まで、小さな体を、潮と日光とに曝して、額に藻草を飾り、頭の頂上から、足の先まで、砂丘の砂に埋もれていた、妖精の娘ではなかったか。

何という、成長の悪戯であろう。

白い額を劃る三日月形の眉の下に、重く見開かれた遣瀬なげな眸を上げて、空の彼方の世界を茫然と眺めているように見えるこの少女が、昨日までの自分の妹であったというのか、何ということであろう。

「そうだ、そうだ。」

と輝衛は心の中で叫んだ。

「さっき食堂で、緑が、驚いたかと云ったな。」

彼は、今日、初めて会ったかのように、妹をつくづくと眺めた。この少女の前には、何事も拒むことの能きない、不思議な愛着を感じ乍ら。この少女の為に、何をしてやれば好いのかと考え乍ら。

「私は、考え違いをしていたようだね、阿字子、明日は早く街の本屋に行って見ようかね。」

阿字子は、自分が何を聞いたのかと思って、びっくりして兄を見上げた。暫くして大急ぎで、

「ええ、ええ。行きましょう、行きましょう。」

と答えた。阿字子は幸福な気持が一ぱいで凝然としていられないほどであった。不意に寝台から跳び下りて輝衛に一つお辞儀をして、

「空。空。」

と呼び乍ら、裳裾を輪のように蹴散して馳けて行った。

水平線に、今、沈もうとしている大きな新月を、並んで見ている三人の所に、阿字子は若い羚鹿のように、跳びこんだ。

「母さん、緑ちゃん、空。阿字子は、もう、びっくりしてしまったわ。」

空は、すぐに大そうびっくりして阿字子に獅噛みついた。

「阿字ちゃん、何、何。」

「輝衛さんがあんまり親切で、阿字子はびっくりしちゃったの。おおうれしい、おおう

れしい。ずいぶん、ずいぶん好かった。」

「よかった。ずいぶん好かった。」

と空は、すぐに同意した。

「ねえ、空。ごらんよ。」

と阿字子はその眼の前に両手を拡げて突き出して、指を一本一本折って行った。

「これが一つだろ、これが二つだろ、これとこれとこれで五つだろ、此方も、これで五つだろう。そしたら、十になるんじゃないか、極ってるわね。ね。ね。」

「ええ、ええ。」

「明日は本屋に行くんじゃないか、乳母車を押して行こうかな。」

母も緑も、心から共に喜ばずにおられなかったほど、阿字子の心を夢中にしたその事柄を想像してみた。

「阿字子、阿字子、どんなに好い約束を、輝衛さんがして下さったの。」

阿字子は、姉にとられた手を打ち振って、その耳に囁いた。その次には、母の耳に、最後には空の耳に、春風のように囁いた。

その夜、阿字子は、なかなか寝つかれなかったであろう。

小さい二人を寝台に送っておいて、輝衛と緑とは、母を中にして月の落ちたあとの空が海のように、まだ底光りのする時、ヴェランダに立って沖の漁火が、星の様に明滅するのを数えた。

「今夜は、阿字子を大そう、喜ばしておやりになりましたね、輝衛さん。」

と緑は云った。

「だがね、実際は私は恐れているんだよ。どんな空想が、どんな方に、阿字を引きさらって行くかと思って。」

「そうですわ、そうですわ。私達の恐れたこともその事でしたのよ。だけど、もう、その心配はおそかったのです。母さんもお聞きになっていらして頂戴。そのことでは、阿字子はもう、私達の手の届かない所にまで、行ってしまっていますのよ。もう、どうすることも出来ないのです。」

「では、読書を禁じれば。」

「病気は一そう重るでしょうね、それを拒む力は、私達には、もう残されてはいないんですもの。」

「では、矢張り約束してよかったのだね。」

「ほんとによかったのです、よかったのです。此間も、教科書だけでは我慢が出来ないと云って泣きましたのよ。私は、どうしようかと思いました。」

「あの子はもう、子供ではなかったのだ。私は、今日初めて、こんな妹を持っていたのかと思って驚いた。あれはもう、立派なお嬢さんになっている。私は、あれがあんなになっていようとは思わなかった。色が真黒で、眼ばかり光らして、夜が明けさえすれば裸で、跣足で、海にばかりばちゃばちゃやってた河童の子のほかに、阿字子が居ようなどとは想像もしていなかった。私達、大人はずんずん、自然から、置いてけぼりに会ってる間に、いつでも彼方は一足先を、知らん顔して歩いているのだ。阿字子、阿字子、実に好いなあ。」

「輝衛さん。また、あなたの中の詩人が、物を云い始めましたのね。」

「そうかもしれない。私は、阿字子の兄であることがうれしいんだ。」

「私もそう思いますのよ。幸福な結婚が、あの子を引き取って行くまで、私達は、出来るだけの注意と、愛とで以て、あの子を見守って行く権利があるんですね。」

「そうだよ。愛は、義務ではない権利なのだ。資格なのだ。義務を背負うよりも、権利を把る方がもっと人間は愉快だね。だが、阿字子は好い。阿字子は好いよ。

永い間、私は、自分を不幸だと、そう思い込んでいたけれど、矢張り、自分は幸福だと、思うことが出来そうだよ。」

「私はあなたの前に、いつもいつも薔薇の花を撒いて上げたいと思っていました。自分のようなものでも、何かの役に立つことがあれば、皆の為にどんな険しい道にでも、花を振り撒いて上げようと思っているんです。それだけでも、もうどれほど幸福だか、わからないんですもの。私には、人生はたのしいものだとは思えませんけれど、生きていることは、矢っ張り好いことだと思いますのよ。神さまは、私のようなものにまで、それぞれに、何かの御用を、吩付ていらっしゃるんですもの。

あああ、皆が私を踏台にして天にまで届くほど、すっくりと立って呉れれば、どんなにか好いだろうと、思いますのよ。」

一二

阿字子は、毎日本を読んだ。毎日本を読んだ。首が、両の肩に埋もれてしまうかと思うほどに深く屈み込んで、決して顔を上げることなしに読んだ。眼がさめると浜辺に出かけて行って薄暗いうちから、日が上るまで読んだ。人足がちらちらと見えるようになると急いで家に帰った。食事の時間にはいつもおくれて食卓についた。日が暮れると、昼間からの位置を動かすことをしないために、灯明のとどかないヴェランダの片隅で、それは夜の猫の眼のように拡大せられていただろう瞳孔で、ありたけの黄昏を、掻き集めて、半分は、指先で、探り乍ら読むのであった。もとより、他の言葉なども――只一つ父の怒声を除くほかの――耳にはいったためしはなかった。空は阿字子をいつの間にか、聾だときめてしまっていたほどであった。しかしこのことの為に、何よりも阿字子の健康が気づかわれないではいなかった。実際、少女の頭脳は、いつも熱を帯びて、頬は三月の花よりも赤く燃えていた。蒼白い額には、静脈がすきとおっていた。眼は——裡へ裡へと貯え込まれた、その何物かを語っている——常に、涙のあとのように湿んで大きく瞬開かれ、絶え間なき驚異に、唇はいつも小さく開いていた。手首は日毎に細って行く。

　これらのことが人々に知られないでいる筈はなかったのだ。

「どうしてあなたは、そんなにあせってあせって読むんです。阿字子。」

母は、阿字子の耳元で囁いた。

「体が悪くなりますよ。」

「お母さん。」

　阿字子は、眼も上げないで、云った。

「もう少しだから、もう少しで読んでしまうんですから。」

　と顔も見ないで手を振った。

「あなたが、どうしてもきかなければ、本を取り上げてしまいますよ。今日はもう、およしなさい。また、明日があるじゃありませんか。私は、そんなつもりで、本を読ませたんじゃありませんよ。」

「明日まで、読み残すんですって、そしたら、今夜は、夢が半分しか見られません。」

　読書は、阿字子の外貌を変えたと同じ分量に、その言葉を変え魂を変えて行ったのであった。

「あなたは、そんなこと計り考えているんですね。一体、輝衛さんや緑さんは、それを知っていたのかしら。」

阿字子は、本を伏せて、くるりと母の方に向き直った。その眼にはかくしきれない不満が充ちていた。

「お母さんは、ひどい方です。阿字子は、もう少しだと云っているじゃありませんか。もう少し読まして下すっては、いけないんですか。」

「それが、あなたの、母さんに云う言葉ですか。あなたは、母さんのことを、そんな風に云っても好いの？」

母の声はきつかった。

「母さんは、あなたの体を、何よりもきづかっているんですよ。それがわからないんですか。」

母の言葉の正しさは並ぶものがなかった。どんなにこの頃の阿字子の健康が、害われていることか。

阿字子の傷つき易い心は、葦の葉のように震えた。その眼は涙ぐんで伏せられていた。娘は、途切れ途切れに云った。

「阿字子は、いけない子でした。もう、ご本を読みませんから、どうぞあの言葉を、お忘れになってちょうだい。ほんとにいけない子なんです。」

「わかって呉れたなら、あの言葉を忘れます。」

「どうぞ、ごめんなさいまし。」

「では、今日はもうよして、その辺を散歩でもしていらっしゃい。」

「ええ。」

涙が、泉のように湧いて来た。

その時、阿字子は、どんなに自分を可哀そうに思えただろう。「死んだ方がました。」と心の中で呟かないではいられなかったほどであった。この娘の、こんなに可哀そうに見えたことは、初めてだと思い乍ら、母は激しい感動を圧えて娘の後姿を見守っていた。阿字子は、どこに行って好いかわからなくて、茫然と白楊樹の下に突立って海の方を見た。

初秋の海は、澄みとおって、一の瀬と二の瀬との色がはっきりと別れている。砂丘は長く続いて所々、真青な浜豌豆の葉を被っている。汀で、子供等が四五人、裸で戯れているだけで、誰ももう、海に入ろうとはしていない。空気は瑠璃のように透明であった。すぐ足元の石垣とすれすれに燕が低く飛んだ。

「秋になっちゃった。」

と阿字子は、呟いた。

一三

こんなことの為に、母を失ってゆくことは悲しい、悲しいと思い乍ら、阿字子は、いつの間にか母に、気兼ねしいしい本を読んでいる自分を見出した。

打たれるだろうという予感に脅かされるのは、実際不愉快ではあったが、読書について、阿字子は母ほどには、父を憚ってはいなかった。父は、自分のその時その時の気持で、薄暗で本を読んでいる娘を、呶鳴りつけたり、見逃したりした。父は、本を読むそのことを咎めなかったが、その為に母の心は、どんなにか痛むだろうことのために、娘をしばしば脅かした。それで、阿字子は、父の肉眼からは巧に逃げまわってさい居ればよかったけれど、母のことを考える時、心は云い知れぬ重味に圧しつぶされた。それは只、阿字子の気持でだけであったのに拘らず、いつも、本を読んでいる時、自分の中には母が居て、絶えず、無言の制限を加えているのであった。

阿字子は、どうかしてその考えから、逃れたいと思って焦燥った。

そのことの為に、現実の母をも次第次第に見失って行くことになりはしないかということの恐怖で頭は一ぱいになっていた。とうてい平和は再び帰って来ないだろうほどに、心は波立っていた。こんな位なら、いっそ本を読もうとしなかった時の方が——読書慾に燃え、燃えて、いつも腕を差しのべていた頃の方が、いくら増しであったか知れなかった。

阿字子の眼の前には、母と本とが、恐ろしい速度で回転していることのほかに、何物もなかった。

いっそのこと本を捨ててしまおうかと、いくども思って、ある時は扱帯でからげて、押入の隅に突っ込んで見たり、また或時は物置に持ち込んで、薪物と一つに積み上げたりした。前夜、なされたその行為は、翌朝はもう、美事に裏切られていて、人目に触れないように、また、こっそり自分の部屋に連れて帰ったりした。そうだ。阿字子には本は全く生きているようにしか見えなかった。気に入った本は、抱いて寝て、好い子好い子と云って頬摺したり、また或時には、寝台から、床の上につき落して、もう本の顔も見たくない、お前達よりも、数等母さんを愛しているのだから、と云って蹂躙ったりした。

少女が何よりも愛したのは、神話と伝説とであった。わけても、希臘神話の光輝と、アーサアの円卓の騎士の伝説の絢爛とは、感じ易い小さい魂を、焼き爛らさないではおかなかった。

少女は、野に山に、砂丘に、樹下に、いたる所あの美しい神々の多くの足跡を見出すことが出来た。

ああ、曙の淡明に立つ、猟の女神の素足の白さ。白日の潮に解けて、素膚を絡む、愛の女神の髪の清さ。たそがれ、永遠の昼へと炎の馬を馭して進む太陽神の壮麗さ。朝には、希臘と共に目醒て神々と語り、神々と戯れ、夕には騎士と共に夢みて、彼等と共に坐り共に悲しみ、共に嘆いた。

かくして、少女の裡に眠る、全ての美と感情とは呼びさまされたのである。

空想の大いなる翼は、久遠の空へと羽搏って、少女の魂を運んで行った。いくたび、箒の馬に跨ってパルナスの頂上を越えたことであったか。夜ごとの夢は、その魂の故郷へと、帰りを急ぐのであった。――

永い夏休みも、これが最後の日、阿字子は空と並んで、窓際に腰を卸した。海は静かで、陽は今水平線に沈みかけている。白楊樹の梢にも、軒端の蔦にも、奇異な光りが充ち満ちて、葉という葉はことごとく輝いていた。

「空、見てごらん、今、空中で大きい戦が始まっている。昼の軍勢はだんだんと、夜の軍勢に追いやられてゆく。何て早い黄昏の足並だろう。空にも、あれが見えるでしょ。ほら、夕暮の影が、あんなにだんだん拡がってゆく。」

そう云って阿字子は、握りこぶしで顋を支えて、睫毛を伏せた。

空も、同じように窓敷居に、顋をのせて、刻々に色の変ってゆく海の上を、凝然と眺めていた。

「ああ、黄昏が唄っている。あの波の歌をお聞き。自然は美しい美しいって囁(ささや)いているじゃないか。ねえ空。どうしてこんな綺麗(きれい)なものに、人間は、背中を向けよう、向けようとするのだろう。忙しくて忘れるのかしら。

ねえ、古代は、神々が話し合いながら、雅典(アテネ)の街の角を、右にまがって行ったと云うじゃないか。

神々は、人間の隣人だったのに、今では人間は、神々から泥人形のように軽蔑せられているんだわね。」

それは、二つの心が、初めて見たように、美しく聖(きよ)い夕暮であった。あの湖畔の詩人が云った「祈禱(いのり)に息も絶えたる尼公」のように静かな厳かさが、あたりに一ぱい拡がっていた。

その時、緑が二人を驚かさなかったならば、二人は、恐らく明日の朝までも、黙りこんで、その眼は半開きのままに海を眺め、小さな顎を握拳(にぎりこぶし)に載せて窓敷居に押しつけたまま身動きもしないでいたであろう。そして二人は、きっと同じことを考えて。――まったく空は、阿字子の言葉の意味は少しもわからなくてもその気持は、その儘(まま)に感じて行く子であったから。――

緑は扉口(とぐち)に立って、暫(しばら)く二人をながめていた。只、形の大きいと小さいのとで、服も揃っていたし、体の恰好(かっこう)もよく似ていた。只、いかにも、空は小さくて可愛らしかった。

緑が傍に来て電灯を点けるまで、二人は気がつかない。背後が、ぱっと明るくなると、同時にきらりと——ほんとにきらりと振り返った。

「二人とも、馬鹿におとなしいのね。どうしたの。」

「景色を眺めていたの。」

　そう云っておいて、空は急いでまた、前と同じ姿勢を続けた。

「こんなに暗くなって、何か見えること。」

「お星様が、たんと、たんと見えて、きれいなの。」

　緑は、窓際に寄って来た。

「阿字子。また、熱病に罹っているんでしょ。」

「そうなのよ、そうなのよ。」

　阿字子は、せかせかと答えた。

「こんな気持を、なんて説明して好いかわからないの。阿字子には。もう、どうしても、じっとしていられない位よ。眼が昏みそうな気がするの。誰かに、ちょっと触られても、その途端に、わあわあ泣き出しちゃって、どうしても泣きやまないでいてやろうと思う位よ。

　私は、いまに、気狂になるかもしれない気がして仕様がないの。」

　そう云って、熱い頭を、姉の胸に凭せかけた。緑は、静かに抱きよせて、

「冷静になってちょうだい。阿字子や。皆が、あなたのことを、どんなにか心配しているんでしょ。皆に大事がられているのだということを忘れないようにしてちょうだい。今からそんな風に、感情を、持て扱っちゃ、駄目じゃないの。ずいぶん、大事にしなければいけないと思うわ。」

「ええ、ええ。そもそも阿字子には、理性だの、意志だのってものが、あるんでしょうか。私は自分の感情に、圧倒せられまいと思って、一生懸命なのよ。理性だ、理性だと思い込んでいたものが、よくよく考えてみると、矢ッ張り感情だったり、意志が働くのだと思っていると、矢ッ張り感情が首を上げていたりするんだもの。どうしても、阿字子には、その区別がつかないで、ほんとに困っちゃうの。今にきっと、きちがいになるのね。」

「あなたの感情は、ずいぶん発達している。私は、いつもそう思って、恐ろしいときがあるの。だから、私は、あなたが、今も、将来も、地上の幸福からは面をそむけられる人だと思っていることをかくさないわ。勿論、幸福と不幸とは、主観の問題だけれど。でもどこまでが主観であるかは問題ね。」

「阿字子には、まだ、幸福ということは、よくわからないのよ。まだ、だいいち自分のことに結びつけて、考えて見たことがないんだもの。君は、幸福なの。緑さん。」

「私は、いろんな意味で。矢張り幸福だと思わないわけにはいかないのよ。」

「では、阿字子にだって、いろんな意味から、不幸ではないと云うことが出来てよ。」

「そうよ。私の考えているような意味でなら、あなただって、空だって、皆、幸福だわ。」

「一体、幸福って、どんなものだろう。きっと、ずいぶん好いものにちがいないのね。何所かに探しに行こうかな。」

「何所にでもあって、何所にでもはないものよ。」

「ずいぶん変ね。見つけたら、空に、半分わけて上げようね。きっと、わけて上げないではおかないわ。空はほんとに好い子なんだもの、ずいぶん、ずいぶん好い子なんだもの。」

阿字子にそう云われると、空はふくよかな頰をさしよせて、そっと、姉の手にすりつけた。そして、

「空にも、ちょうだいね、空にもちょうだいね。」

と云うのであった。

海上は、もう全く、夜の黒い翼の下に蔽われてしまって、風が何となく冷々と、熱ある頭に快かった。月は、まだ、なかなか上る気色もない。

「もう、窓を閉めましょう。」

そう云って、緑は、かたりと閉め切った。

「お星様が、見えないわ。」

空は、詰らなさそうに云った。

「だって、空は、もう、お休みなさいの時間でしょ。ほら、明日からはまた、毎日学校に行くんでしょ、お寝坊しちゃ駄目よ。」

「だって、空だけ寝るの詰らないんだもの。」

「何云ってんのよ。もう、皆も寝るんですよ。さあ、一緒に行きましょう。」

と、緑は、空を、引っぱって行った。

「阿字ちゃんも。」

空は、扉口の所で振返って云った。

「ねえ。阿字ちゃんも、来ないの。空は王子様のお話がききたいの。お話して。」

阿字子は、うなずいて、急いで行った。

阿字子は、寝台の上にそのままごろりと横になって、暫く天井を眺めていたが、

「私達は、いつ街の家に帰るの。」

と顔を見ないで、緑に問いかけた。空の上に、白い毛布を圧しつけていた緑は、一寸(ちょっと)考えて答えた。

「いつだか。」

「去年はもう、八月の末には帰ったんじゃなかったの。」

「そうよ、今年は、でも、まだ父さんも母さんも、いやに落ち付いてらっしゃるんですもの。」

「それだともう、街なんぞには帰らない方が好いな。お蔵の二階だけは、少し惜しいけれど。阿字子は、街はきらいなの。」

「二人の学校が、少し遠くなるけれど、私も、此家の方が好きなのよ。」

「もう、ずっと此家にいれば好いんだわね、そしたら、花壇やなんか、ずいぶん手入れしていろんなお花を作ってやるけれど。

来年は、どうしても、薔薇と百合とを作らなければ。」

「百合は、彼方の家から取って来て、根を埋めて置きさえすればわけなしよ。」

「私、この窓から、眺められるように、百合の花壇を作るのよ。緑さん手伝って頂だい。」

「いいとも、皆で、作りましょう。」

二人の話を、眼できくかと思うほど、大きく、はっきり見開いていた空は、

「阿字ちゃん。空もね。」

と云った。

「勿論だわ、空は、一番に手伝って呉れないじゃ駄目よ。」

「うん、だから、お話して。」

「いやな空。ずいぶんずるいわね、何のお話をしようかな。」

「あのさ、王子様と、お姫様とのお話さ。」

「あれ？　あのお話は、空にだけしかきかされないのよ。緑さんがいては駄目なのよ。」

「じゃ、緑ちゃん、彼方に行って。」

と折角、寝てるのを、空はまたわざわざ起き上って、緑の後から押して行った。緑は、笑い乍ら、扉を閉めて出て行った。空は阿字子の寝台に来て横になり乍ら、

「さあ。」

と云った。そこで阿字子は、妹の髪の毛を、掻き上げ掻き上げ話し始めるのであった。

「ボウケイルの若君の花のようなオオカッサンが、お父様の美しい奴隷のニコレットを、命に懸けて想い初めました。その腕はもう決して、二度と、あのきらめく蛇のような、長剣の為に揮われることなく、その脚は、また決して二度と、輝く拍車の長靴を穿いて、馬腹をせめることはありませんでした。オオカッサンは、只、音楽に合して胸の想いを唄いました。それは、薔薇の花も萎んで行きそうな、まことに悲しい唄でした。オオカッサンよ、何故、お前は、戦いに出ようとしないのか、とお父様の伯爵が云いました。父よ、あのニコレットを下さいますなら、手柄はお望みの儘です、とオオカッサンが答えました。

我子よ、ニコレットは、奴隷女だということを忘れたのか、と父は怒りました。しか

し、戦闘の結果は、国を挙げて若君の出陣を要求しています。我子よ、と父は云いました。人民の流血はお前を呼んでいるではないか。父よ、ニコレットを下さいますか。先ず敵将の首を見よう、と父が答えました。オオカッサンは、真鍮のように大胆でした。次の瞬間にはもう馬上の人になっていました。ニコレットの為に戦うということが、彼の魂に、軍神のような力を吹きこみました。まだ、黄昏にもならないのに、オオカッサンの刃は柄までも、血汐に染んで帰って来ました。彼は、父の脚下に永き怨なる仇の伯爵の首級を投げて云いました。父よ、ニコレットを返せ、彼女はもはや私の物です。

　けれども、けれども二人は、もう、どうしても会うことは、出来ませんでした。父は約束をあだにして、ニコレットを塔の頂上に、オオカッサンを城内の一室に、それぞれ閉じこめてしまいました。花の五月も、二人の前には、背を向けてしまっていました。ナイチンゲイルも、二人の為に、歌っては呉れませんでした。二人は、血汐を一滴ずつ絞るような思いをしました。二つの魂は暗黒の中にも猶、探り合いつつ、他を熱望し、憧憬しました。

　ニコレットの美しさは、比べるものもありませんでした。純白の花という花は、悉く、百合も薔薇も皆、その弁を閉じて、お辞儀をしたほどです。しかし、その魂は姿の美しさに億兆を乗けたほどにも気高く、美しかったのです。

　彼女は一夜に一条ずつその美しい上着を裂きました。裂き裂いて、裂き裂いて、月の黒い夜、高い塔の頂上から、長く長く地上へと垂れました。そして、花片よりも軽く、その玉緒を伝ったのでした。茨は、その細い手足を傷つけましたけれど、彼女は、自分の魂を、求め、探ることを止めませんでした。祈禱のような静かさの裡を、心当てに、此処かと佇んだその中から、ああオオカッサンの忍び泣くその音が洩れて来るのでした。」

阿字子は、此所で言葉をきった。空は、その腕の中で、一心に、姉の、微かに動く唇を凝視め、甘い忍びやかな、その囁きに耳を傾けた。それきり黙りこんでいるので、阿字子の胸に、そっと手をかけて、小さい声で、促した。

「それから。」

「それから？　それから、もう、おしまいよ。オオカッサンは眠ることが出来ませんでした。彼は、ニコレットを想って想って泣いていたのでした。」

「何だって、こんなに、阿字ちゃんの胸は、どきどきしているの。」

空は、体を、蝦のように丸くして、頬を姉の胸に押しつけた。

「何故だか、そんなこと知らないわ。お話の続きを、そこでおきき。ほら、あんなにどきどき云ってるじゃないか。」

空に、語るこの時間こそ、一日のうちの最も楽しい時刻であった。

昼間、読んだ、話の物語は、血の中に溶け入って全身をめぐり、一度、心臓に流れて、醇化せられ、二度脈搏をとおして創造せられ、魔薬のような幻惑を以て、空の小さい魂に吹き込まれるのだ。

どの物語も、阿字子は決して終りまでは語らなかった。どんなにたびたび、一つの物語が繰返されたことであったか、そして、どんなに、新しく、それは、空の耳に響いたことであったか。

阿字子は、恋に似たその憧憬の激情を、常に、空の中に托した。

姉は、妹の胸に、血汐を以て物語を書きつけるのであった。

その海のような眼眸は、微かに濡れ、唇は、愛を囁く乙女のそれのように、優しく低い声音はかくしきれぬ感動の為に、光線のように震えているのであった。

阿字子は、夢の世界の美しさを説いて、これが、二人のほんとうの世界だ、現実こそ、遠い夢のように二人から、忘れられなければならないのだと、云った。現実は悲惨である。夢は、美しい、夢は美しい。美しいということをどう説明して好いかわからない。只感じ得て、説き難いものである。

空よ、高められたるあの世界にこそ、太陽は永遠に照り、星はきらめき、花は開くのだ。もしも、自分を生かせる、何かがあるとすれば、その何かこそ、自分の慰藉であり、憧憬であり、希望であり、それで、おしまいだ。神は、夢でのみ、凡てのことを許し、凡てのことを教え、凡てのことを与えて下さる。賢こく、あらゆるものに眸を伏せよ。

現実の悲惨を見てはならない。その眼睛（ひとみ）を焼き、唇の色を奪い、魂を磨り減らす、それらの凡てに、眼眸を拒めよ。そして、そして手を繫（つな）いで、空よ、永遠の故郷に帰って行こうよ。

静謐（せいひつ）が一室をこめた。

長い睫毛（まつげ）を黒く閉じて、二人は眠る。

「若きエンデミオン」のように頬を重ねて、とこしえに、醒（さ）めることなきもののように二人は眠る。夢は、如何（いか）に、オリムポスの野の花と開き、カメロットの王妃の宝玉と輝いたことであろう。

その長き裳裾（スカアト）に、二人を包んで見戍（みまも）るアルテミス――月は、今、上り始めたのである。蒼白（あおじろ）い光芒（こうぼう）は、窓硝子（ガラス）を透して、二つの枕を照らし出した。

一四

緑は、今年、廿三（にじゅうさん）になっていた。

そんなに、多いという髪ではないけれども、彼女が、洗ってそれを垂（さ）げているときには、長い裳（すそ）とすれすれになるほどであった。そして石炭のように黒く輝いていた。

阿字子は、姉のその髪を、限りなく愛して、額に捲(ま)いたり、腕に絡(から)んだり、三つに編んで、革帯のように胸を締めたりして、様々に弄(もてあそ)んだ。

それは、もう冬であった。戸外は、霰(あられ)まじりの、荒々しい北風が波頭を一ぱい立てて、海の上を吹きまくっていた。

小さな部屋で、緑と阿字子とは「お祖父さんの家」に迎える初めての冬の、恐ろしく乱暴な挨拶をきき乍(なが)ら、暖炉の前でお茶をのんでいた。

「阿字子も、三月には卒業ね。」

「ええ。」

「卒業したらどうするの。」

阿字子は、だまっていた。

「上の学校に行きたいとは思わないの。」

と緑は、探るような眼付をした。

それでも阿字子はだまっていた。

「私も、卒業当時は、ずいぶん上の学校に行きたいと思って、思って、泣いたりなんぞしたものだったわ。」

「でも、でもね。」

と阿字子は云いかけて口をつぐんだ。

「でも、何なの。」

「阿字子をね、上の学校にやって、空を女学校に入れて、それからそのほかのいろんなことをして、そして、そんなことをしても、まだ父さんにお銭があるの。」

「あなたは、そんなことを考えているんですか、阿字子。」

「ええ、ええ、考えていてよ。着物をきても、御飯をいただいても、皆、それは必要だけのことで、そのほかには、一片だって余裕はないのだってことを、もうずいぶん、阿字子は、考えていたんですもの。緑さんだって、そんなことを思って、それで上の学校には、行かなかったんでしょう。」

「阿字子、父さんが、もっと私達のことを考えて下すったら、あなたを、もっと勉強さして上げられなくはないと思ってよ。」

「緑さんは、骨董屋のことを云ってるの。」

「そうよ。あの安藤が一度来ると、あなたの、半年の学資を、持って行ってしまうんですもの。」

「その代り、父さんの周囲には、軸物が殖えたり、刀剣類が殖えたりするんですもの。」

「でも、そんなもののためよりももっと子供達の為に支払われなければならないお銭じゃありませんか。父さんは、御自身の道楽の為になら、どんなに生活が迫って来ようと、平気なんですもの。」

「緑さんはそんなことを云って、阿字子は、もう驚いたの。」

「誰も、口に出して云うのは、今初めてだけれど、心ではいつもいつも考えていることよ。」

「そんな、父さんの財産のことなんぞ、云うのはお止しなさい。私達は、犬っころのように飼われているんですもの、投げて貰えば尾を揮って、手を嘗めているんじゃありませんか。」

「一体、阿字子は、自分をそんな風に考えているの。」

「父さんの気持が、変らない限りそう考えるのは、止むを得ないことだと思ってよ。でも、でも、私はそんなことはなるべく思い出したくないんです。

暖炉が燃えて、外には霰が降って、このお部屋は、小さくて、暖い。あついお茶を、ふうふう吹き乍ら、のんでいて、そんなお話をしては見っともないじゃないの。」

「そうよ、見っともないことではあるわね。でも、これは、皆、一つも嘘ではないのよ、皆、真実のことだわ。もっと阿字子に、このことが痛切になれば、その時は笑うよりか、涙がこぼれてよ。」

「では、阿字子が、それを、疎かに、考えていると思ってるの。」

「少くも、私ほどには、まだ痛んではいないと思うわ。私は、母さんの家政婦ですもの、生計のことやなんか、ずいぶん、あなたの知らないことを、たくさん見ているつもりだわ。空想は、麵麭にならないことよ。只どうすれば、いつでもこの恐ろしい現実から、逃げ出して行かれるかと云うことを、教えてくれるだけだわ。

それだから、なお空想は貴いの。貴いけれど、でも、でも動かすことの出来ないものが、真黒な口を開いて、追窮して来たときにはもう、どんな力も私達には、残されてはいないでしょう。こう云っては、私が思いちがいをしているのだと云えること。」

「緑さんが、思いちがいをしているのだとは、阿字子にも考えることは出来ないのよ。あなたの言葉は、今、あなたがそう云ったように、真黒に、阿字子の上に落ちかかって来てるんですもの。そんなことやなんかを阿字子は、決して可い加減に考えたり、見たり、聞いたりしては、いないってことを、緑さんは知っていてちょうだい。阿字子はそんなことを心の中で考えているときには、只、何となく重いだけだけれど、言葉になって出て来ると、鋭い槍になって頭の頂点から突っ刺さって来るんです。阿字子は心臓が一ぺんに凍ってしまうんですもの。だから阿字子は、だから、そんなお話を、口にするのが恐ろしいのよ。恐ろしくて、気がちがいそうで、声を上げて一生懸命に逃げまわっているんでしょう、きっとね。

阿字子は、弱虫弱虫だから。」

そう云うと、阿字子は、片手で眼を押えて、椅子の底に身を沈めた。

外には、霰の音が止んで、風の音ばかりが、なお、荒びつづけている。食堂で時計が九時を打った。夢のような音である。

永い沈黙の後、緑は、独言のように呟いた。

「恐ろしいことだけれど仕方のないことだわ。」

そして、吻と溜息をついた。

阿字子は、死んだように、身動きもしないでいた。頭の中は燃えるように熱く狂っている。こうして遠くの現実が阿字子の眼の前に迫って来て、一重ずつその覆面を落し始めるのであろう。

彼女の心は次第に均斉を失って来て、魂は、そのかくれ家を求め求め、悶えていた。ああ、ああ希臘、希臘、日光と薔薇と音楽との希臘、純一と、美と、調和との希臘。そして、またと再び人々の眼に触れることなしに「時」の永劫の黒幕を距てて、永久にかくれ去り、遠ざかって行った希臘。——再び帰れ。——「もう、決して、希臘が帰ることなく、永く、希臘から見失われる時が来たならば。」と彼女は訊ね、そして、答える。「その時こそ、自殺だ。」と。

阿字子の魂は希臘を想い、現実の自分を見て、云い知れぬ悩みに、圧しつぶされ、歔欷いた。彼女がそのごとく求め憧れている希臘が、何所にも存在せず、かつて存在しなかったにも拘らず、それを、熱望して渇愛するものの魂には、不断に存し、かつ在るものだということ——希臘は実に、好き、高められたる人性の具象そのものである——ことを、阿字子は知っていないのであろうか。

思考は移動した。今や、全てのものは、如何に、彼女を嘲り、害い、傷つけていることか。

彼女は、茨で閉ざされ、彼女の家は、真黒に壁塗られていた。人生の希望は、彼女を拒み絶望が、彼女に、その冷やかな腕を与えた。そして、黒い微笑を以て、彼女の魂を、暗黒の裡に導き、虐げ、引き摺り、弄ぶのだ。

此処まで考えて来ると、阿字子は、苦悩に充ちた眼眸を上げて、暖炉に真赤に燃え上る石炭を凝視めた。

「ああ、焼ける、焼ける、私の胸は爛れてしまう。」

そう云って、不意に立ち上って、窓の傍に行った。彼女が、引き裂くように、窓掛を絞って、窓を開けると刃のような北風が、渦をまいて、おどり込んで来た。緑は思わず立ち上って、叫んだ。

「おお、ひどい、暖炉が、火を噴いているじゃありませんか。」

阿字子は、しかし、耳にもかけず、暗い中に上体を突き出して、頭を、存分吹かれていた。

先刻、霰を打ちつけた雲の集団であろう、水平線近く黒く飛んで、あとは、星が、降る計りに暗く澄み切った空に、閃いた。

海は咆哮し、渦捲き、湧き返って、岩に打かった。夜目にさえ白い波頭が狂っているのが見てとれた。この、憤怒に任して、荒びに荒んでいる自然を見た時、阿字子の心は、不思議に和んで行くのであった。ああ星が輝いている。星が輝いている。

「何という風だろう。」

と彼女は、窓を閉め乍ら云った。

「星が、吹き飛ばされそうだわ。」

振返ると、緑は、暖炉の前に、羽織の裾を引っぱって、風を防いで立っていた。彼女は、何かを考えているように、深く首を垂れて、いつまでも、此方を向かないでいた。彼女の長い髪は、踵に垂れ、床を掃いた。阿字子は、近づいて、それを自分の頭に巻きつけて、姉の顔を無理々々に、上げさせないではおかなかった。

「緑ちゃん。」

と、阿字子は、額を、姉の眼に押しつけた。

「阿字子が、あんな乱暴なことをしたから、怒っちゃったの。」

「怒るものですか。」

と緑は、静かに云った。

「あなたが、ああしなければならなかったことを、私は知っている。

私は自分のことを考えていただけよ。」

「何を、考えてたの？　緑さん。」

「私は、矢張り大人だと思って、悲しかったの。」

「大人ですって。」

「今、あなたは、風の吹き込むのも、灰が散るのもかまわずに、窓を開けたわね。私は、それを羨ましいと思ったの。」

「あれは、阿字子がいけない子でした。あんなことをしたのを、ごめんなさい。」

「あやまることはないわ。私はそれの出来なくなった私を悲しんでいるのよ。そして、それが阿字子には、どうぞ、いつまでも、出来ますように。あなたは、嘘つきにならないようにして下さい。」

「じゃ緑さんは嘘つきですか。」

「大人は、誰でも嘘つきです。」

「大人は誰でも嘘つきですか。」

「ええ、嘘をつくんです。そして真実も云うのです。大人は嘘をつきつき、真実を云っているんです。そのことが嘘つきです。」

「それだと、阿字子は、もう大人なんぞにはなりません。」

「なるもんじゃありません。大人なんてろくでもないものですからね。」

「では、では、緑さんもそんな大人になるのは、およしなさい。」

「止したい。止したいのよ。私は、どんなにか止したいのだけれど、仕方がない。阿字子や、静かにきいていて頂戴。私は、さっき、母さんから、お嫁に行かないかって云われたの。」

そう云って、緑は、阿字子の眼を見入った。妹は、足の下が、一尺ばかりも、どしんと落ち込んだように、何とも云えない、不安と寂しさとを感じて、姉の眼の中を、凝然とみつめ返した。

「その人は、誰です、何処の人です。阿字子の知っている人ですか。」

と暫くしてから、妹は早口にたずねた。

「いいえ、いいえ。誰も知らない。誰も知らないの。知ってるのは、父さんだけです。私は、今まで、私達の親類に、そんな人が居るなんてことは、きいたこともなかった。」

「私達には、古後原よりほかにまだ、親類があるんですか。」

「もっとも、古後原のように、そんなに近い間柄ではなくて、どんな風に、血が続いているんだか、たぶん、血は続いてはいないんでしょう。何でも、亡くなったお祖母さんの、――父さんの真当の母さんの方の縁者だって云うんだけれど。」

「ほんとうの母さんて。では父さんには、嘘の母さんもあったの。」

「では阿字子は父さんが、継子だったことを知らないの。」

「それは、知らなかったわ。」

阿字子は、殆んど呟くように云った。彼女は、何だか、続けざまに、打ちのめされたような気がした。

「継母には男の子が二人あって、その為に父さんは、ずいぶん苛められなすったそうよ。だから父さんは、家も地所も二人に呉れてしまって、早くから、家を出ていらしたのよ。そして、私たちの叔父さんだわね、——その一人は、他家に養子に行って。一人が、跡を襲いだんだけれど、もう、めちゃくちゃな人だったんですって。此の家も、街の方のも、抵当なんぞに入れてね、ずいぶん、お祖父さんに心配をかけたんですって。父さんは、だから、それを取り返すのに、母さんと一緒に、だいぶ苦心をなすったそうだわ。」

「初めてきいた。初めてきいた。そして、その継母や、実子はどうしたの？」

「継祖母さんの方は、阿字子のまだ生まれない先に死んじゃったの。実子は——叔父さんは、そうね、あなたの三つ位の時に死んじゃったの。」

阿字子は、姉の縁談よりも、いつかその方へ、興味が惹き起されてゆくことを、制することが能きなくなって来た。

「そんなことがあったの。そんなことがあったの。ふん、ふん。父さんは、継子だったのか。」

「でもね、そんな、酷い継母だったけれど、父さんは、ずいぶん、大切にして上げなすったそうよ。継母が、風邪でも引こうものなら、何しろ、その頃は、この辺は、まだ漁村だったし、お医者様と云っても、隣村に一軒あるきりだって頃だから、父さんは、継祖母さんを背負って、あの鹿鳴峠を越えて二里の道を、お医者様に通ったものなんですって。」

「ずいぶん好いお話だわね、ずいぶん好いお話だわね。阿字子はどうして今迄にそれをきかなかったんでしょう。」

「その代り、その代り、父さんは、お祖父さんには、ずいぶん辛くあたりなすったそうだわ。ねえ、その気持はわかるでしょ。」

「わかる。わかる。ずいぶんわかることよ。」

阿字子には、あの偏狭で、怒りっぽくて、残酷で、愛憎を濫りにするめまぐるしい父の性格がどんな所に、根を卸し、蔓を張っているかということを、はっきり見てとることが出来たような気がして、一人でうなずいていた。

あの父が、継母を背負って、二里の峠を越えたというではないか。

あの父が、家も屋敷も弟に呉れて、自分は身を引いたと云うではないか。あの父が。

――阿字子は何だか、考えることが、一ぱい頭につめかけて来るような気がして暖炉の前を、行ったり来たりしはじめた。

「阿字子、何故、そんなに黙りこんでしまったの。」

な、と思ってるの。」

「何故って。阿字子は、それだったら、父さんに対する、見方を変えなければならない

「見方を変えるって、どう変えるの。」

「今から、変えて行くんだから、どういう風に変って行くかは知らないけれど、もっと、同情をして上げなければいけないことが、沢山、今までにでもあったのだと思ってよ。私は、今まで、只打たれたり蹴りとばされたりしていたんだわ。だから、決して阿字子が悪くはないとばかり思っていたことよ。父さんの方こそ、私を打ったりなんぞ、いけない、乱暴な人だと思ったことだったわ。ねえ、父さんは、どんなにか、打たれたり、蹴りとばされたり、抓ねられたりしたんだわね。私には、父さんを憎めなくなって来ちゃったの。」

「私は、初めから、あの人を憎んではいなかったわ。私には、性格的に、憎めなかったのかもしれないのね。ずいぶん、ずいぶん、阿字子や空のようじゃない、もっとひどい目に会わされたんだけれど。」

「緑ちゃんも、そんな目に会ったの。ええ、阿字子のように、お馬の鞭で引っ叩たかれたり、沓脱石の上に、仰向けに、蹴っとばされたり、拍車のついた長靴で、気絶するほど胸を踏みつけられたり、後手に縛っておいて、もうどうしても、抵抗することも、逃げることも出来ないようにしておいて、お蔵の後の、天水桶に、倒にして浸けたり、上

げたり、浸けたり上げたり、倒にして、倒にして、浸けたり、浸けたり、ああ私は、あの時のことを思い出すと、息が止まりそうでもう我慢がならない。」

阿字子は、次第々々に昂ってゆく感情に、殆んど、圧倒されてしまって、それきり口が利けなかった。涙が不意に溢れ落ちて来た。

緑も涙ぐんだ。彼女は、息塞るような、苦しさが、胸一ぱいに衝き上げて来て、暫くは物も云えない位であった。彼女もまた、自分に加えられた暴虐の数々を、阿字子の言葉と共に、数え上げ、思い出して来ていたのであった。

「私は、父さんを矢張り憎む。」

と阿字子は、不意に、そう云って、首を真直に上げた。その眼は、火のように燃えて、抑えきれない憤怒に全身の血は湧いた。

「私は、思い出した。あの空を、どんな目に会わしたかということを。あの人は、誰も手出しの出来ないように、隅っ子の卓子の下に、あの赤坊よりも、まだ小さくって、弱々しい子を、両手と両足とを後で一つに結えて、押しこんでどんな恐ろしい目に会わしたか。そんなことを、父さんだからと云って許すのは、嘘だ。私達が、そんな目に会わなかった日は、一年中で月のない夜よりももっと少ない。だから私は嘘をついた。大人ばかりじゃない、子供も嘘を吐く、今では、嘘をつくことは、不可ないことだと知っているから、嘘をつく気にはなれないけれど、私は小さい時には、いくども、いくども、嘘をついた。どうすれば、少なく打たれるかと思って。私の魂はもう子供の時から、堕落ということを知っていたのだ。我慢がならない。我慢がならない。あの人はそして、母さんまで、子供を打たせるような目に会わしているじゃないか。だから阿字子は、その時には、矢張り、母さんを、憎まないではいられなかった。何よりも恐ろしいことは、阿字子に母さんを、母さんを憎めと教えたそのことだった。」

阿字子は、そう云って、手を捩り合して激しく胸にしめつけた。

彼女の頬は涙に汚れ、唇は激越した感情の為にぶるぶると痙攣しつづけた。

緑は、妹を抱きしめて云った。

「冷静におなり。私は、もうそんなあなたを、見てはいられない。」

「緑さん。も一度窓を開け放そうか。」

と阿字子は、歯を喰しばった。

一五

激しい昂奮のあとの、夜一夜、よく眠ることの出来なかった阿字子は、翌朝、早く眼をさました。睡眠不足と神経過労との為に、頭脳は重くふくれ上っていた。

彼女はショオルを捲いて、海辺に出て見た。徹宵、気狂のように荒れていた風は、暁方に、ぴったり止んで、海は、忘れたように眠っていた。空気は、冷たかったけれど、却って熱い頭には気持がよかった。太陽が、きらきらすると、昨夜から打ち上げられた海藻から、陽炎のように蒸気が散った。

阿字子は、昨夜のことを思い出していた。それは夢のようでもあり、現実のようでもあった。

自分の声は、半ば、嵐に取られ弱められていたけれど、きっと母の耳にも、入ったにちがいないと思った。あの部屋と、母の居間との間には、食堂が、横たわっていたけれど、憤怒に駈られて叫んだ時、その言葉は、残らずきこえなかったとしても、きっとあの声はきいたであろう。そして、どんなにか、胸をとどろかし、心を痛めていただろう、ことによったらあの時部屋の外で耳を傾けていたかも知れなかったのだ。

そもそも、緑と、自分とは、あの時、何を云い、何をきこうとしていたのであったか。意外な方へ感情が逸れて、制しきれない奔馬のように、狂ったことか。そして、今朝は、それが何となく苦笑したくなるような気持で、自分に帰って来ているのではないか。

「矢張りまだ私は冷静が足りない。まるで、激情の奴隷のほかの何物でもなかったのだ。」

そう思い乍ら、彼女は、太陽を背に浴びて、小石を、蹴ころばして歩いた。

「この石っころのように、無感覚で、驚くこともなく、感動することもなく、泣くこともなく、笑うこともなく、そして、そして……」

彼女は、考え続けて行った。足は、いつの間にか家の方に向いている。

「運を天に任して、運を天に任して、黙って、知らん顔して生きて行くんだ。」

眼の前に、人の気配がしたので驚いて顔を上げた。緑が、これも充血した眼を、妹の上に注ぎかけて、じっと立っていた。

「お早う。」

と阿字子は、矢張り微笑まないではいられなかった。

緑は、吻(ほっ)とした眼の色をした。

「昨夜は、眠れなかったでしょう。今朝、起きたら、あなたの姿が見えなかったから、何だか心配になって見に来たの。ごきげんは、もうよくなったの。」

「まだ、少し悪いわ。私は、こんだ、自分に腹が立ち始めたの。泣いたり怒ったりして、ずいぶん恥しいと思っちゃったわ。まだまだ、阿字子は、好い子にはなれないのだと思うと、悲しいのよ。

どう考えても、私は、母さんや緑(みい)ちゃんの、優しい阿字子ではないんですもの。私は、好い好い娘になりたいわ。」

「好い子になりたいわね。

でも、それは、大そうむずかしいことだということを知ったわ。」

「緑ちゃんは、ずいぶん好い子だと思ってよ。」

「私なんぞ、まだ、まだ、好い子じゃないわ。」

二人は、それっきり、黙りこんで、家の中にはいって行った。

家に、はいると、阿字子は急に頭痛がし始めた。今にも倒れそうになって、緑の肩に凭(もた)れかかった。

「おお、痛い痛い。頭が破れそうよ。眼が昏(くら)む、眼が昏む。」

「どうしたの、どうしたの。」

阿字子は、もう答えなかった。

午後になって、阿字子は、初めて、寝台の上に自分を見出した。

彼女は、自分を覗(のぞ)き込む、心配そうな六つの眼に、にっこりと笑って見せた。だが、只、頬に小さな漣(さざなみ)が一瞬間、寄ったばかりであった。彼女は全身に恐ろしい疲労を覚えた。眼は懶(ものう)げに半ば閉じられて、時々重苦しく瞬(まばた)きした。阿字子は、自分の手首を取って、脈搏(みゃくはく)を計っている手は誰のものかと云うことを知った。

「母さん。」

そう云おうとして、只(ただ)唇を動かしただけであった。疲労が彼女を深い眠りへと引き入れて行った。

阿字子が再び覚めて自分をはっきりと意識したのは、もう日が暮れきってしまった頃であった。

「まあ、よかった。」

と云った、空の大きい声をきいて、阿字子は、其方に視線を投げた。

そこには、驚いて、大きく瞬られた眼が、一心に、阿字子を見守っているのだ。

「空。そこに居たの。」

「ああ物を云った。」

空は、急いで、姉の顔の上に自分の顔を持って来て、覗きこんだ。

姉の眼は、もう、先刻のように、重く見開かれることはなかった。瞳孔は、清々と澄みとおって、空の顔を、芥子粒ほどに小さく映していた、あの、死のように蒼ざめていた唇にかすかな、紅が帰って来た。頰の色は、少し蒼味が残っていたが、普断だって寝ざめには、紙のように白くなっていることの多い阿字子を見なれている目には、何でもなかった。もう大丈夫であると思った。

空の小さな顔が、微笑に溶けた。

「空は、ずいぶん、びっくりした。阿字子ちゃんが、死んだかと思って。」

「死んだ方がよかったのよ。」

阿字子は、自分でそう云って悲しくなった。

「阿字子ちゃん、死んじゃいやよ。」

「死なないさ。」

阿字子は、そこらを見まわした。

「空、母さんや緑さんが、そこにいらしたのじゃないの、阿字子は夢を見てたのかな。」

「母さんも、緑ちゃんも、もう大丈夫だって、今、食堂に行ったの。」

「母さんは、何て云ってらしたの。阿字子は、何だかすまなくて、仕様がないのよ。」

「阿字子、阿字子って、いく度も呼んでいらしたの。それで、空も知らない間に、阿字子、阿字子って云っちゃったの。」

阿字子は、にっこりした。

「母さんが、阿字子阿字子って仰云(おっしゃ)ったそれっきり。」

「ええ、もうずいぶん、いく度も、いくども呼んでいらしたの。」

「ずいぶん、ずいぶん御心配をかけちゃったわね。

空、あなたは、初めっから、此処(ここ)にくっついてたの。」

「ええ、そうよ。」

「父さんが、阿字子の所にいらしたこと。」

「二度、見にいらしたわよ。阿字ちゃんは、たびたび、ずいぶん、ひどい痙攣(けいれん)を起したんだもの。だから、父さんも、心配して見にいらしたんだわ。」

阿字子は、何ということなしにほっと息をついた。

「父さんも、矢張り、心配して下すったのね。阿字子は、何だか変な気がするの。」

「どうして。」

「これでは、たびたび、痙攣を起すことだわね。」

「いやな阿字ちゃん。変なことばかし云って、気ちがい見たい。」

「気ちがいでないから、変なことを云うのさ。空は、何云ってんのよ。」

　空は、姉に怒られたかと思って、びっくりして、続け様に瞬(まばた)きした。阿字子は、その心配そうな顔を見ると、たまらなく可哀そうになって、大急ぎで笑って見せた。この白金のように震え易い魂の前には、春の風さえ防いでやらなければならないのであった。

「阿字子は、空のことを、ちっとも怒ったんじゃないことよ。そんな顔をしないで、笑ってお見せよ。」

　空は、思わず声を上げて笑った。阿字子も釣り込まれて笑い出した。緑が扉から半身を傾けて覗き込んだ。

「どうしたの。ずいぶん元気ね。」

　阿字子は、緑を見迎えて、

「何だか、ずいぶん会わなかったような気がしてよ。」

　と云った。

「気分は、どうなの。」

「もう好いの。心配して下すったでしょ、どうもすみません。」

「私はとにかく、母さんがずいぶん心配なすったことよ。」

「そして、父さんも見に来て下すったのですって。」

「そうよ。そうなのよ。」

緑は、なだめるように妹の眼を見入った。阿字子の眼からは、何かがちらりと流れ出たように見えた。

阿字子は、額を撫でまわして、

「強くなれ、強くなれ。」

と呟(つぶや)いた。

「また、何か考えているのね。」

緑は、やるせなく微笑んで云った。

「いろんな考えは、しばらく何所(どこ)かに蔵(しま)ってお置きよ。早く、健康をとりもどさなければ、駄目じゃないの。」

「私は、このまま悪くなって、死んでしまわないかなと思ってるの。」

阿字子が、そう云った時、彼女の眼から涙がころげ落ちた。

緑は、だまってそれを見ていた。

一六

三月になって、卒業が近づくと阿字子の心は、云い難い憂鬱(ゆううつ)に捉えられて行った。彼女は、学校を限りなく愛していた。そこは寝室を除けて唯一のかくれ家のように、彼女に恐ろしい父の眼を、忘れさしていた所であったのだ。

だがこの学校とも、もう僅(わず)かでお別れだ。そして自分は、朝から晩まで家庭にいて、野良犬のように父の顔色ばかりを、窺(うかが)って暮すのであろう。

もう、ここの図書室にも永くはいられない。本ともお別れだ。文章を綴(つづ)ることももうないであろうから、ペンやインキとも別れなければならない。詩とも、音楽とも、絵画とも、皆さようならだ。

踏み馴(な)らした、庭球場(ローン)とも別れゆくのだな、阿字子は考えながら、正午休憩の校庭を歩いていた。

そこには、夥(おびただ)しい少女の群があって、それぞれ自分達の仕事——庭球、十字球(クロッケー)、蹴球、合唱、などに熱中していて、誰一人阿字子の考えているような事を、考えてもいないような顔ばかりであった。

鞦韆(ぶらんこ)のそばに群っている、下級生の小さい姿を見ると、少くも彼女達は、一年以上は、まだ、学校に居ることが出来るのだな、と思う。「卒業はいやだ。一度は早く、卒業したいと思ったこともあったけれど。」阿字子は、一年生の時から、意地悪く自分をつけ廻している、図画教師の眼を思い出した。その男の、根性曲りというものはなかった。他の少女が見逃し、許される失策も、阿字子だというと、級の真中で、大声で喚き立てて、出て行け、見たくともない、などと、辱めたりする。この時ばかりは、この何でもないことのために、法外もなく辛く当り散らされる阿字子の上に同級生の同情は、雨のように注がれたが、概して、阿字子は、入学当時ほどには、誰からも愛されてはいなくなっていた。当時の阿字子は年も一等幼く、快活で、可憐で、小さい悪魔のように腕白な悪戯好きであった。が、もう一年と経たないうちに、阿字子の特異な性格は、だんだん、友達の範囲を狭めて行った。彼女は、何ということなく、首席から五六番目位迄の少女達からは目の敵にせられていた。彼女達は、阿字子に対して漠然とした不安と、羨望と嫉妬とを禁じ得ないもののように見えた。しかし、実際は、阿字子は、いつも、十番目位の席次を上ったり、下ったりしていたのであったが、只一度二番になった。それは入学試験の時の話である。何しろ、四年間に十二回の学期末を通じて、只の一度も首席ということに、出会わなかったのは、それは、どうしても至当としなければならなかったほど、不勉強な生徒ではあったのだ。

二年の時、博物の帳面を盗られた。本に書き入れることにしたら、その本も盗られた。

それっきり、筆記を止めて、頭の中に書きつけることにした。教科書以外の知識のあまりにありすぎたことが、狭量な、二三人の教師の憎悪を招いて、何ということなく、職員会議では、一度や二度由布阿字子の名を云われないことはないようになった。その都度、受持の教師は、彼女に注意した。それらの事柄は、彼等に対する、軽蔑と反感とを阿字子に教えたことのほかの、何物にも価しなかった。阿字子は、こうして、ついには国語と化学の教師を除く他のどの教師とも不和になってしまっていた。それは矢張り、悲しいことではあった。彼女が運動場に出ているときなど、他の級の受持教師までが、彼女に注目を忘れないで立っているように見える。そして級友について云えば少女達は、誰でもが阿字子の友人になりたがった。だがそのうちの一人が彼女に接近すると、他の少女達はそれを憎む。何故だかわからない。そして、互に、その感情を、かくし合わなかったために、阿字子は憎まれることの、どんな理由をでも押しつけられた。阿字子はどんな些細なことにでも、すぐ傷ついて行った。此方に何等の悪意もなくて、憎悪を浴びせかけられるのを、苦しいものだと初めて知った。阿字子はひどく詰らない。彼女は、とうとう孤独にならざるを得ないではなかったか。やがて動き易い彼女の心は、級のすたれ者とそう呼ばれ、また思われて、誰からも相手にされない一少女の上に向けられて行ったのだった。阿字子は今そのことを思い出す。

　阿字子は、この人となら、お友達になっても、不服の云い手はあるまい、と思った。

それほどに、早苗は、他の少女達から、阿字子とは別の意味で、憎まれているというよりも、侮られていた。何故、すたれ者と、呼ばれなければならなかったかという理由は、誰も阿字子に、きかすものもなく、阿字子も、強いても知りたいとは思わなかった。何でも、級の中でそれを知っているものは、二三人の勢力家だけで、ほかの者は、理由も知らずに、彼女達のいうままに早苗を排斥しているらしかった。

二人——阿字子と早苗——の友誼は、もう、すぐに級中の興味を惹き起した。級友達は校庭を歩いている二人の姿を、物蔭でうかがっては、ひそひそ話したり、高笑いを浴びせたりした。それらのことは、阿字子よりも、もっと早苗の方を深く傷つけた。早苗は云うのだった。

「あの人達は、私達の、何方を笑っているのか御存じですか。」

「二人を笑っているんでしょう。」

「そうじゃありません。あなたのことを、笑っているんです。」

「どうして、私だけを。」

「あなたが、廃れ者の、早苗なんぞと歩いているからです。」

「阿字子は、笑われてもかまいません。」

「私は、我慢が出来ないのです。」

「私のためにですか。」

「いいえ、私の為に。あなたが笑われるということは、私が笑われるそのことよりも、もっと私を辱めているんじゃありませんか。あの人達は、あなたを笑っています。けれど、それは私に対する、あなたの優越を、あなたに対する私の敗残を、意味することになるんです。」

少女達の浅い悪意を、そんな風に、裡に引き入れて、殆んど曲解のように深くとる早苗の、ひがんだ気持と、同時に、この少女の胸に宿る誇高い魂とに、阿字子は、強く、心を引かされた。阿字子は云った。

「ねえ、そんな風に考えるのはおよしなさい。あの人達が何がわかるものですか。二人きりだと思っていれば好いのです。」

「二人きりですって。私は、あなたのお友達でなくっても、困りはしないのですもの。いつも一人で沢山だと思っていました。」

そう云った早苗の顔は、妙な微笑で歪んで見えた。

こんなことで、もうこの人を見失うのは辛いと思ったが、阿字子は、矢張り気を悪くしないではいられなかった。

「早苗さん、私にそんな風に云うんですか。あの人達のことは阿字子の知ったことでありません。

私は、誰とつきあっても、きっと他の人から不服が出たり、中傷されたりして、もう、三年の上というものを、友情から恵まれないものとして、来ているのです。私があなたと手を握ろうとしたのは、すたれ者のあなただからです。」

「では、私を憐んでいらっしゃるんですか。」

「憐んでなんぞは、いないのです。あなたは、尊敬されなければならない人じゃありませんか。あなたは、鷲のように孤独で傲慢です。

あなたが、すたれ者だから、私は好きなのです。誰ももう、私からお友達を、奪って行こうとは云わないでしょうから。」

「でも、私がお友達でありたくないと云ったら。」

阿字子は嚇となった。

「私は蘆の葉よりも傷つき易い人間ですけれど、そのお言葉に対して憎まれ口を吐こうと思えば、どんなことだって、云えなくはないのですよ。」

「吐いてごらんなさい。」

「でも、あなたなんぞには、それほどの興味を感じません。」

この言葉は、他のどんな言葉よりも、深く早苗の胸を衝きとおしたように見えた。二人は包みきれない不快を以て別れた。しかしこんなことの為に、相互を見失うには、あまりに、相互に惹きつけられていた。阿字子には、早苗だけが、自分に恵まれた友達だと思えて仕方がないほど心の底では早苗を深く愛していたので、どうかして仲直りをしたいと思った。阿字子は、今までに、自分に親んではそむいたり裏切ったりして行った少女達の、誰にも、かつて抱いたことのない取り返したいという気持を、早苗に対して抱いているのを、どうすることも能きなかった。その気持の中には、二人のことを嘲笑した少女達に、こんなことを知られたくないという焦慮と、知られたら、どんなに云われるかもしれないということ、そのことの為に、早苗は一そう憂鬱に捻じれてゆくだろうから、その不安とが、少なからず含まれていたのであった。その時、小さい事件が起ったのだった。

或日の放課後、裁縫室の一隅に、並んだり向き合ったり、篦を引いたり鏝をかけたりして、日限のせまった展覧会の出品物の、仕上げを急いでいる少女達が居た。

彼女等は、小鳥のように快活であったから、歌ったり、騒いだり、口相撲をとったり、囁き合ったり犬や猫の鳴声を真似たりして、その唇は手よりも、もっとよく働いていた。そのうちの一人が、ふと、自分は今朝通学の汽車の中で、護送せられる囚人を見たと、話し出した。

可哀そうな囚人の、手錠を箝められた手は、男のそれだとも思われないほどに、細く蒼白くて深い編笠の下にかくれた、その憔悴した顔色を思わせるのに、充分だと思われたと云った。

それを、云った少女は、阿字子と同じように、入学当時からその姓を呼ばずに、名をちゃん附けにして呼ばれて来た、無邪気な顔と心とを持って居て、級の皆から末子のように可愛がられている少女であった。だから、誰一人として彼女に、何等かの意味があってそんな話を、始めたものであろうなどとは、考えることも能きなかった。その時、それを聞いていた少女の一人が、突然、叱っと云った。そんなことを云っては、悪い、と云った。すると急に、皆が、ひっそりしてしまったので、阿字子は、ふと顔を上げた。今までの騒音は、墓場のような、沈黙の中にのみこまれてしまって、少女達は誰にともなく、意味ありげな狡猾そうな視線を、投げ合っているのだ。その事が、阿字子を堪らなく不愉快にしてしまった。また、少女達の間には何かのよくない感情が、流れ合っているのではないかと思って。

阿字子の視線は、彼方の窓のそばで此方に横顔を見せて俯向いて、冷やかに運針の手を動かしている早苗の上に据えられた。

友の頬は、何故か真蒼になっていた。先刻、阿字子がおくれてはいって来たときに、ああ居るなと思って彼女を見たときには、決してあんなに蒼ざめてはいなかったのに、そう思うと、何となく気づかわれてならなくなって来た。「気分でも悪いのかしら。」と、そう思い乍ら、阿字子は、また針を動かし始めた。しかし、すぐまた、眼眸を上げて、早苗の方を見ないではいられなかった。早苗は矢張り、澄して縫い続けていた。それが、阿字子には、気のせいか、何か心の裡に激しい感動を、抑えつけているかのように感じられてならない。

一旦、気味悪く、鎮まっていた少女達は、また、ひそひそ話し始めて、声が、だんだん高まって来るとまた以前のように、騒ぎ始めた。

阿字子は、たびたび、早苗の方を注視しているうちに、たまらなくなって、とうとう、材料と裁縫箱とを、掻き集めて、早苗の隣に席を移した。早苗は、阿字子をちらりと眺めて、黙っていた。阿字子も黙っている。阿字子が不意に立って、物も云わずに席を早苗の横に移したことは、一瞬間、少女達に眼を瞠らしたが、次の瞬間には、再び、何かを期待するような、狡猾な眼つきと、忍び笑いとが、彼女達を捉えた。阿字子が、これでは、二人が校庭を歩いていた時と同じような結果を早苗の感情の上に持って来るかも知れないと、気づいた時には、もう少女達の唇は、傍若無人な高笑いに綻びて行っていた。阿字子は、出て行くのは、残念だと思って、じっと堪えていた。早苗も、恐らくはそうであったろうように見えた。譬えば、今一人の少女が、はなれている友に、自分の隣に来ないかと云う、そう云われた少女は、高い声で阿字子が早苗の隣に行く位だから、誰でも、どんな所にでも行かれない筈はない。だから行く、と答えるのだ。少女達の笑声が、二人の上に雷のように落ちかかって来るだろう。阿字子はもう何と云って好いかわからない、早苗に対する、すまない、すまない気持で、胸が潮のように高まって来た。不意に早苗の頬に、血汐が颯と湧いた。二人は殆んど、同時に立ち上った。早苗は、あたりには目もくれず、物も云わず、扉に打(ぶ)つかるようにして出て行ってしまった。続いて阿字子も出ようとする時、また嘲笑が鼓膜を裂いた。阿字子が振り返った。全身はわなわなと震え、眼は憤怒(いかり)に燃えて少女達の上に見据えられた。

「卑怯者。」

圧(お)しつぶされた声が嚙み合した歯の間から軋(きし)み出た。

「自分達のしたことを見なさい。一人と一人では早苗さんにも私にもかないっこない人達の癖に、恥かしいとは、思わないんですか。」

その瞬間、阿字子の中には自分のその言葉を肯定して好いのだという、自信が強くふくれ上っていた。級友達の顔からは、凡(あら)ゆる表情が振い落されて、唯(ただ)茫然と前後に只一度初めて人々の前に、これほどの怒りを示した阿字子の顔を眺めていたのだ。

広い校庭を探しあぐねた阿字子が、音楽堂の窓下を通ると「幻想(トロイメライ)」を単音で弾くピアノの音が洩れて来た。その曲節(メロデー)が、何かを暗示しているように思われて、暫(しばら)く立って聴いていたが、もう、じっとしてはいられない程に胸が苦しくなって来て、一瞬間裁縫室をとび出して来た自分自身を忘れさした。冒頭の数節をいく度も繰り返していたピアノの音が、ふっと止んだ。そして、がたんと重い蓋(ふた)を落す音がきこえた。

阿字子は、段をかけ上って廊下を曲った。音楽室の中に誰を見出したか。

「矢張り。」

と阿字子は云ってピアノに近づいた。

「あなたでしたね、私は、今、ふっとそんな気がしたものですから来て見たの。」

早苗はピアノに凭れて、腕に顔を埋めていたが、その時、黙って阿字子を、流し目かと思う程に冷やかに見上げた。

「そんな風に、私を見るのはよして。私は、矢張り、あなたを、探しまわらなければ、居られなかったんですもの。」

阿字子は、そう云って、ピアノに片手を置いて、その上に頤を載っけて、じっと早苗を見返した。

「あなたは、馬鹿です。」

と早苗は、低い静かな調子で云った。

「あんなことをすれば、皆の感情が動揺するにきまっているじァありませんか。何だって、私の横なんぞに来たんです。」

その詰るような言葉の中に、無限の優しさと親しみとがこめられていた。これがほんとの早苗だなと、阿字子はそう思うのであった。

「あなたは、たいへん蒼白い頰をしていらした。だから、私はあなたの横に行ったのです。」

「そのことがあなたとどんな関係があるんです。」

「また、そんな風に云うんですね。私は、なんだかからかわれているような気がします。」

「あなたは、編笠の下の、蒼い手を見たことがありますか。その手が自由だった時、抱かれたことがあったのですか。」

と投げ棄てるように冷たく早苗は云い始めた。

阿字子は、その瞬間に、何も彼もを了解した。早苗のそんな言葉をきくのは恐ろしいことだ。彼女は、その場を逃げ出したい、衝動に駆られて叫んだ。

「黙っていて、黙っていてちょうだいな。それでないと私は行ってしまいますよ。」

「もう仕方がない。あなたはきかなければいけません。私は、妓楼の一人娘なのです。父は私が尋常五年の時、私の母を奪って行った他所の男を殺したのです。私はあの手が自由だったとき、どんなに愛されていたことでしたか。私は、父が、母をも、殺して呉れればよかったと思っています。だけれどあの人は、私の為に、母を残して置いて呉れたのです。そのためになお父の刑は重くなりました。でも父は、やっぱり、母のことも愛していたのかもしれませんね。

父は人を殺しましたけれど、母ほどの罪人ではありません。母は私の心を殺してしまったのです。母は、私から、母自身を奪って行ってしまいました。

これは事実ですよ。あなたの見たことも、考えたこともない世界が、いくらもあるのだってことを、知って下さらなければいけません。私が、あなたのことを、親切に考えないからと云って、あなたは不平を云うことは出来ないのです。

私は、初めから、あなたを注目していました。優雅な態度や美しい物云いで、辛辣(しんらつ)な言葉を、先生に投げつけるあなたを見ていたのです。けれど、皆から、わいわい云われている時、あなたは、一度だって、私の方を見なかったじゃありませんか。そしてあなたが誰からでも愛されながら、そむかれて行った時、あなたは私の傍に来たのでしょう。そしてそのために、私は忘れられた頃に、再び皆から、悪い興味を惹起(ひきおこ)してしまいました。それでも、自分の知ったことではないと、あなたは云うんですか。あなたは、もっともっと私から、不親切に考えられても好い筈ではありませんか。」

「ちがいます、それはちがいます。あなたは、私が、皆から、騒がれていた頃には、あなたを見向きもしないでいて、友達がなくなった頃に、あなたを見たのだと、そんな風に考えるのはまちがっています。私は、その頃は、まだ子供でしたもの。誰をも見なかったのです。私が、二年になった時には、大抵の運動の選手になっていたことを思い出してちょうだい。私は、運動ばかりを見ていたのでしょう。ほんとに私があなたを見出したと思ったのは、あなたから、たった今、馬鹿だと云われた、その瞬間からでした。」

一七

早苗を知ったことは、阿字子の感情の上に、一つの変化を与えた。そしてそれと同じ位の分量を早苗の中にも注ぎこんで行った。

あの事があって後、級友達は、ほんとうは善良な魂を、浅い感情の下にかくしていただけに、皆、人知れず、自分達の行為を恥じているように見えた――。ほんとに阿字子を憎んでいる、二三人を除けば。――もう、誰も二人のことを云うものはなかった。そのことは矢張り、阿字子の早苗に対する気持の上に、軽味を与えはした。

二人は、よく理科教室の後の羽目板に凭れて話をした。そこだけが、二人の頭の上に窓がなかったからだ。

阿字子は、早苗の該博さに、驚かされないではいられなかった。

彼女は、どんな好いことも悪いことも知っているように見えた。

この友達が、寮の離室で、望むが儘に与えられた万巻の書物をまだ、平仮名を覚える頃から、どんどん、読み破って行ったのだということをきかされると、阿字子の瞳は羨望と嘆美の情に輝いた。

「やっぱりあなたを、尊敬しないではいられない。」

と阿字子は云った。

「あなたは、読書にめぐまれていた人だわ。私は、小さい時から、お蔵の二階でだけ読むことを許されていたのです。そういう秘密の楽しみはありましたけれど、でも、でも、そんな小さい時から公然と読むことの出来たあなたは、幸福だと思って好いわ。私はついこの頃まで、一冊の本も、私にって買って与えられたことはなかったの。だから、私は、ずいぶんずいぶん詰まらなかった。あなたは、私に、色んなことを教えて下さるでしょうね。」

早苗は、阿字子の指を、捻ったり、引っ張ったりして、種々に弄び乍ら呟いた。

「私はそのあなたの中から、もうずいぶん沢山、無断で、食べてしまったわ。あなたの、心臓をたべて血を嚥んで。」

「あなたは、よくそんな風なことを云うのね。私の小さい時姪のように私を可愛がって呉れた女の人に、あなたはよく似ているの。その人も、そんな風なことばかし云っていました。」

「その人も、あなたの心臓を喰べたんですか。魔法使のお婆さんが若い命をとり戻そうとしては子供の心臓を喰べていたように。」

「あなたも、魔法使だなんて、そんな言葉を知っているんですか。」

「あなたが、私に喰べさした癖に。私はこの頃、お伽噺ばかり読んでいるんです。今だって読んでいます。あなたと話していることがそうなんです。私はこの頃つくづく自分の不純にあいそをつかしてしまいました。だから何かを取り戻そうとして、あなたを喰べることに極めたの。」

「極めたの。」

とそう云った言葉の調子は、ひどく子供らしい魅力を以て、阿字子の耳を打った。阿字子は、新らしい本の、最初の頁を開く時のような、歓喜と期待とに充ちて、早苗を眺めないではいられなかった。

二人の友情は、どこまで行っても果しのない深みへ、ずんずん飛びこんで行った。早苗は、残らずの蔵書を、二人の共有にしようと云い出した。それまで、阿字子は許されたとは云え、読書の種類を制限せられていたのが、今は何等の撰択も、考慮も加えられることなしに、どんなものをでも読んだ。阿字子は、濫読に傾いて行った。阿字子が、何か読んだものの批評をする時には早苗はじっときいていて、「姉さんのような物云いをする人だ。」と阿字子が思ったほど、自信に充ちた明確な態度で誤謬を訂正したり、意見を述べたりするのだった。

早苗は、いつも冷静を失わなかった。阿字子の熱狂しやすい心はそのために、たびたび、高い所から、地上に突き落されるような目を見た。けれど、阿字子にはそのことのために、早苗を捨てようという気にはなれなかった。

もう、だんだんとそのうちに、阿字子は、早苗の心を温めて行った。そして阿字子自身には、どんなことにも、まごつくまいとする静かな心持を、貯え込むことを努力しなければならなかった。

二人の心は、こんなに変化し影響し合って行ったけれど、どうしても、阿字子は、阿字子であり、早苗は早苗であった。それは、早苗の教えたことであり、阿字子自身の性格の中にもあって、二人は決して相互に冒し合うことはしなかった。他の少女達の親友のように、一つの動機で行動し、一つの思想で支配せられ、一つの感情で生き合うようなことは、二人の仲には見ることが出来なかった。

早苗は、よく学校を休んだ。阿字子は、矢張り寂しいとは思うのだった。

一年のうちの半分は床の中で暮すといつも口癖に云っていた彼女の言葉は、誇張ではなかったほどに早苗は病身であった。彼女は、弱い体に、強い魂を盛って、その為に、たびたび、病床に倒れた。

早苗が出て来ると、どうして、いつでも、自分が見舞に行ってはいけないと云うのかと、阿字子は詰った。早苗は、そのたびに、自分の家に、王女の裳が曳かれる筈はないと答える。早苗はしかし、別に離れた寮に住んでいて稼業とは没交渉だと云っているではないか。阿字子がそれを云うと、でも、母はたびたび、自分を見に来るから、と答える。

　早苗は、心から母を憎んでいるように見えた。顔を見るのもいやで、他人の婆やや、召使の方がどんなにか自分を、愛してくれるなどと云った。父が早く刑期を終えて、母の手から、自分を取戻しに帰って来ないかな、とそう云った時、早苗は、涙ぐんでいることもあった。どんな時でも、そうであったが、わけても、その時、早苗は、阿字子にはいとしく見えた。丁度、傲りかに咲き誇った牡丹の花片が、嵐に裂かれたように惨ましく悲しい。矢張り自分は、この人を、愛することは、止めまいと、一人で考えたりしたのだった。

　秋の運動会の時、母と緑とが空を連れて観に来た。校門の所で出迎えて、只一人の友として三人に早苗を紹介したあとで、接待係の少女に、案内せられて行くのを見送り乍ら、阿字子は、今早苗の母も、来はしないかとたずねた。

　自分のことをいうと、何でも夢中になる母だから、たぶん来るだろうと、早苗は、吐き出すように云った。その時だけ阿字子は、我母を思って何となく早苗が憎らしく見えた。自分は小さい時に、度々打たれているけれども、こんなに母を愛しているのに。父を、自分は憎んでいるけれど、恐怖と半ばしているだけで、決して、侮辱したりはしていない。こんな早苗だから、たびたび、自分を突きとばすことをするのだ、と阿字子は、かつて覚えなかった不快を早苗の上に感じた。阿字子は、自分の級が、出場を待って溜りに控えている時に、来賓席の三人が、熱心にプログラムを覗き込んでは、自分の方を物色している透明な愛に充ちた眼を見出した時、幸福を湛えた清水で胸を洗われるような気がした。

阿字子は、番を終ると、来賓席にかけ出して行く。大勢の父兄や来賓の紳士や淑女達の中で、三人を見る阿字子は幸福である。阿字子は、空のレースで飾った小さい胸に、一等賞の薔薇の造花を、腕から外して止めてやった。そして、自分達の遊戯の出来栄は、どうであったか、気に入ったかと、母や緑にたずねるのであった。空が何か小さい声で云っているので、身をかがめると、空は精一ぱい爪立ちして、阿字子の額の汗を拭いて呉れるのであった。

人々の視線が、どうしても、阿字子達の上に投げられないでいることはなかった。中には見知り越の人も居て、その時、初めて気がついて、はなれた所から会釈だの挨拶だのを送ったりする。

このうちの誰か一人が早苗の母だなと、そう思い乍ら、阿字子はひそかに、見まわした。しかし運動場に注がれている人々の横顔や、後姿などでは、とうてい、それらしい人を想像することはむずかしかった。もう一番、障害物に出場しなければならない。そしたら、こんどは、母さんの胸に、薔薇を飾ることが出来ますようにと云って、阿字子は、微笑んだ六つの眼に、見送られて出て行った。

阿字子は、何だか満足であった。誇りとも、狂喜ともつかない一種の感情が、その心を衝き動かした。彼女は、微笑みたい気持を抑えることが出来ない。障害物競争の、一等賞の薔薇の花を、母に捧げることの自信に充ちていたからである。

阿字子は、楽隊席の幕の後で、早苗に呼びとめられた。早苗は、自分は、阿字子が、来賓席で三人と話しているのを見て、あてつけられたようで寂しかったと云った。阿字子は、自分にそんな意志はちっともなかったことを知っている癖に、と早苗の肩に手をかけて揺ぶった。早苗は、その手をとって両手で、握りしめて云ったのだ。

「知っています。けれど、そんな風に私が考えたのを咎めてはいけないのです。母は私を愛していますけれど、私は、決して母のものではないのに、あなたの母さんはあなたを愛していらっしゃる。そして、あなたは、母さんのものじゃありませんか。」

そして、今はその時のその言葉も、それ等のことも、残らず思い出に属すべきものになろうとしているのではないか。阿字子は卒業しなければならない。

一八

ゆっくりした、長い波のうねりが、海一ぱいに拡がって行くと、春はもう、渚から目醒めて来た。

家の中は何ということなく落ち付かない日が続いてゆく。呉服屋が出入りしたり、髪結が三日目ごと位に来て、緑の長い髪を賞め乍ら、島田髷に結って帰って行ったり、母も緑も針を持ち続けていて、阿字子や空にも、あまり、かまって呉れないように見えた。卒業して以来、阿字子は、一度も外に出ず、誰にも会わなかった。卒業式の日、早苗が答辞を読んだ。子供らしい気持で、阿字子はそれを痛快がった。今までの、どの級も残さなかった程立派な答辞を読む為に、二人はその下書に、熱心に筆を入れたり、削ったりした。試験の前に、早苗が、答辞を読むのは自分だと云って笑った時、阿字子は、当然だと思った。早苗は、阿字子よりも根性曲りであったから、教室なんぞでも教師から、指名せられて、一度も答えられないなんてことは、なかったけれど、自分からは、只の一度だって、手を挙げて答えようとはしなかった。答案などでも実に、てきぱきと要領よく、決して阿字子のように、溢れるものをかくしきれないという様な、書き方はしなかった。よく自分は、不純だ不純だと云っていたように、もっとも、年も上ではあったけれど、そういう所は、阿字子よりも、ずっと大人であった。四年を通じて彼女こそ、ほんとに皆から、嫉まれ、警戒せられて好い筈であったのに。阿字子は、彼女が首席でとおしたということをきくと、何となく擽ったい気持がして、そのことが、発表さいせられていたなら、自分は、矢張り皆からわいわい云われていたのかもしれなかった、と云った。一度一度自分の成績表を、吹聴しないでも、それにきまっているものをどうすることも出来ない。だから皆が寄って、阿字子のことを首席だろうなどと、噂し合っているのを傍できいていて、自分はいつでもニヤニヤしていた。阿字子は一体、何番だ、二番かと早苗は、冷やかすように訊ねた。十番の辺と答えると早苗は、それは好かった、自分は矢張り阿字子には負けたのだ、自分の身代りでなくても、阿字子は何等か別の意味ででも皆から離れてゆくだけの素質は、充分にあるのだから、自分の故ではなかったのだ、と云ったりした。そして阿字子は文章が巧いから、答辞の下書をしなければ駄目だなどと、試験のまだすまないうちから、もう書けたか、書けたかと、催促したりなどした。その日まで、誰も、答辞を読むのは誰であろうことを少しも知らなかったほど、悪戯好きな阿字子の気持が、そのことをひそかに、ひそかに保っていた。

「これが悪戯のしじまいだ。」

とそう考えて、阿字子は、式場で透きとおるような、早苗の綺麗な声に耳をすまして、この学校が初めてきく立派な答辞をきいた。

それきり、級友はもとより、早苗とも会わない。訪ねて来られては困ると、わざわざことわられているので、早苗の方からでも来ない限り、または、道で偶然に会いでもしない限り、もうあの眼も見ることはならない。声をきくことも能きないと思った。阿字子はこの頃のように、何だか、忙しそうで自分までがまごまごしていて、本も読まず、考えることもしないというのは、何事だろうと思った。

阿字子は、たまらなく早苗に会いたかった。同窓会誌などを引き出して宿所を探して見たが、あんなに云って居た位だから、尋ねて行ったからって、格子戸だって潜らさないで、自分を追出してしまうだろう、また、それをしかねない女だと思うと詰らなかった。

阿字子は、今までのように自分の部屋に閉じ籠ることはしないで、よく夕方などは、お勝手に出て来て、割烹の手伝いなどをするようになった。だがそんな中でも本をはなす気にはなれないでよく流の棚だの、米櫃の上に、備えつけておいて、時々覗き込んでいた。その為に、煮物を焦げつかしたり、魚を黒焼にして、婢から、そんな位なら、手伝ってもらわない方が、却って難有いなどと笑われることもあるのだった。阿字子はこのことに、いつまでも飽きないばかりでなく、だんだん、興味を感じ熱中して行った。緑は、それでも、矢張り、気に懸けて待針を胸にさしたまま、忙しい中をよく台所まで見に出て来て、阿字子が庖丁を持っていると危い危いなどと、云って、慌てて、取り上げてしまうのであった。

或日、阿字子が、無理に婢から奪って、米をといでいると、緑がいつの間にか傍に立ってじっとそれを見ていた。阿字子の手は桶の中で、ぐるぐる廻った。そして袖や、前褄を、ずぶ濡れにして、笊に打ち上げた時、緑は、溜息を吻とついた。阿字子は、誰も居ないと思ったので、びっくりして顔を上げて、極り悪そうに笑い出した。

「まだ、一年生ですもの、うまく行かないのよ。」

そう云って、濡れた袖口を後にまわした。

「それで、お米も、とげるわけだわね。もう、いつ嫁(い)っても安心だわ。」

と緑は、寂しく笑った。

「あんな顔をして、緑(みい)ちゃんは矢張り嫁く気なのかな。」

と阿字子は独言(ひとりご)ちた。

「だまっておいで。そんなことを云うと打(ぶ)たれてよ。」

「矢張り、嫁く気なのね。」

「人身御供(ひとみごくう)。」

「いやだなあ。」

「いやだけれど、仕方がないわ。」

「父さんに、打たれたの。」

「いくつも、いくつも。」

「可哀そうね。」

「打たれるのは好いけれども、打たせたくないのよ。父さんにそんなことを私のことで、させるのが嫌だから。」

「だって、嫁っちゃって、つまらないじゃないの。」

「私には父さんが、あんなに一生懸命に、遣(や)りたがっていらっしゃるのを見ると、もうそれを拒む理由はなくなるんですもの。」

「母さんも、やりたがってること。」

「そんなに嫁きたがらないのを、やるのは可哀そうだけれどって云っていらしたわ。でも親ですもの、娘が嫁けば安心でしょう。私だって、もう廿四よ。」

「母さんは、惜しくないのかな。自分の子を他人(ひと)にやっちゃってさ。」

「女の子は、やるものと、昔からきまっているらしいのね。」

「緑ちゃんは、その人が、きらいではないの。」

「きらうわけがないことよ、私はその人を知らないんですもの。」

阿字子は、この時ほど、姉を気の毒だと思って見たことがなかった。緑は、何も彼(か)もあきらめているように、他人の身の上を話しているような顔をしていた。

「どうしてそんなに平気でいられるの。阿字子の部屋にいらっしゃい。お話があるわ。阿字子はもっともっと、考えて見なければならないことよ。」

「この頃は、ほんとに、お話もろくにしないわね。では、彼方(あちら)を片づけてから行きますから、先に行っていてちょうだい。でも云っておきますよ。いくら阿字子が考えたって、もう、おそい、おそいのですよ。」

緑は、そう云って、もう、どうしても取り返せない、絶望そのもののような眼眸(まなざし)を、妹の眼に注ぎ込んだ。阿字子は、何だか、悚然(しょうぜん)として、姉を見返す勇気がなくなってゆくのを覚えた。

阿字子は、その儘、自分の部屋に帰ったが、何を考えて好いか少しもわからなかった。窓を開いて少し風を入れて見たり、机の上の花瓶の位置を変えて見たり、空の椅子を引ッ張って来て自分のと並べて見たり、腰を卸したり、立って歩きまわったりした。

今まで、阿字子自身も、只の一度も、結婚ということに就いて考えて見たことはなかったが、どう考えても、それには恋愛というものが、一つの条件でなければならないようであった。姉は、一体今までに恋愛を感じたことがあったのかしら、と初めて阿字子は、考えて見た。自分は、もう子供ではないから、恋愛について考えたからって、誰も淫らな娘だとは、云わないであろうから。

阿字子は、多くの騎士の恋物語を読んでいる。また、それが、主題であり、主題でなかったにもしろ、恋愛を取扱わない小説を、まだ一度も読んではいない。それらのことから考えても、如何に恋愛が、人生に必然であり普遍なものであるだろうことを、否定することが出来ないではなかったか。恐らくは、彼女自身にもあの騎士物語が教えたその事が、いつかは必然的に来る時があるだろうことの予想が、ないのだとは云い切ることが出来ないであろう。それればかりでなく、自分があの騎士達に持つ憧憬を、何だと問われた時、自分の心は単なる美的情操の高揚であるとだけ答えていることが果して出来るであろうか。美への憧憬は、実に恋愛の誕生でなければならない。自分は、それを知っている。

考えたり打ち消したり肯定したりして、待っても待っても緑が来ないので、何をしているのかと思って阿字子は見に行った。姉は、母と向い合って、下着であろう、目ざめるような羽二重の、裏を返して真綿を引っぱっていた。阿字子を見ると、緑はすまないような表情をして、母と妹とを見比べた。

阿字子は、何も云わない方が好いのだと思って、母を憚る姉を云いようのないいたましい気持でながめていた。母は阿字子を見て何となく話しかけたが、阿字子は、そのたびに、うっかりしていては問い返した。

「ほんとに、阿字子は、少し耳が遠いようだわ。あなたは、神経質だから、始終、耳を搔いてばかりいて、きっと、鼓膜に傷でもつけたんでしょう。」

母が、真面目にそう云った時、空が、自分を、よく、聾、聾と云ったことを、思い合わして、ほんとに、少しは、遠いようだと思わないではいられなくなった。阿字子は、それでも少し笑い乍ら、

「ほんとに、この頃の阿字子は、ずいぶん、体が故障だらけなんですもの。眼もあんまりよく見えなくなって、耳も少しは遠い様な気がしてさ。」

と云うと、母は、声に出して笑った。

「お婆さんみたいね。」

そう云っておいて、阿字子の指に、褄(つま)先をつまんで引っぱらしておいて、裾(すそ)に仕付をかけて行った。

「これは空の着物ですか。」

「いやな阿字子。緑さんの下着だことを知っているでしょ。」

「お愛想のつもりで、そう云って見たんじゃありませんか。」

母も緑も笑った。

「このごろ、阿字子は、よく冗談を云ったり、お勝手を手伝ったり、ずいぶん好い子になったのね。」

母に、そう云われると、何だか阿字子は悲しくなった。こんな容易なことでも、母を喜ばす事が出来たのであったかと思って。

「こんな阿字子が好い子ですって。」

「先(まえ)にも、不可(いけ)ない子ではなかったんだけれど、時々、変なことを云って困らしたり、心配さしたりしていたものよ。」

「だから、矢張り不可ない子でしたわ。この頃、阿字子はね、皆と暮しているのだ、とそればかりを考えるようになったんです。父さんや母さんや緑(みい)ちゃんや、空と一つの生活をするのが、阿字子のほんとの生活で、皆から離れて阿字子が、別(べ)っこにいては、どうしてもうまく調和がとれないのだなと、そう思うようになって来たの。阿字子は、どう考えたって母さんや皆がなければ生きて行けっこはないんですもの。いつまでもいつまでも、皆で一緒にいましょうね。」

そう云っているうちに、阿字子は、胸がつまって来てもう口が利けなかった。緑が、それだのに嫁ってしまおうとしているのだと思って。

母も緑も、黙って針を動かしていた。二人とも、決して、自分の言葉を無感覚にはきき流してはいないのだということが、阿字子には、わかりすぎるほどわかっていた。思い切って、姉のことを云い出して見ようか、だまっていようかと、いつまでも、くるくる考えまわしていた。婢がその時阿字子に、煮物の味付けはあれで好いのかと、ききに来た。緑は、自分が見ようと云って、婢よりもさきに出て行った。

阿字子は何だか知らないけれど、此の隙にと思った。そして母の顔を見た。「矢張り何か考えていらっしゃる。」と心の内で呟き乍ら。

「ねえ。」

と阿字子は、何と云ったものかと、考え考えゆっくり、ゆっくりと云い出した。

「緑ちゃんは、嫁くんですって。たいへん、おめでたいですね。」

母は、阿字子の顔を見て、何て答えたものかというように、困った顔をかくさなかった。阿字子は、赤坊のように口をもがもがさせて叮嚀に、

「緑ちゃんが、嫁っちゃって、母さんは、困りなさらないのですか。」

そう云って、膝に両手を突っぱって堅くなった。どうしても、その恰好(かっこう)は笑わないではいられないほど、改まって鹿爪(しかつめ)らしかった。だが、その時の母は、娘の恰好よりも、心配そうな眼眸(まなざし)や、物云いの方に、余計に、気を奪われてしまって、笑う気にはなれなかった。母は、娘を凝視していたが、ずいぶん暫(しばら)くしてから静かに訊(たず)ねた。

「何故(なぜ)、母さんが困らないかなどと考えたのですか。」

阿字子は母から、そう云われると、何と説明して好いかと思ってまごついてしまった。

「でも、でも、母さんは、悲しくはないんですか。」

「悲しいのです。」

と母は、言下に答えて寂しい微笑を見せた。

「では、どうして緑ちゃんを、どこかにやっちゃうんです。いつまでも、皆で一緒に居たくはないんですか。」

「問うまでもないじゃありませんか、どんなに、どんなに、皆が一緒に居たいか。」

「だのに、やろうとなさる。」

「緑ちゃんが、幸福になることを私達で、邪魔をしてはいけません。」

「母さんでも緑ちゃんでも、幸福幸福って。」

と阿字子は、不意に激しい感情から、追っかけられて云った。

「一体、結婚が、そんなに幸福なものだと、思っていらっしゃるんですか。」

母は、驚いて娘を凝視した。

「何です。それは、あなたの云う言葉ではありませんよ。」

そう、母はたしなめるように云い切った。阿字子は、顔を赤くした。けれども、云い止めはしなかった。

「それは、それは、阿字子には、こんなことを云う、資格はまだありません。でも、でも、母さんには、考える資格がおありの筈です。母さんの、母さんの結婚のことを、思い出して下さいまし。」

「おだまり。その上、云うのを許しませんよ。」

阿字子は、しかし、どうしても云わないではいられないと思った。

自分がこんなに愛し、自分をこんなに愛している母の心をどんなに深く傷つけるだろうことを悲しく思い知り乍ら。

「阿字子が、母さんを辱めようとしているのではないということを知って下さいまし。母さんだってきっと祖母（おばあ）さんが、幸福であるようにって、父さんのところによこしなすったんでしょ。それだのに母さんは、たくさんのたくさんの、苦労や、不幸と戦っていらして、今も、戦いつづけていらっしゃるじゃありませんか。阿字子の云っていることは嘘ですか。阿字子はいけないいけない子ですけれど、小さい時から母さんのことを見ていました。母さんは、何所（どこ）の夫人（おくさん）よりも何所の母さんよりも、たんと不幸な目に会っていらして、そして、祖母さんのなすった失策を、繰り返そうとなさるんですか。緑ちゃんをやらないで下さい。あんなにいやがっているんじゃありませんか、人身御供だなんて。人身御供だなんて。それだのに、引っ叩いたりなんぞして。」

「もう、およしなさい。わかりましたから、およしなさい。阿字子の心は、よくわかっていますけれど、阿字子には、母さんの気持はわかってはいないのね。私は自分の結婚が不幸だったから、せめて自分の子には、幸福な結婚がめぐまれるようにと願っているのです。

お祖母さんの失策を、自分の子でとり返そうとしているんですよ。もしも、万が一、緑ちゃんが失策るようなことがあっても、阿字子で取り返し、空で取り返そうと思っています。それが母親の気持ですよ。私は、自分の結婚が不幸だと云って、娘達も、皆そうだろうとは考えられない。緑ちゃんだって、どんなにか不幸だろうとでも考えているものなら私は決して、振袖を縫ってやることも能きないじゃありませんか。一針ごとに、幸福であるようにと、心をこめて縫っているんでしょう。だから、阿字子はもう何も云うことはない筈です。」

「怒らないでちょうだい、母さん。阿字子は、もっと云いたいのです。」

「もう、およしなさい。」

「いいえ云います。それだったら、母さんは何故緑ちゃんの心が、ほんとうに呼ぶ人が現われるまで待たないのですか。緑ちゃんは、どんな人だか知りもしないって云っているじゃありませんか。阿字子だって、どんな人だか知りもしない人はいやです。」

「あなたは、その人にもうすぐ会えるんですよ。近いうちに、一度、ここに、来ることになっているんですから。」

「そしたら、阿字子は、その人の眼の玉を掘じり出してやります。緑ちゃんを、奪って行くなんて、そんなことは、いやです、いやですって、そう云って。」

「この娘は、何を云うの。」

母は、不意に、笑い出した。

「ずいぶん恐ろしい妹さんだと思って、胆（きも）をつぶして行っちゃうでしょう、その人は。」

阿字子はそれっきりもう黙りこんでしまった。夕食後、阿字子はひどく不機嫌にぷりぷりして、自分の室の椅子の中に沈んでいた。同じことを繰り返し繰り返し、考えて見ては、打ち消し、また、考え直ししていた阿字子の頭は、板を打ち附けられたように、こわばって来た。

もう寝ようと思って身仕度をしていると、こつこつと緑が扉を叩いた。この頃、緑は色んなことで夜更かしをするために、折角よく寝入っている妹達を、驚かしたくないと云って、母の寝る日本座敷で起臥（きが）しているのだ。

阿字子が開けると、緑はそっとはいって来て空の方を見て、

「よく寝ているわね。」

と云い乍ら、後手に扉をしめた。阿字子は、音のしないように椅子を引き寄せた。緑は云った。

「昼間、来るって云って、来なかったことをごめんなさい。あなたは、先刻、ずいぶん母さんを、困らしたのね、私は、はいることも出来ないでお勝手で、うろうろしてしまったわ。でも、あんなに考えていて呉れて、うれしいと思ってよ。」

「あんたが悪いのよ。私は、昼間、来るって云っておき乍ら、来ないからあんたを、見に行ったんです。そしたら、とうとうあんなことを母さんに云わなければならなくて、阿字子は、ずいぶん悪いと思ったわ。」

「悪いに極まっているじゃないの。」

「何だって、緑さんは来なかったの。ひどい人ね。」

「だって、阿字子と話したくなかったんですもの。あなたは、私の決心を、鈍らせるような事ばかし云いそうで恐ろしかったの。」

「一体、あんたは、恋愛について考えたことは、なかったの。」

そう云って、阿字子は眼を伏せた。緑の頬に何となく血が動いた。

「恋愛なんて、野の小川にでも流れてしまえば好いと思ってよ。」

「ほんとに、そんな風に、考えるの。」

「だって、仕方がないんですもの、私も一つ頃は、大へん好い立派なものだと考えて、その人が迎いに来るまでは、決して嫁くまいと思ったこともあったの。だけど私の考えていた、その人はとうてい、来ないということが、この頃やっとわかってよ。私は、ずいぶん気永に待っていたんだけれど。そしてね、何だか、阿字子にも、たぶんその人は、来ることはないだろうと思えるの。」

「来たからって、あたい、嫁きはしないことよ。第一結婚なんてことからして、気に喰わないんですもの。」

と阿字子は、不意に顔を上げて、その眼に荒々しい感情を一ぱい湛えて、千切るような口調で云った。

「私だって、あなたの年頃には、決して結婚をしないって考えていたわ。でも、今は、どうでも好いなと、考えるの。」

「それほど、無価値なものなら、しないだって好いでしょう。阿字子は、たぶん、一生、この気持を持ち続けて行ってよ。」

「舌は誓ったけれど、心は束縛せられない儘でいた。」

緑は、只それだけを云って立ち上った。

「阿字子のことを軽蔑したのですか。」

「軽蔑ですって阿字子。私は自分を捨てている人間ですから、何を云ってもあんまり気にしないで下さい。自分のことよりほか何も云ってはいないのだから。もうこの頃、私は好い子の緑がどこかに見失われて行くのが、悲しくて仕様がないの。」

「では、あんたは、矢張り、嫁く気にはなれないのでしょう。」

「そうなの、そうなの。私は『母の好き娘』だった子が、結婚して後、たいそう、不可ない女になってしまった人を、たくさん見ています。私もそうなるだろうと思うと、恐ろしいのよ。」

「では、どうすれば好いというんですか。緑さんは。」

「どうもしなくて好いのです。生きているという、罪の、償いの為に結婚をするのだと、そう思って、ほんとに心からそう思えるようになりさいすれば好いのです。こんなことに、阿字子のその純潔な頭を汚してはいけません。知らん顔をしていてちょうだい。」

「緑ちゃん。そんなことを云って家を逃げ出そうという気にはなれないこと。」

「いいえ、お父さんや、母さんを見失う位なら、結婚した方がましです。だまっていて下さい。

この頃、私は、たいへんたいへん、堕落した気持になっているんです。幸福がどこかに行ってしまったような気がして。」

一九

たびたび、婢が、銚子を変えに来たり、酒屋の御用ききが、また一升持って来たりするたびにお勝手でぼんやり、突立っていた阿字子は「お酒呑かしら。」と思わないではいられなかった。

客間から、時々大きい笑声が洩れて来た。阿字子には、父が退職して以来、こんなに快活に話したことも、笑ったことも、初めてのことだと思われた。

「あんなに父さんは愉快そうにしていらっしゃる。矢張り父さんだって、そんなに、いつもいつも、気むずかしい人ではないわ。」

そんなことも考えたりした。

緑が、お銚子を持って、頰を淡赤くして、出て来た。

「お酒呑ね。あの人は。」

阿字子はそう云ってじっと姉の顔色を窺った。

「そうよ。」

緑は、そう云ったきり、何も云わない。

「じゃきっといやな人ね。」

「そんなこと。黙っていらっしゃい。」

「だって気に懸るんですもの。お祖父さんが、お酒呑で、父さんもそうだって、そればかしでも母さんは、どんなに不幸だったかもしれないのに、こんだ、緑(みい)ちゃんの。」

「黙っていらっしゃい。」

「阿字子は子供ではありません。それ位のことは、気がついて云って好いと思います。」

「云っても好い、云っても好いけれど、今、そんなことを云わなくっても好いでしょう。緑ちゃんだって、阿字子、黙って観ているんじゃありませんか。

　父さんも、あんなに気に入っていらっしゃるんだし、母さんだっていやがってはいらっしゃらないんですもの。私だって、少しでも、好い所を見つけたいと思ってなるべく悪く見ないようにと思って、ずいぶん、気をつけているつもりよ。」

「ごめんなさいまし、阿字子は、矢張り、いけない子だわ。」

「阿字子は、好い子なのよ。私がいけない子だわ。もう父さんだって母さんだって、緑には用がないから、それで、あの人にやろうとなさるんだな。と、そんなこと許(ばか)り考えているんですもの。

　私がこんどもいかなければ、また、これと同じことが次に待っていて矢張り、こんな思いをして、それじゃ阿字子、どうせ、誰の為にでも、私が役立ちさいすれば好いことなら、もうこれでたくさんだと思ってよ。」

「では、おいでなさいまし。そんな風に考えなさる気持もわからなくはないことよ。では、阿字子も、あの人を兄さんとして、能きるだけ尊敬しようと思うわ。」

「輝衛さんや私を考えるようにあの人のことも、親切に考えて上げてちょうだい。」

「そうします。でも阿字子は、悪い所を真先に見て行くわ。そうすれば、だんだん好い所があとから出て来て、永く好意が持ち続けられるでしょうから。」

「そうよ。そうよ。その方が好いの。」

「緑ちゃんは、輝衛さんにお手紙を書いたの。」

「ええ、書きました。」

「お返事があって。」

「近いうちに、休暇をとって帰って行くって、そう云ってよこしなすったばかりよ。」

「輝衛さんは、あの人を知っているのかな。」

「親類だなんてことは知らなかったけれど、師団の対抗演習の時にたびたび会ったことのある愉快な人物だと、記憶いたし候、なんて書いてあったの。」

「それで、別に、好いとも、悪いとも。」

「ええ、そのことは何とも書いてはありませんわ。でも、悪いとは考えてはいらっしゃらないでしょ。」

「そう。」

阿字子は、むやみに寂しくなって行った。自分だけが緑と別れたくながっているだけで、誰も彼も、緑を引きとめようとはしていないのだ。そして、こんなことが、自分の上に落ちかかって来た時にも、矢張り誰一人として自分を、惜しみはしないのではないのであろうか。自分はこんなにまで、人々を熱愛しているのに。阿字子は、そう思うと、我慢がならなかった。いつか、涙ぐんでしまって緑を見上げた。

「どうしたの。不意に、何か考えたんでしょう。また。」

「親だの同胞(きょうだい)だのってものも、矢張り、只寄り合っているだけなのかしらと思って、悲しくなって来たの。」

二〇

昨夜は、なかなか、眠むられなかった上に、朝も早くから眼がさめてしまって、阿字子は寝台の上をごろごろした。家中、誰もきっと寝つかれなかったであろう。空(くう)だけは、まだよく眠っているけれど。

もう暁の光が、窓帷(カアテン)の隙(すき)から射し込んでいた。枕元の時計を見ると、六時である。

「空、起きないこと。」

阿字子は、自分は寝乍ら妹を起した。

空は、眼をすぐにぱっちり開いて、細い腕をにゅうと伸ばした。

阿字子の優しい眼眸に打会ると、溶けるような笑顔を報いて、

「いく時。」

とねむそうな声で訊いた。

「もう六時よ。」

「まだ早いわ。」

「お寝坊。お起きよ。五月じゃないか。浜辺を歩こうよ。」

「ええ、歩くわ。」

空は、すぐに寝台をとび降りた。

「好い子だから、ついでに窓帷を絞って頂戴。」

「いやな阿字ちゃん。空をこきつかうの。」

阿字子は、思わず笑い出した。

それでも、空は、素直に胸のボタンをかけかけ窓の傍まで行った。少女は、窓帷の隙から外を覗いて吃驚したように、

「今日も、伊太利亜の空が見えるのよ。」

と、姉を振返った。

「空は好い子ね。好い言葉を使って阿字子を喜ばして呉れるんですもの。」

阿字子は、いつのまにか、空の中に自分が生れようとしていることを知った。空はまったく、阿字子の影かと思うほど、色々なことが似ている。空は、阿字子ほども、緑ほども、輝衛ほども読まなかった。聴いてばかりいる子であったけれど、一度聴くと覚えていて、好い時に出すことを知っていた。そして、そのことで、たびたび、人を驚かしたり喜ばしたりした。

しかし、空の気持では、それを少しも、他人の上に期待しているのではなかったから、人々が驚けば、すぐ一緒に驚いている。

この少女には、果して意志というものがあるのか、と思われるほど、空は凡てを素直に受入れて素直に出して行った。この純粋で、透明な魂の前にはどんなに悪いことも洗われ、その周囲には、常に微笑みかける優しい眼眸と、雪よりも潔い感情とが、手を繋ぎ合って、輪取られていなければならなかったのだ。

朝の透明な空気の中を、阿字子は空の手を引っぱって浜に出て行った。

何という空の手の小さ。何物にも増して、阿字子は空を愛し、いつくしんだ。もしそれが要求せられる場合には、自分のそれを売っても、この少女の魂をば、砕くことをしないであろう。

万丈の塵の中にも、なお珠玉と輝かせるためには、阿字子のそれを捨てても決して惜しくはなかったであろう。阿字子は、この少女の眼を見る時程、自分の魂が如何に悪と汚れに充ちているかということを、はっきりとみせつけられることはなかった。

「私は、もう駄目だ。汚れてしまっている。人間は、どうして生れたままの魂を持ち続けてゆくことが出来ないのか。もし、悪いことを知っても、知ったということに止めておけば好いのではないのか。知ったということが、行ったということになるほど、人間は、悪い事を行おうとしている。こうして、悪い意志ばかりが、どんどん、殖え充ちて行くのだ。」

そう思う時、心は、底知れぬ深みの暗黒へ、突き落されて行くのを感じる。阿字子は時々教会に行こうと思ったことがある。しかしその考えは、失望の予感のほかの何物をも持っては来なかった。聖書を開いて、「耳ありて、聞ゆるものは聞く可し。」と、読んだ時には、眼がまわると思った。

何だか、恐ろしかったのだ。

「ラザロを遣して、その指尖を水に浸し、わが舌を涼さしめ給え。われこの炎の中に苦しめばなり。」

阿字子は、修道院のことを思った。そのことばかり思い続けて、暫くは夢中になっていた。中世紀の修道僧の生活を思い、聖クララを懐い、エロイズを思って、自分も尼になろうと考えたりしたことであった。

父も母も、緑も空も、輝衛も残らずを捨てて、本とも、音楽とも、薔薇とも日光とも別れてそうしようと思った。

いつかは、そうしなければならないのだと、それが逃れ難い必然性を以て、阿字子に迫って来る時を思うと涙が溢れた。どうして、まだまだ、自分は親同胞に別れてゆくことは能きない、能きない、と思って。

阿字子は、そうして、永い後にさまよう人の故郷を思う心を以て常に希臘を、憧憬と熱望との中に呼び醒ますのであった。

太陽が、二人の影を長く砂上に落した。光を背中一ぱいに浴びて、空は爪立ちしたり、踞んだりした。

「何をしているの。」

と阿字子は、気がついて尋ねた。

「ごらんよ。空は、あんなに小さい。いくら背伸しても、阿字ちゃんにかなわないんだもの。」

「では、阿字子が、こうすれば好いだろ。」

阿字子が踞むと、空もすぐ踞んで、影を指さした。

「矢張り駄目よ。阿字ちゃん。立って腕を上げてごらん。」

阿字子は、云いなりになった。その腕の下を、空は潜って、阿字子を見上げながら云った。

「阿字ちゃん入道。」

阿字子は、笑って見下した。

「おやおや、空の顱頂(ろちょう)部には水がないのね。」

「何(なあに)。」

「河童(かっぱ)よ。小ちゃいんですもの。」

「河童は阿字ちゃん。」

空は、自信のあの口調できっぱり云い切った。

「どうして。阿字子は、そんなに伸びたり縮んだりは能きないことよ。」

「でも、もう先に、阿字ちゃんが、海から上って来たときに、母さんが、河童が帰って来たって云ったことよ。」

「ふうん。ずいぶん、変な話だわね。」

「変だなんて、可笑(おか)しな阿字ちゃん。河童だって云われたものだから。」

空は、そう云って、阿字子の細い胴に、腕を捲(ま)きつけて、くるくるとその周囲をまわり始めた。

「こんな歌を知ってて。阿字ちゃん。きいてごらん。

London bridge is falling down,

Falling down falling down,
London bridge is falling down,
My fair lady.
あんな歌。」
「もっと歌ってちょうだい。よく聞くから。」
空は、廻転しつづけて歌った。
「Build it up with iron bars,
Iron bars, iron bars,
Build it up with iron bars,
My fair lady.
まだあるの。」
「お歌いよ。」
「Iron bars will bend and break,
Bend and break, bend and break,
Iron bars will bend and break,
My fair lady.
Build it up with gold and silver,

Gold and silver, gold and silver,
Build it up with gold and silver,
My fair lady.」

歌い止めて、空は阿字子の正面に来て立ち止まった。

「もうおしまいよ。いつまで阿字ちゃんは、腕を上げてるの。」

阿字子は、この時まで水平に保っていた腕を、唯々として下した。

「それから、空を抱っこしなければ駄目じゃないの。」

阿字子は、畏まって抱き上げた。

こんなことが、矢張り阿字子には、無意識にはすごされないことであった。

阿字子は、空の胸に顔を埋めて、そこに宿る小さい魂がこのさき、いくたの嵐に裂かれ、茨に破られ傷つくであろうことを思い、いかによくいたわられ、保たれ培われて、行かなければならないかを思い、また何所にそれを探し求めようとしていたのか、この胸こそ、阿字子の修道院であり、信仰の宮殿でなければならないのだと思った。

「空や、阿字子は、ほんとに好い子になって、そして、今、空が歌った金と銀との橋を、空の行く道に、きっと架けて上げるよ。」

阿字子は、そう云って激しく腕をしめつけた。あの母親の胸に緋色のAを繍いつけた、ヘスタの娘。空は阿字子のパールであるだろう。この少女を、見戍り凝視して行くことは、同時に阿字子自身が、見戍られ、凝視せられて行くことでなければならないのだ。透明なその瞳孔は、どんなに明かに、阿字子の姿を映し出して行こうとしていることであったか。――

さくさくと砂を踏む音に、阿字子も空も、驚いて振り返った。

「お早う。」

そこには、見覚えのある父の着物を着た為に、一そう背の高くみえる、丸い顔の肥った男が、笑い乍ら立っていた。彼の眼はその心の善良さを語って、気楽そうに見開かれていて、その快活な大きい声が、小さい硝子玉のようにおびえ易い少女達を、驚かすことを気づかって、能きるだけ優しく、親しみを以って云われようとしているように見えた。

昨日見たよりも、その男は、阿字子には、悪くは見えなかった。

「きっと、私の考えているような悪い人では、ないのだ。」とそう思い乍ら、それでも、別に、云うこともないから、黙りこんで空と手を引き合ったまま、お辞儀をした。男は二人に近づき乍ら云った。

「朝の海は好いですね。初めて見ました。」

阿字子は、「あんなことを云って、ほんとかしら?」とすぐそう思った。男は、また、

「こんな好い所に住んでいらして、羨ましいと思いました。」

と云った。それから、空の頭を押しつけて、いたわるように、

「早くから、姉さんと散歩ですか。」

そう云って、阿字子の方を見た。

「悪い人ではなさそうだわ。」と阿字子はまた思った。それでも、空が何とか云うだろうと思って黙っていた。男は、そんなことは少しも頓着しなかった。

「夜中に、眼がさめましてね。よく考えて見ると私は海のそばに寝ているんです。波の音でした。

あの音は好い、あの音は好い。いつまでもきいていようと思ううちに、また、寝てしまったのです。

夜が明けたら、浜辺を歩こうと思って実に、たのしみでした。

毎朝、散歩をするんですね。好いことです。第一、体の為に好いですからね。」

「そんなに毎朝はしませんのです。」

阿字子は、率直に答えた。

「では、これからは、毎朝すること。そうすれば直に、私のように肥ることが出来ます。空ちゃんも、姉さんのように、高くならなければ駄目です。そして肥るのです。」

「ええ、ええ。」

空は続け様にうなずいて、細い咽喉を白鳥のように伸ばして、相手を見上げ乍ら云っ

た。

「小父(おじ)さんのおひげが見えます。小父さんの眼は見えないの、空には。」

「驚きました。」

と、空が、びっくりして、瞬(まばた)きを続けさまにしたほど、大きい声で男は笑い出した。

「空ちゃんの為に、早速、髪結床に行くことにします。そうしたら、私の眼を、空ちゃんに、見てもらうことが出来ます。」

「それが好いですね。でも空は、小父さんのおひげがなくなったら、道で会ってもわからないかも知れないだろうと思うの。空は、昨日から、小父さんのおひげばかし見ていたんだもの。」

阿字子は、とうとう笑い出してしまった。

「髯(ひげ)が眼印ですね。」

男はいく度もいく度も額を撫でまわして、そう云った。

「好い人らしいわ。」と阿字子はそう思って、男を見ていた。

男は、空と話をするのが、如何(いか)にもうれしそうで、楽しそうであった。空も、その男を愛しているように見えた。空の気持がそう指さすのだからと思って阿字子は、だんだん、好意が純粋なものになって行くのを覚えた。

「この人だったら、緑ちゃんを不幸にすることはないだろう。」と、そうも思えるようになって来た。それでも、緑を、どうしても奪って行こうとしているその人だと思う時、軽い不安と、憎悪に似た感情とで、見戍らないでいられなかった。阿字子は、自分がこんな風に考えているのを、少しも知らないで、殆んど、子供のような素朴な態度や、快活な物云いをする、その男の自分達に向けられるこだわりのない気持を、受けとる時、どうしても、凡ての悪意を取り除けて、了わなければならないと思った。「何故こんなに自分は、しつっこいのかしら。人を好く思うことが、悪いことででもあるかのように。この人が、もしも自分の同胞であったら、自分はどんなにでも、愛してゆくことが出来るのではないか。」そう思った時、緑が、輝衛や、自分を考えると同じように、親切にその人のことを考えよ、と云った言葉を心の内で繰返した。

ほんとに、その時、阿字子から何か、黒いものがすっと離れて、ずんずん落ちて行ったような気がした。阿字子は、何となく吻とした。彼女は、好意に充ちて男を見上げて云った。

「鶴見さんは、好い方ですね。そうだと云って下さい。」

男は、笑った。

「子供みたいなことをいうお嬢さんだ。好い方に、なりたいとは思っていますがね。」

「人を好く考えるのは、ずいぶん愉快なものだと思いますわ。」

阿字子は恰もそれを自分自身に、云ってきかしているのである。

「ここに来て、私もそれを皆さんから教えられましたよ。空ちゃんでも、あなたでも、何て純潔だかわからない。」

阿字子は心の裡で「私は、決してそうではないのだわ。」と呟いた。

二一

鶴見六郎は二三日居た間に、皆の心を持って行ってしまった。空とは、ずいぶん親友になってしまって、いつででもその掌に、空の頭が膠着いているように見えた。彼は、ほんとうに空に与えた約束を守ったから、その髯のなくなった顔は大そう若々しく、かつ、一層丸く見えた。

「私は、どんなことを考えていたのかしら。きっとあの男は好い人だわ。」

阿字子は、そう思わないではいられなかった。

どうして何でもを、単純に、率直に受け入れることが出来なかったのであろうか。

「ほんとうに、何も彼もを親切に、好意深く考えなければならないものだわ。私は、不可ない不可ない子だった。」

阿字子は、恥しい恥しいと思っていた。この事は、矢張り、阿字子を憂鬱にして行かないではおかなかった。阿字子が変な顔をしているのを見ると、緑は自分のことのような気がして、傍に寄って来た。

「どうしたの。云ってきかして頂戴。私のこと。」

「いいえ、阿字子のことよ。阿字子はもう、恥しくて、見っともなくて仕方がないんですもの。阿字子は、根性曲りなのよ。」

日と、月とが、経って行った。

阿字子は、だまってだまってそれを見送って行った。静かに、好い子になりたいと思い乍ら。

人は心の儘を行えば、好いのである。どんな魂でも、きっと少しでも好い生活を、生きて行こうとしているよりほかの何物をも求めては居ないのであろうから。

阿字子は、そう思うと、どんなことにつけても、彼女自身をいたわり、育ててゆかなければならないと思った。

とうとうその日が来た。

緑は、今まで阿字子がかつて見なかったほどに、蒼白く、驚くばかりに気高かった。あとに残る皆が決心していたことであったけれども、すべての心は、憂鬱に閉じられて行った。

俥の梶棒が、上げられようとする時、緑は不意に飛び下りて、両手に、阿字子と空とを犇と抱いた。

「打たれないようにね、打たれないようになさい。」

阿字子の心臓は、音を立てて破れるかと思うほど、激しい感動に捉えられた。云いたいことが一度に衝きかけて来て、何一つも云うことが能きない。阿字子は只涙ぐんだばかりであった。

「お母さん。」

緑は、母の腕に、身を投げた。

「あなたのお心は幸福ですか。あなたはそんな顔をなすって、緑に笑って見せて下さい。緑が母さんを打捨るのではないんです。」

幌を深く下した俥が、遥かに堤の上を走って行く頃、阿字子はようやく顔を上げた。緑が最後に、母に云った言葉を阿字子は泣き乍ら、繰り返す。「緑が、母さんを打捨るのではない。」と。では誰が緑を逐ったのか。それは実に、形ある手でもなければ、音ある言葉でもない。あの運命の後姿が見える。その矢は、どんなものをも一度傷つけたら、決して癒えることを教えない、致命の矢を、弓に番え乍ら、只の一度も獲物を見逃したことのない、猟人の正確さを以て凡ての魂を射透して行く、その、あの姿であった。阿字子が坂を上って来ると、そこに立って、矢張り、緑の俥を見送っていた輝衛と、視線が会った。阿字子は物を云う気になれなかった。輝衛の眼眸がいつまでも、阿字子の上から離れない。阿字子が、行ってしまおうとすると、輝衛はついて来てヴェランダの処で呼び止めた。

「何故だまって行くの。」

「御挨拶が要るんですか。」

阿字子は、突慳貪にそう云った。そして何となく胸が、少し軽くなったと思った。

「話をしようと云っているんじゃないか。」

「お話なんぞしたくはないの。」

「何が気に入らなくて、そんなに云いたいのだ。どうかしたのかい。」

「どうかしたのよ。私は緑ちゃんが、可哀そうで、可哀そうで仕方がないんです。皆して、皆して、追い出してしまったんじゃありませんか。」

そう云った時、阿字子は、また涙がこみ上げて来た。この感じ易く激し易い少女の魂が、こなごなに砕けて行きはしないだろうかということの恐れで、輝衛の心は波立って来るのを、どうすることも能きないように見えた。

その時は、もう、午後の日足がだいぶん、傾きかかっていた。

思い出のような波の色が、いつまでも阿字子の凝視を止めさせようとはしなかった。

海は刻々に、形までが変わるかと思うほど、あらゆる色彩に太陽を反照した。そうしていつまでも、阿字子が柱に凭かって立っている間、輝衛も、根気よく黙り込んで椅子に凭たれて、僅かの間に、ぐっと成長くなった阿字子の容姿を、物語を読むような気持で眺めていた。

阿字子は、緑よりも母よりも背が高かったけれど、その筋肉の下の、何所に、骨があるかと思うほどに、繊細で、弱々しく見えた。

その淡紅色の頬は、家にばかりこもるようになってからは、蒼白になっていた。蔽いかぶさるように沢山な髪——解いて乱せばその全身を包むであろうほどの——が、頸筋で重く束ねられ、頬に後れてかかる時には、みどり色の陰影がさしていた。輝衛の眼はその激しい変化に出会って、驚かされないではいなかった。阿字子の姿態は、彼女の、その眼眸を除けば——その裡に常に燃えている、何物かに気づくことさえなければ——典雅であるということのほかの、何物をも、感ぜしめられないほども「女性」というものを尠く持ち合わしていた。そして、それさえ、もう次の瞬間には、すぐ伏せられようとする眸なのであった。その中に、炎のように、不断に、動揺する、熱い激しい感情が盛られて、何物にでも、傷つこうとして歔欷く魂の周囲をのたうちまわっているということを、そして、その事だけが実に、阿字子を、生かしめて行く生命の根源であるということを思う時、あらゆる感情の波動が、彼の全身を浸してゆくのであった。

輝衛は、立ち上って、無言で妹の後に近づいた。

水平線近くなると、太陽の光耀は何となく薄れて、凝視していると輪を殖やすように、光を発散し乍ら廻転しているのであった。

阿字子は、その時殆んど何も考えてはいなかった。いつも、いつも、初めて見る驚きを自分の心に持って来る、自然の奇異なる美しさに、魂を深く奪われ乍ら窈窕として見入っていたのであった。

と不意に、阿字子は後から、髪をぐいと引っぱって、仰向きに力強い兄の腕の中に投げこまれた。

阿字子は、呼吸が塞ると思った。兄の息が額にふれた。

「まだ、これでも物を云わないというのか。」

「誰が。」

阿字子は、怒って好いか、笑って好いか、泣いて好いか、わけのわからない感情に、足を攫われながら身悶えして叫んだ。

阿字子は、その体が自由になると、何となく腹立たしい気持で一ぱいになって来た。彼女は、腕を上げてその多い髪を、ぐるぐると頭一ぱいにまきつけながら、詰るような口調でつけつけと云った。

「ひどい人です。阿字子の髪は引っぱられる為に、ぶら垂っているのではありません。」

「それは失敬した。」

輝衛は、困った顔をして額に手をあてた。阿字子は笑い出した。そして、またすぐ真顔になって、

「阿字子が、笑ったと云って、それでいいと思ってはいけないんです。阿字子は、まだ、ずいぶん怒っているんですから。」

と、そう云って、柱に額を押しつけて笑おうとするのをかくしてしまった。

「そうですか。では、いくどでも髪を、引っぱるまでのことだ。」

「いけない。」

阿字子は、激しく振向いた。

「輝衛さんなんか大きらい。」

阿字子は、その次に何と云ったものかと考えて、じっと兄の顔を見据えた。兄は空を揶揄(からか)っている時に見るような善良な悪意を瞳(ひとみ)に湛(たた)えて、面白そうに笑った。阿字子はむかむかして来た。

「意地悪根性。」

と、荒々しく叫んだ。

「もう、お家に、帰っちゃい。」

「お気の毒ですが。」

と輝衛は、叮嚀(ていねい)に答えた。

「もう、彼方(あちら)には、たぶん帰らないことになります。」

「それは、ほんとうなの。」

「ほら、聴きたいだろう。ほんとのことさ。閣下。」

「きられたのね。」

「この通り膠着いています。」

輝衛は、首を二三度振って見せた。

「揶揄うのはよして頂戴、私はもう、疳癪が起っちゃう。ほんとの、お話をききたいんですから。」

「ほんとの話がね、転任することになるらしいんだよ。此方の聯隊にね。」

兄がまじめにそう云うと阿字子は、あべこべに、此方から揶揄ってやりたい気持に動かされた。所がそう思っただけで、もう阿字子は、どうしても、いうことをきかない微笑が頬に浮ぶのを、抑えることが出来なくなった。

「困った、困った。」

「どうしたのさ。」

「いうことをきかないのです、顔が。阿字子は、笑うつもりはちっともないんです。それだのに阿字子は笑っているでしょう。」

「何か、可笑しいことがあるんだろう。」

「阿字子は、輝衛さんを、揶揄ってやろうと思ったんですけれど、もうよします。揶揄われると、ほんとに癪に障るんですもの。」

「先刻は、ほんとに怒っていたのかい。」

「ええ、いけない人だと思って、ほんとに腹が立ったのです。」

「それは、失敬した。真面目にだよ。ほんとを云えば、私も、いけないことをしたと思ったのさ。阿字子が、あんまり怒ったから。」

「阿字子は、怒りんぼですね。怒ったり、笑ったり、憂鬱になったり、快活になったり、棄鉢な気持になったり、千変万化なんです。」

「その気持を、どうかすることは出来ないのか。そう思って、阿字子を見ていると、私は、苦しくなることさえあるほどだ。」

「どんな風に私が現われても、矢張りどうかして好い子になりたいという、気持よりほかの何物でもないと思って。焦ったり、考えたり悶えたりするのが、自分で可哀そうですね。」

阿字子は、そう云った時、胸が一ぱいになって来るのを抑えることが能きなかった。

「輝衛さんは、修道院のことを考えたことがありますか。」

「もっと不幸なことを、考えたこともあった。」

輝衛は何かを思い出して、睫毛を垂れた。「死、死」と何故か阿字子は、心の中に二三度、繰り返した。二人の中には、沈黙が夕暮のように、拡がって行った。

「私も。」

と、阿字子は、暫(しばら)くしてから静かに云った。

「その事を、考えていた時があってよ。」

「信じられないな。どうして、そんな事を、阿字が考えたのだか。」

「でも、今は考えてはいないのです。そのことを、考えついた時、何故だか、阿字子は少し安心したのです。でも、一度考えついたことは、どうしても、何所(どこ)かに残っているのですね。あの矢と歌とみたいに。」

「私には、その考えが、一度は来るのが、真実(ほんとう)だったと思っているのだが。」

「阿字子には、嘘だとお思いになるんですか。」

「どうして、お前がそれを考えなければならなかったかと思ってさ。」

「阿字子は、運命に、見放されてしまったと、思ったことがありましたから。でも、でも、阿字子はまだほかにも居るのです。今、こんな事を云っている、これも阿字子です。先刻、太陽に見とれて居たのも阿字子です。お伽噺(とぎばなし)に夢中になるのも、修道院のことを考えるのも、罪に呪われて、地上を永くさまよった贖罪(しょくざい)のパアシファルも、白百合(しらゆり)のエレーンも、皆、阿字子です。そして希臘(ギリシヤ)を食べて生きているのも阿字子でしょう。どれが真実の阿字子だかわかりません。でも、残らず、真実の阿字子です。阿字子は、今、こんなに、おしゃべりです。でも、明日は憂鬱に黙りこんでしまうかもしれません。それも阿字子です。それが阿字子です。阿字子は、いつでも真実です。だから、あの事を考えたからと云って、それも嘘だとは云われないのです。」

「私は、たびたび、子供と大人とを一緒に見るような気がして、阿字子を見たことがあったっけ。」

「私は、小さい時からそうだったような気がするんです。今も、阿字子は、どんなに大人でしょう。でも生れたばかりの赤坊よりももっと子供なのです。」

「お前の将来が約束したどんな幸福の予想も、その気持から、解放しては呉れないのかい。」

「将来が、何も、何も、約束をしては呉れません。私に約束したのは、過去ばかりだったのね。して過去は、ほんとに正確に、その約束を守り遂げているんです。」

「お前のその若さで、その美しさで、どうして、将来に望みをかけないでいられるのかと、私は悲しい気持がして来る。私でさい新らしく生き直そうとして、腕をさし伸ばすことを忘れはしなかったほどだのにね。」

海に、今までに、かつて見たことのなかったであろう、大きくふくれ上った太陽が、真紅を溶かして、刻々の生命の暗示のように水平線にかくれて行った。

「私は、大人になりたくない。大人なんぞになりたくない。」

阿字子は、そう云って、去って行った太陽を、追い求めるもののように、両腕をさし伸べた。彼女の眼には、もう、抑えることの出来ない、憧憬の苦痛の色が激しい感動と共に、涙になって溢れ落ちた。

「私は、何かが欲しい、何かが欲しい。何かが欲しい。」

「阿字。」

輝衛は歯を喰いしばった。

「何をやれば好いの。冷静になってお呉れ。私には矢張り、そう云うよりほかに道は残されてはいないのだよ。将来に、好い恋愛と祝福された結婚とが、腕を拡げて阿字子を迎えて呉れるだろうと思って、祈禱(いのり)のような厳粛さで以て衷心から、切望し期待していることを、知ってお呉れ。」

「あなたも、それを云うんですね。何故、結婚なんて云うんでしょう。何故、何所にも嫁(い)っちゃいけないって云わないのですか。いつまでもいつまでも、一緒に居ようと云わないのですか。ちっとも、ちっとも、そのことが、輝衛さんには恐ろしくはないのですか。緑さんも大人、輝衛さんもそうです。阿字子は、小さい時、皆からどんなに、深い愛と、好意に充ちて見戍(みまも)られていたかを思い出します。阿字子は、年が行って、そして皆も大人になったのです。そして、平気な顔で離れて行くのです。阿字子はそれが恐ろしいの。輝衛さんは阿字子にも、その時が来れば好いと思っていらっしゃるんでしょう。私は、ここに止まっていたい。大人になって、お魚のように、鈍感になるのが恐ろしいんですもの。将来に、望みをかけるほど、それほどの無感覚さが恐ろしいのです。逃げて行ったあの太陽を、私は欲しがっているんです。」

「私達は大人だ、大人だ。あんまり大人になりすぎている。だが私だって逃げて行った過去を阿字子よりも、少く熱望しているのだと、お前は云うことは能きないのだよ。」

「輝衛さんは阿字子のことを、怒らないで下さいまし、阿字子は何を云って好いかわからない。阿字子は、到底、子供です。逃げて行った太陽を欲しがるからです。」

「太陽が、また明日、帰って来るということを、静かな心で、考えてご覧。」

「それが同じ太陽でね、そして昨日の太陽ではないなどと考えないように、いつも、いつも、同じ太陽だと、思っていようと、そう極めましょう。」

そう云って、阿字子は吻と溜息をもらした。輝衛が、然し、いつまでも、じっと考え込んでいるのを見ると阿字子は、そっとその腕を揺ぶった。

「何を考えているんですか。阿字子はもう、大人になりました。もう、子供は行ってしまいました。」

「私は揶揄れているような気がしだした。一体お前は、何という事を云ってるんだい。私は、一つ一つ、お前の言葉を、云い表わすことは能きないけれど。お前は私をずいぶん驚かした。」

「揶揄ったり、ごまかしたりなんぞは、大人のすることでしょう。阿字子はそんなことはしません。阿字子の言葉は、皆、忘れてちょうだい。あんなことを云った阿字子は、たいそういけない子の大人だったのです。大人でなければ、あんなことは云いません。あんなことをいうのは、阿字子の、大人だという証拠です。なんて、また、子供大人になっちゃった。」

阿字子は、そう云って、たのしそうに笑い出した。

「縦横無尽だ。一体どこまでが真実で、どこまでが嘘なのかい。」

「すっかり真実です。阿字子はもう肩の辺まで大人でしょ。こんどは首まで浸ります。その次は頭の頂上（てっぺん）まで浸ることに極めたの。」

「阿字。」

「なあに。」

「ほんとうは、お前が求めているものが、お前自身には気がついていないのではないかと思うんだがね、兄さんは。」

「そうかも知れません。私はこんな気持のあげくには、いつでも自殺ってことのほかは、何も考えはしないのですから。」

その言葉には、恐ろしい真実さがこめられていた。輝衛は竦然（しょうぜん）とする。

「どうして。結婚をしようとは思わないのか。ほんとうに。」

「夢にも。」

「私は、矢張りしようと思うよ。」

「あの傷はもう癒えたの。」

「そのことを考えることなしにさ。」

「あなたも、あれから追っかけられているのですね。阿字子は、あれの後から、ついて行こうと思っているのです。」

「あれって、何のことだい。」

阿字子は、答えないで、心の裡で「運命」と呟いていた。

二二

古後原というのは、母の只一人の、兄であった。

どうしてそんな風になって行ったものか。子供たちに、深い原因は知られなかったけれど、表面の正しい親類交際が、たびたび、裏面では、裏切られて行くことが多かった。そのことは何と云って好いかわからない大人ばかしの世界のことであったから、子供たちは何も知ることなしに従兄弟同士は稀に会う機会をしか与えられはしなかった。阿字子は、かつて、父が職を罷めて郷里に帰って来る途中、母につれられて暫くそこに滞在したことがある。伯父の家の子供達に会ったのは初めてであると云って好いほど、まだ、実に実に赤坊の時、母の腕の中で、見たことがあっただろう顔を、なつかしさと、親しみとの中で、その時に見出したのであった。それっきり会わない。母は、時々行ったがそれも止むを得ない時に限られているのであった。休暇ごとに帰省する輝衛だけは、その都度寄り道して、二三日はきっと泊って来たりしていた。

その古後原の娘に阿字子は、今日、会うのである。どんなに変っているだろうと、その事をのみ考え続けて、阿字子は、ヴェランダを行ったり来たりしていた。その当時、阿字子が尋常二年で、京子が三年か四年であった。十日程居た間にもう三日目の晩に喧嘩をして、その時、子供達は二階に寝かされていたのが、阿字子だけ下に降りて来て、行き所がなくて随いていたお久婢やの腕に抱かれて寝てしまったことがあった。

その頃から、阿字子は、気の弱い剛情娘であったから、京子にまた苛められる恐ろしさを思って剛情に、逃げまわって、口も利かないでいた。京子は、すぐ何も彼も忘れて、たびたび、彼女に話しかけたり、ほおずきを呉れたり、後からリボンを結えて呉れたりなんぞしていた。その京子が、今日来るというのである。会えるという嬉しさやたのしさの為に、苛められた事など、少しも思い出そうとはしなかった。——子供の心は大人の中に残って成長くせられているものだということを。——

母と空とが停車場に迎いに行って、もう、帰って来る頃だといくたびか、街に通う長い堤の上に瞳を凝した。

京子は、輝衛を想っているというのだ。兄もまた彼女を愛していると云った。二人は恋愛の只中に居るのだった。阿字子は、かってそれが、如何に必然的に、人間に結びつけられているかを思い、如何に、人間生活の基調をなす普遍的なものであるかを思って、緑を考えたことがあったのを思い出す。その事が彼女の、目睫の間に、こんなに的確に近づいて来ているということを、その事は、緑には拒まれ、阿字子には、空想に於てのみ許されているものであるということを、その事を、緑や阿字子はどうしても見出し得なかったものであり、見出し得ないであろうものであるということを、祝福せられたこの二人が、そのことを如何に相互に現実に於いて、見出し得たかということを思って、云い知れない感動に胸を震わさないではいられなかった。

こんどこそ、あの恐ろしい過失――父と母との結婚――が見失ったすべてのものが取戻される時が、薔薇と葡萄酒とに祝福せられて、微笑みかけて来ているのである。

「私は、二人の為に何をして上げようか。」

阿字子はそう独言ちた。二人がそれを、必要だというならば、どんなに二人の前に、道を拓き、どんなに、花を振り撒くことをでもしなければならないのではないか、その事が、自分達の血の中に盛られた、伝統の過失や罪過の償いの為に建て直されなければならない、洗礼堂の建立であるということの為に。――

「とうとう来たわ。」

阿字子の視野の中に、最初は黒子(ほくろ)ほどの薄墨色の二台の俥(くるま)が、長い堤を運命の矢のように、疾走して来るのであった。近づくにつれて、人顔がおぼろに見え始めた。阿字子は、すぐに後の俥に居る人の、白い顔が、笑って此方(こちら)に向けられていることに気がついた。ああ、父の、母の、祖父の、祖母の凡(すべ)ての、負債が、今その前に支払われようとするその人が、薔薇を咲かせようとして、阿字子の庭に来るのである。

「あの人は、女王様のように迎えられなければならないのだわ。」

阿字子は、どんなによく、調(とと)のえられていると思って、あたりを忙しく見まわした。

阿字子は、叫び出したい気持で胸が一ぱいになるのをじっと、抑えつけて、ヴェランダから、飛び下りて馳(か)けて行った。どんなに強く抱かれようかと思い乍(なが)ら。その癖京子が、俥を降りて、もの馴(な)れた態度で、母や空(くう)に、出迎いの礼を云ってから、輝くように笑って、阿字子に近づいた時、阿字子は、棒のように突立って、只、只、微笑んでばかりいるのだった。考えていたことも思っていたことも、一つも口には出ないで、もう、眼眸(まなざし)よりほかには、物を云うことの出来ないほどの感動に捉えられてしまっていたのである。

「阿字子ちゃん、背が高いわ、高いわ。」

京子は、そう云って阿字子から一足さがって彼女を見た。

それ迄、阿字子は何を見ていたのか、その時初めて京子の顔を見た、と思った。

何故、その時それを思ったのか、阿字子は只、調の冷い眼眸と蒼白い頰が、京子の聡明な淡紅色の顔の周囲に、くるくると廻転しているのを見たのであった。

京子は、阿字子には、緑と同じ位に美しく見えた。彼女の快活さは、ひどく阿字子を驚かした。――その快活さが何所に根ざしているかということを、知ることは能きなかったのだ。――京子がだまっている時でも、その体からは、ぱちぱちと、音を立てて火花が散っているように見えた。彼女は、都会人にのみ許されている所の軽快さを以て、凡て明快に振舞っていた。それが阿字子には何となく、気になるのだ。

阿字子の、物語の恋人達は、どんなに睫毛を伏せ、胸を戦かしていたことであったであろう、言葉はその蒼ざめた唇に、どんなに尠く囁やかれ、眼眸は、只一つのものにのみ投げられどんなに、頰は、紙よりも蒼白くなって行ったか。そして、それ等の心は、悲嘆と憂悶に如何に、乱れ破られて行ったか。恋愛は、それ等の魂の上に、苦悩の堆積のほかの何物をも、もたらすことをしなかったのではなかったか。――

阿字子は、そんな風に考えていてそして、それを、現実に見た時、困惑を抑えることが出来なくなった。

あの暁に輝く薔薇のような頰と、広く投げられる光線のような眼眸と、笑ましげに語る唇と。京子は幸福と喜びとを、周囲に発散しているのではないか。

どれが、真実のそれの姿であったか。

「私は、矢張り、夢を通してこの女を迎えようとしていたのだ。現実とは、あんなにあんなに遠い夢を、見ていたのだ。」

阿字子は、心の中で呟いた。

父は、――その時は、まだ、この少女が、我子に結び合わされようとする運命を、その肩に、背負って立っているのであるということは、彼には、深く秘められていたことであったから――その珍らしい来訪を、半ばは、不審り、半ばは喜びを示して。――阿字子には、その父の喜びが、どうしても純粋なものに見ることが能きなかった。――緑を連れに来たその男を迎えた時と同じように、子供らにはかつて惜しんだ微笑を以て、近づいたのであった。

京子は、母や空の心をすぐ捉えてしまった。そして、阿字子には姉妹の親しさで振舞った。

阿字子の心は、だんだんと、静かにこの少女を観ようとする願いの方に傾いて行った。阿字子自身の中には、友愛と、凝視の冷たさとが、絶えず、渦を巻いているのであった。京子の行為の凡てが、他の、どの少女にも閑却せられていた深い注視や、考慮を阿字子の心に一つ一つ呼び醒まして行くのであった。

輝衛は、その時、不在であった。京子は、どんなに阿字子が自分達に対して、優しい同情を以てながめているだろうことを、輝衛をとおして知ったかと云うことを、阿字子に語った。そして、あの頑な父の気分を和らげて、自分達の前に、如何に速やかに薔薇の花をもたらすだろうものは、阿字子でなければならないと云った。

一週間の宿泊行軍を、輝衛が終って帰宅した夜、阿字子は一人先に寝室に行った。その夜は暑かった。阿字子は、京子が来るまでに少しでも部屋を冷して置こうと思って、窓を開け放して寝台についた。そうして待つ間に、いつの間にか眠ってしまっていたのであった。真夜半の風が冷たさの中に阿字子を呼びさました。阿字子は、とび起きて、寝ている空の胸の上に毛布を置いて窓を閉めた。そして、隣の寝台を見た時、京子は、白い毛布に、顎を埋めて安らかに眠っているのであった。

京子は、こんな女であると、阿字子は悲しくそれを眺めた。

二三

それから、一年の上をすぎた十月の、ある日、阿字子は、アウレリアス皇帝の冥想録を持ってヴェランダに出た。

「嗚呼、わが心よ。汝は常に善良にして、素樸に、統一ありて修飾なく、汝を包める肉体よりも更に潔白なるを得ざるか。」

阿字子は、本を閉じて、眼眸を上げた。海は、蒼く、空も蒼い。

何という透明さの中に、秋は充ちているのであろう。阿宇子は、魂を根こそぎ持って行かれる寂しさを、しみじみと味わった。

阿宇子は、この一年を、これほど早く過ぎたと思って見たことはなく、また、これほど長いと思って見たこともなかった。

種々なことの想起は、彼女に思い出の甘味の代りに、悔恨の苦味を押しつけた。

この年の間に、かつて、この血族の誰もが、これほどの代償を支払われなかっただろうほどの結婚式が挙げられていたのであった。

このことの為に、父はその子を、母はその夫を、そして、阿宇子はその父を、母を、兄を凡てのものを、見失われなければならなかったのである。そしてそれと同じ分量だけの負債は、輝衛の魂の上に、当然負わしつけられるべきであった。

父は、古後原に対する個人的な感情と共に、それほどの男ではあったけれど、自家の血汐を尊重しようとしていたので、血族結婚ということを、条件にして、あんなに愛している輝衛の願望を決して容れようとはしなかった。

母は、おのが姪であることの故に、明らかに、父に対するひけ目を感じ乍らも、子の為に、その夫と争わなければならなくなった。

阿宇子には、自家に、初めて正確な道程を、結婚式にまで歩み寄られようとする、正しき撰択の生れ出たことを、祝福したい母の気持は充分にわかることが能きるような気がしたのだけれど、それにも拘らず、母や輝衛が、父の殆んど、憎悪に似た感情を以て、古後原に投げつける眼眸を何等の理由づけも、与えることなしに、只、自分達自身の感情の中にのみ、正当さを見出したもののように、激しく非難しようとするのを見た時、阿字子の心は、火のような憤怒に焼かれて行ったのである。

阿字子は、どんな苦悶の中に、母や兄と、その父の為に争わなければならなかったか。阿字子は、その時ほど、如何に深く、その父を愛して来たかということを自分自身に見せつけられたことはなかった。阿字子には、只一言も、その事について洩らすことをしなかった父は――父は、今もなお、阿字子を空と一つに見て、不自然を感じないだろうほど、阿字子の成長には無関心であったように見えた。阿字子は、それを今でもなお、時々、打たれることによって証明しようとしている――実に、正しき理解と、同情とが阿字子の中に於てのみ、芽ぐみ育まれていることを、知らなければならない筈であった。そして、母や兄の前には二人を裏切り辱めるよりほかの、何物でもない阿字子として、冷やかに投げられる眼眸の一瞥に、如何に心を破り、胸を傷つけなければならなかったか。

しかも、阿字子は、また、父の前に、しばしば振り上げられる鞭の下に、如何に、恋人達の為の寛大を乞い、許容を強請しなければならなかったか。父が、瞳ほどにも愛する輝衛を見失うだろうことの、恐怖と自己を見捨てることの、苦痛とをどんなに、しばしば小さい空に洩らしていたであろうことを、阿字子は夜の寝床できいた時、この時ほど、阿字子の涙の多く流されたことはなかった。

そうしてこの間に、緑はまた、その兄を見失ってしまっているのだ。その理由を知らされることなしに、兄と母と語るとき、緑の名は憤怒に黒く塗られて、兄の唇から、洩れたのをきいた。阿字子の心は、疑惑と不安とに重く閉じられてしまった。

緑は、優しい少女として成長しその気高い魂を、今も、汚すことなく持ち続けている女であったならば、その事の如何に拘らず、緑を、非難する兄を、阿字子は憎悪なしに見ることは出来ないと思った。理由は後に知られた。

緑は京子が父に対して投げつけた、傲慢な非難の言葉をきいた時、父を愛するどの娘もがしなければならない態度をその眼前に示すべきことを、知っていたのである。

この事が、現実に、深化せられた恋愛の仕事であった。

破壊と呑噬と、掠奪と殺戮と、蹂躙とのほかの、何事をも行おうとしなかった恋愛は、流された多量の涙と、痛ましく歔欷く魂との堆積に立って、その血塗れの笑いを笑い続けていたのだ。

父が、最後の苦悶を突き破って、かつて、何物の前にも只の一度も下げられたことのなかった、傲り高いその白髪の頭を、――ああ、その事は、考えることさえ阿字子の心には、許されなかったほどの。――深く、垂れた時、許可の印を得て狂喜した心の、どの一つもに顧られることなく忘れ去られた父の魂を、阿字子は、涙なしに痛むことは出来なかった。

その後の父は、只、何事もなく祝福せられた息子を送る、どこの父親もがするごとくに、式場の準備を急いだ。彼は何も云おうとはしなかった。――只、結婚式のことについて、云うよりほかの。――そして、心から、このことを喜んでいるように、しばしば微笑しているのであった。それを見る阿字子は、苦痛そのものであった。父は、そのことに依って、一度見失った妻や子の心を、どんなに取り戻そうと、焦慮していたのであるかを思って、かつては、憎悪と恐怖とのほかの、何物を以ても見ることをしなかった父を――反抗する心と、老年とに、弱められ害われて行く、かつてはあれほどまでに暴びた魂を、――どんなにか涙と微笑とを以って湿おし温めようと切望した。

そうして、阿字子自身もまた、式場に送られる二人の前に、神の祝福と喜びの薔薇の花の撒き散らされるその時の、速やかに歩み寄って来たことの喜びに、その心を委ねることを忘れなかったのである。

その喜びは、しかし、阿字子の心を寂しくした。阿字子の、人々に分けたその魂の負債が、誰からも支払われることなしに、裏切者として自分を見たあの眸達が再び温められる事なしに、そうして、自分の父を辱めた京子に怒った緑のその心が再び兄に帰ることなしに、京子がこの家に迎えられると云うことは、やがて、阿字子その者を逐うことでなければならなかった。

「結婚式があげられたら、私はその日に家を出よう。」

阿字子は、その時から、深く心を決めたのであった。その時が来ても決して、まごつくことをしないように、静かに待ち迎えられるべきであろうことのために、阿字子は、ひそかにその旅の笠を脱ぐべき場所を詮議していた。嵯峨野や、深草野のあたりの、尼僧の庵がしきりに幻に浮き出て来たりした。

結婚式は、初秋のある午後、嵐のように挙げられた。

輝衛は、京子を連れて街に引き移った。それは、かねて計画せられていたことであり、かつ当然すぎるほどのことであったから、誰一人、引き止めるべき、言葉さえ、口にする者はなかった。

阿字子は、緑と別れた時ほどの愛着や悲痛を感じることなしに、二人を乗せて行く俥のあとを白楊樹の蔭で立って見送った。そしてその時、あの時も見た致命の矢を手挟んだ、同じ運命の後姿が二人を追うのを見た。

阿字子は、かつて自殺をしようといく度か思った時、それを思う時に来る魂の不思議な静穏を、このごろの気持の上に招き寄せ、その甘味を味わった。

絶望の中には、希望が持つあの不安や焦燥が、全く尠く持ち合わされているものだということを——血と、涙と、魂とで、購い得たこの尊い絶望の静穏を、阿字子は、人知れず、味わいたのしんだ。

阿字子は、今もなお、骨肉を愛することを止めはしなかった。しかしその愛は、以前の様な物狂おしい愛執を、遥かに遠ざかっていた。

阿字子は、その時、初めて、「如何な意味かで、自分が役立つものなら役立ちたい。」と云った緑のあの時の気持が、はっきりわかると思った。阿字子はそう思った。只結婚ということばかりのほかは、自分は、人々の意志の求める儘に行動しよう。そのことが、最後に運命の指さしている魂の休み場なのではなかったか。運命に、抗うことなく、追いまわされることなく、黙って、俯向いて、運命のあとから、犬のように随いて行こう。運命だけが、人間には、吝まれている、正確さを以て、歩み、決して嘘を云おうとはしなかったから。

このことがその一年間が阿字子に教えたものであったのだ。

二四

秋の機動演習に、二人の夫が出て行った為に、十一月に入るとすぐ、阿字子の家では、一別以来の緑と京子とを迎えた。そして暫く忘れられていた賑やかな日を彼等の上に、呼び起したのであった。緑は、京子よりも、一日おくれて帰って来た。彼女は、何の先触れもなく、しかし、帰って来るであろう期待の中に、突然に帰って来た。そうして、母と向き合った最初の瞬間に、叮嚀に頭を垂れて、お辞儀をした。母も改った言葉を以て、答礼した。

逃げて行った太陽が、只の一時でも、帰って来たほどの歓喜に胸を震わしていた阿字子は、二人の、畏まった挨拶を見ているうちに、云い知れない寂しさを覚えた。

彼女は、実に、拡げられた母の腕に、飛びつこうとする緑を見、なつかしさに身を震わせて、緑の胸に抱き寄せられる自分自身を見出すことの期待は、その瞬間に、裏切られてしまっていたのだ。

ああ緑の変ったことよ。その眼眸は変らず、優しく人々に投げられていたにも拘らず、その唇は以前のごとく、甘く微笑み、人々に語りかけているにも拘らず、阿字子を見る目にも、母を見る目にも、京子を見る目にも、何等の意味も語られてはいないように見えた。

阿字子は、立って自分の部屋に帰った。あの緑を、ああまでに変えてしまったそのことの恐ろしさに、眼を蔽い、その魂はいつまでも、歔欷きを続けた。

失望には馴れすぎている、驚くことの何事も、最早残されてはいないように見えた阿字子自身の中に、寄生虫のように、なお、何らかの時に、その首を擡げようとするこの気持を、何と説明して好いかわからない。

阿字子は、その事が嘘ではなかっただろうかと思われるほど、緑と京子との、相互に於ける態度の中に、かつて、あれほどに強調された感情が、喰違ったその事を想わせる所の何物をも見出すことが、出来なかったことを思う時、阿字子自身は、何を考え、何を見ようとしていたのかと思って、思わず、周囲が見まわされたのであった。

「矢張り、私があの時そう思った、親同胞というものは、只、寄り合っていただけであったのか。」

もう何も考えることはなかった。

何も彼もが、それでよかったのである。明らかな眼眸を上げて、只、運命の指さす所を凝視して行けば好いのであった。――

阿字子は、そう思った時、また、あの人知れぬ静穏が、忍びやかに彼女の魂を訪ずれて来ることを感じた。

婢が、呼びに来て、皆が、食卓で阿字子を、待っているからと云った。

其往昔の日をその儘に、皆が食卓についた時、如何に、それぞれの魂の隔たりの遠ざかっていたことであったか。人々は、談笑さえしているのであった。

父――可哀そうなその人――は母や阿字子達とのみ、食事を共にする時とは、すでに別人なのであった。彼の注意が、どんなに、緑や京子の上に、親切を以て注がれて行ったか。そして、母も空も。

った。

阿字子一人は、またしても波立つ心を抑えかねて、用事ありげにお勝手にと立って行った。

阿字子は、水口から婢の下駄を突掛けて裏の崖道からそっと海辺に降りて行った。落日の悲嘆に身を任して、凝然（じっ）と立っていた阿字子の中には、希臘（ギリシヤ）を懐（おも）う心と、修道院を呼び求める心とが、くるくると、果しなく輪舞を続けた。

阿字子は、遥かな空に視線を投げた。視野の限りに拡がっている自然の姿が、どんなに悲しそうであったか、その中には云い知れない美しさと厳かさが、一ぱいに盛り上げられていた。

至極の美が正しく把持（はじ）して行く、その厳粛な悲しさ。そこにはあの「偉大なる者」の真実の姿が現われているのであった。

「ああ　聖母（マリヤ）、美の女神（ウィナス）、私は初めてあなた方が二つであって、実に、一つであるということを知ります。」

阿字子は、砂上を長く、遠く彼方にと、歩み続けて行った。伏せられた睫毛（まつげ）は濡れた。この儘の、この瞬間に自分は死んでも好いと思ったのであった。

「この額を、死後に飾るものは、明星のほかに何物もないほどの、好い子にならなければならない。」

と、そう独言(ひとりごと)ち乍(なが)ら。

やがて、阿字子は、月を踏んで家に帰って行った。部屋にはいって行くと、今まで、卓(テエブル)に凭(もた)れかかって本を読んでいた緑の、此方(こちら)に投げかけた視線と打(ぶ)つかった。

「いやな、阿字子、御飯の途中で逃げたっきり帰って来ないんですもの。私は、もうこのお部屋で一時間も、待っていましたよ。」

阿字子は、緑が居るなと思った瞬間に、今日こそ、決して冷静を失うまいと決心した。

「阿字子は、京ちゃんと緑さんとを並べて見るのが恐ろしかったの。」

「何故(なぜ)なの。」

「一体ほんとうですか。あなたは京ちゃんと喧嘩したんですって。よくあんなに二人とも、何事もなかったような顔が出来たことだわ。」

「お稽古をしたんですもの。一年間の結婚生活は狸と狐との修業だったのよ。」

「緑さんはずいぶん変ってね。阿字子は、何だか物足りない気がしたの。緑さんが来るかも知れないと思ってね、阿字子は、きいっって、飛びつこうと思っていたことよ。」

「お猿みたい。」

緑は、そう云って、寂しく一寸(ちょっと)笑った。「何て顔をするのかしら。」と阿字子は、心の内で云い乍ら、緑をじっと凝視していた。

「ねえ。」

暫くしてから、阿字子が云った。

「ねえ、何がそんなに、緑ちゃんを変えたの。もう、緑ちゃんは阿字子や母さんのことなんぞを親切に思っては呉れないの。」

「阿字子、若し、それと同じことを私が云ったとしたら。」

阿字子は一瞬間眼を瞠った。

それでも、すぐに静かになって云った。

「緑ちゃんは、そんなことを阿字子に云って好いと思ってるんですか。」

「ええ。」

「何か考えちがいをしているんでしょう、緑ちゃん。阿字子は緑ちゃんから、そんな風に考えられるわけはないんです。」

緑は、阿字子を穴の明くほど凝視めていた。

「私も、そうだと好いと思います。でも、阿字子、あなたは一体輝衛さんに、私のことを何と云ったのですか、京子さんのことについて。」

阿字子は、部屋の中が、不意にくるくると廻り始めたように思った。暫らくは口も利けず、ぎらぎら光る視野の中を、よろめいた。

「私は、ききましたよ。『緑が京子さんをもらう事に、不服を称えているのだ。』と、あなたが輝衛さんと母さんとの前で云ったってことを。」

誰が何を云ったというのであろう。阿字子が。緑が。

おお、おお、何という嘘をあの女は吐くのか。

「阿字子には何もわからないの。あなたは、それを京ちゃんからきいたのでしょう。」

「ええ。このせん、京子さんが此所に来た時の帰途に、私の家で泊ったことがあったでしょう。その時のことだったのよ。」

「では喧嘩もその時にしたんですね。そして緑さんは、京ちゃんのその言を、すぐに信じてしまいなすったのね。もし、そのことの為に阿字子を待っていらして下すったのなら、もう御用はない筈です。行って頂だい。」

阿字子はもう、どんなことも、きくことをしないであろう、また云うこともしないであろうと、深く思って出来るだけの静かさを以て云った。

「阿字子は、どうして、ほんとうのことを云おうとはしないの。」

「弁解の必要がないんですもの、それが嘘だと云ったからって、証拠がなければ京ちゃんの言葉をすぐに信じこんで、阿字子をそんな風に考える緑さんには信じられないでしょうから。それが阿字子の真実のことなのよ。」

と阿字子は冷やかに云った。

「阿字子、あなたは私を驚かすのね。私は只の一度だって私にそんな風に云った阿字子のことをきいたことはなかったわ。」

「阿字子はいけない子です。でも、阿字子には、まだ此家にも来ない前から、もうそんな風に同胞を離間しようとするあの方の気持は想像能きないわ。その嘘が早晩知られるだろうってことには気がつかないのかな。」

「私も馬鹿だったのよ。」

「そのことが、阿字子にだけせられることだったら、まだ我慢が能きますけれど、若し空にも、そんなことがせられるようになったら、もう阿字子には考えることが能きない。」

そう云って阿字子は立って部屋の中を歩き始めた。阿字子は、出来るだけの冷静さを以て、凡てのことを洞察しようと努力しなければならなかった。

「緑ちゃん。阿字子は家を出ようかと思っているんですけれど。」

阿字子は、緑の顔は見ないで、俯向いて敷物の模様の正方形を拾い乍ら歩み続けて云った。

「突然に何です。」

と緑も、卓子に支えた腕に額をあてて、眼を上げずにたずねた。

「突然ではないの、ずいぶん永くから、考えていたことなの。阿字子は、ずいぶん、この一年間は苦しい思いをしたんですもの。

もう、母さんも輝衛さんも、阿字子を、先のような、優しい眼では見て下さらないの。

二人とも、阿字子のことを、大へん考え違いをしてるんです。でも、阿字子だって、それを至当だとしなければならないことがあるのよ。阿字子は、父さんのことで、ずいぶん二人に憤っていたんですもの。阿字子はね、矢張り父さんを愛しているのだと、その時初めてそう思ったことよ。」

「このことの為には、父さんはどんなにはずかしめられなすったか、私には考えられないことなのよ。」

と、緑の声は衝上げて来る昂奮を抑えようとして震えるのだった。

「でも、あなたは、何も云ってよこさなかったのね。阿字子。」

「手紙に書けるようなものではなかったの。もう毎日気違いになりはしないかということを、恐れなければならなかったんですもの。」

「あなたは、そんな思いをしていたの。」

「だから、緑ちゃんが先刻、もう阿字子のことを親切に考えては下さらないのだと思って、そして阿字子は、もうこれでよかったのだと思って了ったの。

空は、あんなに小さいんだから、母さんがきっと気をつけて下さるんですもの。京ちゃんの悪い意志が、こんどは、心から阿字子のことを、憎むようなことを、母さんにさせないために、そしてまだ、いろんな理由から、出て行こうと思っているの。」

「でもそのことは、もう少し考えさせて頂だい。若し、そのことで私に相談せられているものとすればね。」

「ええ、だから阿字子は、何も慌てて、出て行こうなんて、考えてはいないことよ。阿字子は、ほんとうは、二人の結婚式がすんだら、すぐ出て行こうと思ったんだけれど、でも、でも母さんや輝衛さんたちを、矢張り傷つけたくはなかったんですもの。だから、阿字子は、その時が来るまで、黙って黙って、じっと堪えて行こうとそう決心したの。」

「阿字子や。」

と緑は、声に無限の優しさを漲らして云った。

「一年はそんな風にあなたを変えたのね。私は、あなたの前にどうすれば好いのだろう。私はもうずいぶん、いけないいけないいけない大人になってしまったの。お酒を呑むことや、質――。」

「だまって、だまって。」

阿字子は、皆まで云わせようとはしなかった。阿字子は、突立って永い間姉の眼の中を凝視して、それが語ろうとする言葉を見てとった。

「緑さん、私達は貧乏に貧乏に育てられて、着る物は一枚っきり、穿くものは一足っきりで来たけれど、それでも、そんなことをさせられなかった母さんのことを、感謝しなければいけませんね。あなたは、そんなに貧乏したの。そんな中でも、まだあなたの魂は、気高(けだか)く輝くだろうってことを、阿字子にいつまでも信じさせておいて頂だいね。それでないと何も彼もが、嘘になってしまって恐ろしいんですもの。」

「阿字子、私が母さんに縫って戴いた振袖は、まだ、他所(よそ)のお蔵にはいってるのよ。こんなことは誰にも黙っていて下さい。私は、嫁(い)った翌日から、もう借金取りに、応対しなければならなかったのよ。おききなさい、世の中の話ですよ。誰が悪いのでもない。私は、大変、恥しいと思ったけれど、人に頼んで振袖も丸帯も紋付も皆お金に換えてしまったの。その方が、まだしも、借金のお断りをするよりは、私には忍び易かったんですもの。」

「可哀そうね。可哀そうね。緑ちゃんも、そんな目に会って、それでは、母さんの若い時と同じことなのね。」

「それごらんなんか思わないでね。あの人は、お酒を呑むよりほかには、何も悪くはないんですから。」

「花嫁の衣裳をお銭に換えて、結婚前からの料理屋のお払いをさせる、それ以上の悪いことってないじゃありませんか。」

阿字子は、そう云った時、何となく微笑みたくなって来た。

「何を笑っているの。阿字子。」

阿字子は、しかし、暫くはくすくす笑いがとまらなかった。

阿字子は、赤くなった顔を上げて、

「私は、可笑(おか)しくなっちゃうんですもの。世の中には、色んな人が居ると思って。」

とそう云って、又、笑った。

「私だって嫁ってからは、ずいぶんいろんな人に出会って、吃驚(びっくり)してずいぶんまごついたの。」

「一体、緑ちゃん。京ちゃんはどんなことを云って、あなたを怒らしたの。」

「そんなことを云い出して、また阿字子が怒るといけないんですもの。」

「阿字子はもう怒りません。怒らないことに極めたのよ。」

「たぶん京子さんは、何の気もなかったのでしょうけれど、私は父さんの娘だから我慢が出来ない。」

「京ちゃんは緑ちゃんをさい、怒らしたのね。」

「私はあなたの実家に嫁くのは好いけれど、叔父さんがいらしては困る、って、まだ申込みさい受けていない京子さんがこんなことを云ったら、どう返事をすれば好(い)いと思って。」

「ええ、ええ。」

と阿字子は、俯向いて能きるだけ静かに返事をした。

「私は、生れて初めてだほどに嚇(かっ)としたの。あなたを迎える為に父を追出すことを誰がすれば好いと、仰云るのですかって。」

「そう云ったのですか、それはよかった。」

「阿字子、私はその時、調さんのことを思い出していたことよ。あの人は『お父様お母様に永く娘として祝福されたい。』と云っていらしたわ。」

「阿字子も、京ちゃんに会った瞬間に、調さんの顔が面影に立って仕方がなかったの。でも、もうそのお話は止しましょう。阿字子はあの人とは、もう十年も会わないような気がするわ。」

「矢張り、調さんは、他人から種々なことを云われなすったけれど好い所があったわね。」

「こんなに、はなれているから好いけれど、阿字子だって、今、街に帰れば、きっと何とか云われるに極ってるでしょう。」

「どうしてそんな風に考えるの？」

「だって、阿字子は、輝衛さんのお友達やなんかに、髪の結い方までいろんなことを云われているんですって。だから、輝衛さんと暮すようになってからは、父さんの時に知らなかった軍人の社会が、どんなに気が小さくって、気の毒なものだかと云うことを初めて知ったの。緑ちゃんあなただってそうでしょう。軍人の家族は、ずいぶん、色んな意味で悲惨だと思ってよ。」

「そんなことはもう考えないでおきましょう。私だって、ずいぶんいろんなことを知ったんですもの。」

「私達は、かつて聯隊長だった人の娘よ。でも、他人は、今でも聯隊長の娘だと思っているんでしょう。髪だの服装だのが、どうだったらどうっていうんでしょう。煩いことね、ずいぶん。阿字子は髪だの服装だのよりも、もっと別のことばかり考えて育って来たんですもの。私がこんな風に髪を束ねていると、牢獄のカチウシャだなんて。だから輝衛さんが、何とか髪を結い直さないかなんぞ云ってさ、変な話でしょう。私が、紫のおリボンを捲きつけていたのを見たって、由布の妹は、クレオパトラだなんぞ云ったお友達もあるんですって。輝衛さんが困るって云うんですもの、だから、阿字子はもうすぐ、そのおリボンはどこかにやってしまったわ。だから、緑さん、私達の気持では、何をしたって好さそうに思われるんだけれど、軍人の家族というものは人並外れて人並でなければならないということを、思い知ったことよ。それも表面だけだってことをね。」

そう云った阿字子の物云いには荒々しい所は少しもなく、何だか他人の身の上をでも——もっと、それよりも感動することなしに——語っているように、冷淡であった。

緑は、何となくその顔が見られるような気がして、いつまでも黙って眺めていた。

「私には、」

と、ずいぶん暫くしてから、緑は、淡い調子で云った。

「阿字子が、十も年をとった人のように見えて仕方がないの。」

「そうよ。」

阿字子は、寂しい微笑を浮べた。

「青春と快楽とを載せて、馳(か)け出して行った橇(そり)の鈴音を雪道で立ってきいていた人があったでしょう。ジョン・ガブリエル・ボルクマンね、阿字子はあのお爺さんなの。」

「あなたをあんなに泣かしたり喜ばしたりした情熱は、もう何所(どこ)かに行っちゃったの。」

「奥の方に形を変えて大切にしまってあるの。だって、レオナルドの、酒神(バッカス)とヨハネとは同じ顔をしてるんですもの。」

緑は、阿字子の不思議な瞳の色をじっと見入らないではいられないような気がした。

二五

南国は冬の歩みがおそい。稀(まれ)に野分(のわき)が吹いて波頭が白く立つこともあったけれど、大抵は海も空も蒼(あお)く澄んで、十一月だというのに、昼間は羽織を脱ぐ日が多かった。

空(くう)は体が弱かったのと、丁度その頃病(わずら)ったのとで、女学校の入学期を、二度ばかり取り逃してしまっていた。もう十五だというのに、やっと十二位にしか見えない無邪気な顔と、小さい体とで、朝から晩まで、人を喜ばしたり微笑ましたりしているのであった。

「空は、もう、そろそろ入学試験の準備をしなければ、不可(いけ)なくはないの。」

阿字子にそう云われると、空は初めて、そうだったかというような顔をして、それからは、学校で課外の授業を受ける仲間入りをするようになったことである。夜などその方での宿題を貰(もら)って帰っては、阿字子が本を読んでいる向うに腰かけて、足をぶらぶらさせ乍(なが)ら勉強していた。時々その小さい爪先(つまさき)が、阿字子の向うずねを蹴っ飛ばすことがあると、空は、いつも吃驚(びっくり)して椅子の脚に、細い足首を絡(から)みつけた。そしてすっかり赤い顔をして、

「空の足は、だって、届かないんですもの。」

と弁解をするのであった。

京子や緑が来てから暫(しばら)くは怠っていた夜の勉強を、もう始めなければならないと思って、その夜、阿字子が促すと、空は素直に卓子(テエブル)の前に腰を卸(おろ)して算術の本を開いた。

「それが課外の算術本なの。」

と阿字子は、覗(のぞ)き込んだ。

「ずいぶん難解(むつか)しいのね。阿字子には、とうてい解けないわ。」

「あんなこと云って。だって阿字ちゃんは、ずいぶん、豪(えら)いんですもの、いろんなことやなんか知っててさ。」

「豪くはないことよ。知れば知るほど豪くはないの。」

「でも、京ちゃんが、そう云ったの。阿字ちゃんは豪いって。」

「京ちゃんなんぞが何を云ってるんだい。」

京子が豪いと云った意味を考える時――それがどんなに侮蔑（ぶべつ）を以て云われたかは、考えるまでもないことであったけれど――阿字子は、矢張り気色を悪くしてそう云わないではいられなかった。

「でも、京ちゃんも、ずいぶんいろんなことを知っててよ。」

阿字子は、単純なこの少女を驚かすことはしないで置こうと思って、少しもその感情を表わすことなしに静かに答えた。

「では、京ちゃんも豪いんでしょ。」

「でも京ちゃんは、」

空は、云い続けた。

「空が、何かお話をしてちょうだいって云ったら、十五にもなっていてお伽噺（とぎばなし）をききたがっては可笑（おか）しいって笑ったの。」

「空や。もう京ちゃんのことを、お話するはおよし。」

「あれは、きっと京ちゃんはお伽噺を知らなかったからだわね。」

そう、真実（ほんと）に知らなかったのだ、と阿字子は、心の中で呟（つぶや）いた。

阿字子が黙っているので、空はもう一度念を押すように云った。

「ねえ、知らないのね。」

「もう、京ちゃんのことを云うのはおよし。」

「何故なの。」

と空は、透明な眼眸で姉を眺めた。

「阿字ちゃんは、京ちゃんがきらいなのね。」

「だまっておいでよ。」

「空は、よく知っててよ、もうせんから、去年から、空は知っててよ、空も、京ちゃんは大きらい。」

それをきくと阿字子の胸に、喜んで好いか、悲しんで好いかわからない一種の感情が、衝き上げて来た。

「何故、そんなことを云うの。」

「何故だか。」

空はそう云って、何かを見せびらかすような顔をした。

「好いから、勉強なさいよ。」

「ほんとうはね、阿字ちゃん。」

「ええ。」

「云おうかな。」

「空は、もう勉強をしないでも好いんだって。」

「何さ。」

「誰がそう云ったの。」

と阿字子は、思わず真顔になって訊ねた。

「母さんと京ちゃんとが。」

「空の体が、よわいからなの。」

「母さんはそう云ったの。」

「そして、京ちゃんも何か云ったの。」

と阿字子は、云い知れぬ不安に捉われて妹をみつめた。

空は暫くだまって阿字子を見返していた。

「お云いよ。京ちゃんが、空に何て云ったか云っておきかせ。」

「云わないの。」

空は、はっきりと云い切った。

「阿字子が、たいへんききたいと云っても、云わないの。」

「云わないの。」

と空は、もう一度云い切った時、その瞳がちらちらして、二三度悲しそうに瞬いた。

「では好いことよ。きかないでも好いの。」

阿字子は、空がどうしてこんなに強情に云い切るのかと云うことを考えると、堪らなく寂しくなって来る。阿字子は、空がいつとなく遥かな彼方に、自分の手からすり脱けて行こうとする姿を見た、と思った。

「空は、京ちゃんと約束したんでしょう。それで阿字子には云ってきかせないんじゃないか。」

暫くしてから、阿字子は、どうしても抑えることの出来ない不満さを、いっぱいに現して云った。空は、見る見る涙ぐんで、心配そうに姉の顔を凝視めて黙っていた。阿字子は、それを見るともうすぐ顔色を和げた。

「空、阿字子は、怒らないことよ。ほら、笑っているじゃないか。」

「ええ、ええ。」

「只ね、空が、京ちゃんとばかし何か云って、阿字子には、何も云ってきかせないから、阿字子はたいへん寂しかったの。だって、空は、阿字子が、どんなに空のことを可愛がっているか、知ってるでしょ。それだのに、空は阿字子のことを除け者にするんだもの。阿字子はね、阿字子のことを、京ちゃんに何か云われたって、そんなにききたがりはしないことよ。阿字子は、空が何か云われたから、ききたいと思っただけなの、でも、そんなに云いたくないんだったら、無理無理きくって云やしない。」

と阿字子は、出来る限りの優しさと愛撫とをこめて云った。

空は、ためらうように、姉を見て考え考え云った。

「でも、それを云うと、阿宇ちゃんが、たいへん怒るかと思ったの。」

「では、阿宇子のことなの。なあんだ。」

阿宇子は、急に気脱けしたような気持になって云った。

「阿宇子は、いつだって京ちゃんには、何か云われるんだもの、何をきいたって怒りはしないことよ。」

「でも、阿宇ちゃんはいつかお床の中で、京ちゃんに何か云われたって泣いた癖に。」

「そんなことがいつ有って。阿宇子は、泣いたりなんぞしやしない。」

この少女は、何を見て何を考えて、こんな事を云うのかと阿宇子は珍らしい気持がした。

「もう、ずっと先よ、去年さ、京ちゃんが、まだお嫁さんにならないでうちに来ていた時さ。」

「ふうん。」

阿宇子は、初めて思い出す。原因はよく覚えていないけれど自分が嵐のように、飛びこんで来て、物も云わず、毛布を引被ってしまったその時の光景がはっきりと浮び出て来た。その時空は隣りの寝台に居たのであったのだろう。そしてそのことを見ていたのであったのかも知れないのだ。空はその時の事を覚えていて、今云っているのであったか。

「そんなことは忘れておしまいよ。あの時からだって阿字子は、京ちゃんからは、ずいぶんいろんなことを云われているんですもの、もう馴れっこになってしまったわ。好いから、もう、勉強しましょう。おそくなっちゃう。」

阿字子は、そう云って、本立から自分も一冊本を抜いた。

「空は勉強しないって云ったじゃないか、だってもう女学校の試験は受けないんだもの。」

「何故さ。」

「いやな阿字ちゃん。今、空がそう云ったじゃないか。そしたら阿字ちゃんが、どうしてだかおきかせって、そう云ったんじゃないか。」

「そうだっけ。」

阿字子は思わず笑い出した。でもすぐ真面目になって、

「だって、何故受けないの。」

「空は、もう、女学校には上げて貰えないのよ。そしてね、お裁縫の学校に行くの。」

「空はそれで好いの。」

と阿字子は、穴のあくほどその無邪気な顔を見入った。

「だって母さんや京ちゃんがそう云うんだもの。だから、空もそうするの。」

「空はそれで好いの。」

と阿字子はもう一度訊ねた。

空はまた涙ぐんだ。

「だって、母さんや京ちゃんが、その方が好いってそう云ったの。」

そう云って、空は突然卓子(テエブル)に顔を伏せて泣き出した。

阿字子は、いつまでも歔欷(すす)り上げている空を黙って見乍ら、能(で)きるだけ考えをまとめようとしてあせった。緑も、自分も、それが許されたのに、何故、空ばかりそれが許されないのか。体が弱いというのであったら、その為に、二年も延してしまってある。母も、その気で、此間まで、時々、自分に空の復習を見てやれと云っていたではなかったのか。何故、突然にそのことが、とめられなければならなくなったのか。ほんとに、それだけの原因であるとするならば、そういうことを母は云いはしない。空の弱いのは、初めからわかりきった話である。話である、話である。

「空や。」

阿字子は、矢ッ張り、京子が何か母に云ったのではないかと、そう思わないではいられなくなって、どうしても、矢ッ張り、きかなければならないと思った。

「阿字子に云っておきかせ。矢ッ張り、何か京ちゃんに云われたんでしょ。それが阿字子に、きかしていけないことだったら、緑(みい)ちゃんに云えば好いじゃないか。でもね阿字子は、それをきいたからって決して、空の前では怒ったりなんぞはしないんだから、よかったらおきかせよ。空は、そんなに悲しがっているんじゃないか。お裁縫の学校に行くのは、矢っ張り嫌なんじゃないか。泣かないでちゃんと云っておきかせよ。緑ちゃんにでも好いから。」

「だって、だって、空は。」

とそう云ってまた歔欷(すす)り上げて、

「高等女学校なんぞに行って、阿字ちゃんみたいに豪くなっちゃ大変だって。」

しどろもどろに、空は云った。阿字子は、突然、激しい打撲を後頭部に叩きつけられたような痛みを感じて立ち上った。

「何、空が、阿字子みたいになっちゃ大変だって。」

と彼女は、急いで卓の角を廻って、妹の横に擦り寄った。頬に頬をつけるばかりにして、

「京ちゃんが、そう云ったの。京ちゃんがそう云ったの。」

と忙がしく訊(き)くのであった。その事を、云ってしまうと空は、何となく安心したように、顔を上げた。そして、雨上りの花片(はなびら)のように濡れた目で姉の顔を見乍ら、

「輝衛さんもそう云ったって。だから、空はお裁縫の学校に行く方が身の為だって。」

「そうかも知れないわ。」

阿字子は、半分無意識に答えて考えこんでいた。

「でも、空は、詰まらないな。」

暫くして、空が力なくそう云うのをきくと、阿字子は、眼のさめたような顔をして、空の手を取って握りしめるのであった。

「あたりまいさ。誰が裁縫の学校なんぞに行くもんじゃない。好いから空は勉強をおし。そして四月には、さっさと高等女学校に入っておしまい。阿字子みたいな好い成績でさ。」

「だって、もしか皆が行っちゃ不可（いけ）ないってったらば。」

「好いことよ、空は行きたいんでしょ。その時になったら、授業料は阿字子が小学校の先生をして拵（こしら）えて上げますから。でも、でも、そんなことをしないでも好いように、阿字子から、もう一度、母さんに、このことを考え直していただくわ。空は勉強すればそれで好いのよ。」

「そうかな。」

と空は何か考えていた。

「今夜は、もう、お休み。好いお話をして上げるから。」

阿字子は、どうかしてこの少女を勇気づけてやりたいと思って、自分から空の本や帳面を重ねて片附けてやった。

「ええ。」

空は、云われる儘(まま)に立ち上って着換えを始めた。

阿字子は、寝台の端に腰を卸して、妹の額髪を掻き上げてやり乍ら優しく低く云った。

「どんなお話をしよう。」

「好いお話をして。」

「空は、月のお話を知ってて。お月様がね、或晩(あるばん)空を歩っていましたって、あんなお話さ。」

「知らないの。」

「お月様が、窓から覗くと、綺麗な、若いお母さんが、大勢の子供に一人一人、おいのりをさせているのが見えました。子供等はめいめいに、神様明日もまた、パンを与えて下さいまし、とおいのりをしました。そして、一等小さい女の子も、おいのりしました。母さんにきこえない位小さい声で、だまってだまって、赤ちゃんがおいのりしているんですよ、って母さんが、そう云って、ほかの子供を鎮めて、そして赤ちゃんに、何て云ったの、ってききました。赤ちゃんは、赤い顔をして、小さい声で『そしてパンには、バタを沢山つけて下さいまし。』と云いました。」

阿字子は、空の頬に、頬を重ねて云った。

「ねえ、空、阿字子が、大へん大へん不可(いけ)ない子だったことが、空の邪魔をしてしまったのをごめんよ。」

空は安らかな息を洩らして眠り入っているのだ。不意に阿字子の眼から、涙が二三滴落ちた。

それから卅分もして阿字子が、母の室に来ると母と緑と京子とが、恰度お茶を入れて、今、阿字子や空を呼びに行こうと思っていたのだと云った。

「空はもう寝ましたよ。」

阿字子は、そう云って、母と緑との間を割ってそこに坐った。阿字子の心は今、空の事を云い出したものかどうかということを、しきりに思い惑っていた。母が、洋館はもう冷たいだろうから、絨氈を敷くようにとか、火は入っているのかとか云っているのを、半分は、夢中できいていたほど、その考えに捉えられてしまっていた。

いつもいつも、何かを考えている阿字子のその態度は、母や緑の眼には馴らされていたけれども、京子は暫くするうちに何となく焦躁して来るように見えた。

阿字子は、食卓に投げ掛かってお茶のこぼれたのを指先にくっつけて、いくつもいくつも、空、空、と書いていた、阿字子がいつまでもそれを続けているのを見ると、京子は、婢に拭巾を持って来るようにと吩付けた。婢がその通りにすると、京子は黙って食卓を指さした。阿字子はその時も、続けていて、しまいには、唾をつけて書き出したが、ふと眼を上げて京子をちらと見ると、にこにこ笑い乍ら婢の手から、拭巾を受け取った。

「こうして、空を消してしまいましょう。」

と、すまして云って卓上をきれいに拭（ぬぐ）った。それが、たった阿字子がこの部屋に入って来てから、出て行くまでの仕事なのであった。

「明日は、早く、散歩をすることにします。」

阿字子は、誰に云うでもなくそう云ってふいと出て行ってしまった。

「あの子は、病気なのよ。」

と母は、ひとりごとのようにそう云った。だが、京子の気色を見てはいたのだ。

「阿字ちゃんは、気味が悪いんですもの。」

京子は、何となく、不安な気持に充たされて行くような気がして云った。

「気にかけないでも好いんです。あれは、あの子の癖ですもの。」

「何か用事があって来たんじゃありませんか。」

「どうでしょう。」

「何だか、謎みたいなことを云っていましたね。」

「あの子はあんな事ばかり云って暮しているんだから、私は別に気にもとめないの。」

「空を消してしまいましょうって云ったじゃありませんか。」

「気にとめないでも好いんですよ。」

その時まで、だまって二人をきいていた緑は突然、

「そんな風にお考えにならない方が好いんですよ。京子さん。」

とそう云って立って出て行った。彼女は自分でそうは云ったものの、阿字子のことが矢張り気にかかっていたからなのだ。

阿字子の部屋に行って見たけれど、空が寝ていたばかりで影も見えなかった。女中部屋に行って知らないかと訊くと、今しがた月が好いからって出て行ったという返事であった。

「だってこんなに晩(おそ)いのに。」

と呟(つぶや)き乍ら母の居間に引返して来た。そしてすぐ、悪い所に来たかしらと思わなければならなかったほど、その時、京子はどんなにか不安に充ちた顔色で、云いかけていた話をひたと止(よ)してしまった。

「阿字子は散歩に行ったそうですわ。」

緑は何気なくそう云った。

「阿字ちゃんはこんなにおそく出歩くのですか。」

京子は暫くしてから、努めて平静な色を装って云った。しかし彼女の心は可(か)なり驚いているらしかった。

「他の娘達とはちがうってことを考えてやって下さい。」

緑は云った。

「あの子には、夜も昼もないのですよ。」

「そして、外聞も体面もね。」

と京子は笑い乍ら答える。だがその笑いの下にどんな嘲侮の真実がかくされていたか。

緑は、云うべき言葉を失って只、俯向いた。

「私は実家に居ります時には、阿字子ちゃんみたいに本も沢山は読まされないし、自由も与えられてはいませんでしたのを、今阿字ちゃんを見て矢張り感謝する気になっていますのよ。」

傲慢な女だと、緑は思わないではいられなかった。京子は、母の前で何ということを云うのであろうと思って。

「私の育て方がまちがっていたのかもしれない。」

と母は答えるでもない低い声で独言ちた。

「一体阿字子ちゃんは、どうしようって気なのでしょうね。」

京子は、探るように二人を交互に眺めて云うのであった。

こんな風に語られた言葉が、かつて一度でも、この家の軒端がきいたことがあったであろうか。緑は悲しい気持で京子の言葉を聞き沁みた。

かつての月の夜のヴェランダに、母を真中に、輝衛と緑とが、如何に愛撫に充ちて、繰返し、繰返し語られた阿字子の名前であったか。どんなに賞讃と嘆美とに祝福せられた阿字子の名前であったか。どんなに光明と期待とに包まれて、呼び合われた阿字子の名前であったか。

その阿字子は、今は、外聞を知らない体面を弁えない、病気の娘になってしまっているのであった。かつてこれほどに冷く、これほどに蔑まれてその名を呼ばれたことがあったであろうか。

その時までは阿字子の行為も言葉も、態度も凡てのものは肯定せられていて、今は、その全体を膠もなく拒まれようとしているのではないか。

京子や緑や、母や、その他の誰もとひとしく、阿字子は、阿字子の過去が堆積した阿字子なのである。その道程の凡てが許されて、どうして現在の姿の、凡てが許され得ないのであろうか。阿字子は無意識に此所まで歩いて来たのではなかったか。——もし無意識と云う言葉がこんな意味に用いられることを許されるなら。——阿字子は、凡てを意識した。しかし凡てを意識しなかった。殊に斯かる歩み方を意識しなかった。阿字子は、こんなものだとは教えられないで、これがわからないかと、怒鳴りつけられているのである。阿字子は、自分の中に生きて来た少女である。種々な意味で教えられた。しかし、真実の意味では少しも教えられてはいない。阿字子は、自分の経験と実感とからのみ教えられて、他人の何等の掣肘も受けてはいるのではなかった。阿字子は、打たれて育って来た少女であり、どんなに尠く打たれるかということをのみ考えて来た少女である。彼女の知識も、その感情の深さ広さには、決して及ぶ筈のない只、それにのみ忠実に、それにのみ支配され、それの奴隷であり、それの主人である所の少女である。

それ故、他の人々が、理性の示す明快な判断を貴ぶように、阿字子は、感情の撰定で以て、凡てのことを考え、行為し、眺めて行こうとしているのではなかったか。雨に打たれ風に裂かれても、阿字子は、どうしても矢張り、野生の花である。単に、人の娘であって、父や兄の官位だの、勲等だの、職務だの、外聞だの、体面だのの娘であろうとする訓練は、まだ与えられてはいないのである。――都会的な訓練ある京子の常識は、それを、低いとするのであろう。緑はそれを云おうとはしない。只、何故京子は母の前に、京子自身のかつての家庭環境を誇り得るものとするのであろうか、母の心はそれ故に彼女の愛する娘を、かくも恥じようとしているのではなかったか。しかも緑には阿字子が持つ璞の匂いに強く胸を打たれてさえ、居るのであったものを。

緑は眼を上げた。

「お母さん。」

母は黙って緑の方を見た。

「あなたの育て方が、まちがっていたのではありませんのよ。」

緑の言葉が突然であったから、母は説明を求めるもののように首を傾げて、も一度緑を視た。

緑は、そう云った考えで、自分を責めているように見える母を、どうすれば慰められるかと思って、出来る限りの優しさをこめて云った。

「阿字子は、どうしてもあんな風になって行く子だったのですもの。自分でばかし考えている子でしたから、自分でわかって来ますまで、そっと、眺めていてやって下さいまし。阿字子は何にも知ってはいないのですもの。」

そう云って、そして視線を京子に転じて、懇願するような眼眸(まなざし)で見ながら、

「ねえ、あなたもあの子のことを親切に思ってやって下さいまし。」

「私は、自分の夫の妹ですもの、あの人を、不親切に考えようとは思いませんわ。」

と不自然に抑えつけられた声が京子の唇から洩れた。

「今迄あの子は、皆からよく見戍(みまも)られて来ているのです。阿字子はそう云っていましたわ。あの子のことで、皆が何か思違いをしているのではないかって。でもそれはほんの少しだけ真実かもしれませんけれど、私の目にさい、一年程会わないでいるうちに、何という変り方だろうと思って、大へん悲しかったのですもの。どうしてあんな風になったかと思って。」

「では、真実(ほんと)に私達が何か考え違いをしているとお思いですか。緑さん。」

京子のそう云った言葉の意味をどういう風に取れば好いかと思って、緑は何となくためらわれた。

「ねえ、お母さん。緑さん。」

京子は、だんだん昂って来る感情を抑えることが出来なくなって来て云った。

「私が、まいりますまでは、阿字子ちゃんはあんなでなかったと仰云るんですか。」

緑は、こんな風に語られて行く言葉の行き止まりを思うと、身震いするほど悲しかった。そこに母が居ることを思って。

彼女は母の何も云い出そうとしない先に、不安に充ちて京子に云った。

「ね、私の言葉をそんな風に取らないで下さい。」

しかし京子は、その言葉が耳には入らないもののように、眼に一ぱい涙を湛えて途切れ途切れに云い続けた。

「私は、ここに来ましてからは、もう阿字ちゃんから報いられたものは、侮蔑のほか何もなかったってことを申します。阿字ちゃんはひどい方です。ひどい方です。」

緑は、困惑しきって叫んだ。

「京子さん。そんなことを、京子さん。阿字子にそんなことを考えるのは、可哀そうですわ。」

「そんな風に私だけには仕向けられて来ましたもの、私だけはそう考えています。

阿字ちゃんは、私が何を云っても返事をしないのです。只、にやにや笑っているか、それでなければ茫然しているのですもの。それは私だって、きっといつでも優しく親切にばかり云ったとは云いませんけれど、でも、でも、阿字ちゃんは妹じゃありませんか。私はあの人の何でしょう。あの人は私の忠告を耳にもかけないのです。そして矢張り、あんな変な髪を結ってどんな恰好でもして、平気でいるんじゃありませんか。あの人は私を軽蔑しているんです、ずいぶん、ずいぶん軽蔑しています。私はどんなにか、あの人でも、空ちゃんでも、可愛がって上げようと思っていたかもしれませんわ。あの人がほんとに私のことを少しでも考えて下すったら、あんな風なことは能きないと思います。」

「あなたが何を仰云っても、阿字子が返事をしないと云って、それは、あの子があなたを恐れているんではありませんか。」

「それは、あなたはあの人の姉さんだから、そんな風に弁護なさるんです。」

「どうぞ、怒らないで頂戴。私は、ほんとうに優しい気持と注意とに充ちて云われた言葉だったら、阿字子はそんな風に報いる子ではないと思っています。

それでなければ、ほんとに阿字子は、あなたに答える言葉を失っているのです。あの子がどんなに傷つき易い、小さい心の持主だかってことを知って下すったら、あなたはきっと、阿字子に仰云るお言葉を、撰んで下すったでしょうと思われますのよ。悪く思わないで下さいまし。」

「私は、どんな不親切なことを阿字ちゃんに云ったのでしょう。緑さん、それをきかして戴きますわ。」

と、京子は、却って落ち付いて云うのであった。

こういう悩ましく、重苦しい気持の継続から、どうすれば逃れることが出来るかと思って、緑は殆んどあせっていた。しかし彼女には、この儘、ここを立って行くことが、京子の感情の上に、一そうの黒い影を投げるだろうことを恐れて、とは云え母にこのことの口を開かせるに忍びないと思うと矢張り、どうすることも出来なかった。

「ねえ、お母さん。」

と京子は、こんどは母に向った。

「私が、阿字ちゃんにどんなに不親切だったでしょう。あなたは阿字ちゃんから、おききになったでしょうから、伺わして下さいましな。」

「京子さん。」

と緑は母の答を奪った。

「あなたが、阿字子にどんなことを仰云ったかということを知っているのは、あなたと阿字子とだけですよ。阿字子は何も云いはしません。私達は知りもしないのです。あの子はどんなことをでも黙って、中に貯えている子なのです。小さい時からそうでしたもの。私が、こんだも何かききましても阿字子は、お爺さんのように絶望していると云ったきりです。私はこの一年間に阿字子の上に、どんなことがあったかは知ることも出来なかったのです。

只、そうまで、老成じみたことを云うあの子を可哀そうだと思って見ていますわ。阿字子はもう、私達から、見捨てられたもの、見捨てられたものと、思ってばかりいるんでしょう。私は、それが可哀そうだと云うんです。」

ああ母が、と緑がそう思った時、永い年月の間を、子等の上にのみ注がれて来たその眼から、はらはらと涙が散った。

阿字子よ帰れ。

緑は、眉をも動かさず顔を蔽(おお)った。この母の前で、このような言葉で以って、阿字子の名が語られて好いものであったか。

母の心は、悲しかった。そのどの一人を失っても、いとしい子等である。

ああ一年のその間の何物が阿字子を母から、輝衛から、希望から、奪って行ってしまったものであったか。

毎日見て、絶えず見ている母の眼にさえ、その変化は驚かれるほどに急激であった。

母の阿字子は今の阿字子ではない。

長い川沿の道を身丈ほどのお人形を抱いて、結いつけ草履(ぞうり)の足もたどたどと、母の手につれられて帰って来た時には、買ったばかりのお人形の首が、もう、ぶらぶらになっていた、その時の阿字子である。

緑と二人で、花をちぎり、葉を刻んでお飯事（ままごと）をしている時、ちょっとの油断に、その法外な御馳走を、ほんとに嚙んで食べてしまった阿字子である。

夕暮、月見草の花束を母にと持って帰って、一夜寝た翌日、皆のこらず萎（しぼ）んでいると云ってわあわあ泣き出した阿字子である。

小学校の運動会の日、人を押し除（の）け押し除けして、一等前の椅子に、母をおしつけた阿字子である。

家中の悪戯（いたずら）は、みんな阿字子の仕業と極められて、たびたび、馬鹿を見た、お人好しの阿字子である。

お人好しの阿字子、快活で、腕白で、兄や姉から、性懲（しょうこり）もなくかつがれては、えへ、えへ笑ってばかりいた阿字子である。

いつでも、春と日光との中で、泳いで、唄って、笑って、人を喜ばしていた阿字子である。

病（わずら）って寝ている母の枕元で、絵本を拡げて読んできかした阿字子。

阿字子。阿字子のいとしさは限りなく広い。或時には、阿字子なくては母は生き難く見え、母なしには、阿字子は到底、生きて居る子ではないように見えた。

それは、小さかった兄や姉の小さい嫉妬をさえ、惹起したものであったのに、阿字子よ。

阿字子は、本を読んだ。

阿字子は、女学校を卒業した。

阿字子は、嫁ぐ緑を見送った。

阿字子は、京子を迎えて一夏を共に暮した。

阿字子はもう、決してもとの阿字子ではなかった。いつも母の瞳の中に住んでいた阿字子ではなくなっていた。

どの子をも、母は全的に愛して行った。阿字子一人の為にでも、よく母は、生き、また死ぬことが出来たのではなかったか。

阿字子よ、帰れ。冬の海辺を月を浴びて、何処まで、さまよって行こうとしているのであろうか。

阿字子を追うものは何か。

阿字子を追うものは、誰か。

阿字子が、初めて編物を覚えた時、朝、眼をさました母の枕元に一揃の手袋が、置かれていたではなかったか。

優しく、好い子の阿字子は、何所に見失われてしまったのであろうか。

只、母を喜ばす、その事にのみ生きているように見えた阿字子。

その阿字子は、今、母を見失い、兄に背き、妹を捨て、自分自身をさえ亡くそうとしている。

かつて阿字子が愛したものは、今もなお、阿字子を愛することを、止めようとしてはいないのに、阿字子は何故、行ってしまおうとしているのか。

かつて、あれ程饒舌に、繰返して母の名を呼んだ唇は、今は重く閉ざされて、僅かに語られ、母の顔を日光のように仰いだ眼は、睫毛を伏せ、または、あらぬ方に外らされているではないか。

本に読み耽っては、母に注意せられたと云って、腹を立てて泣いた阿字子。母の手が、幼い阿字子を打った時に、憎しみを、瞳にこめて、母を見上げて立っていた阿字子。病気の時に駄々を云って散々に手古摺らされて、鳥にでも持って行ってもらおうかと思った時の阿字子。

それ等の時の、どの阿字子の中にさえ、どんなに沢山の母が在ったことであろうか。

今は実に、叱らせることをさえしないのである。叱られようともして呉れないのである。母は、阿字子の中に、その片影さえ、とどめられてはいないではないか。

阿字子よ、帰れ。帰れ、帰れ。

二六

昨夜は、皆が夜更しをしたために、客間で京子と枕を並べていつもよりかおそくまで寝ていた緑は、もう、夢の醒め際という時に、そっと、揺り起されたような気がして眼を醒ました。見るとそこに空が、心配そうな顔をして坐っていた。

「どうしたの。」

緑ははっきり意識を取り返して身を起した。

「阿字ちゃんが、悪いの。」

「喧嘩したの。空と。」

空は、びっくりして大急ぎで云い直した。

「病気なのよ。」

「どうしたの。」

「大へん、頭がいたいんですって、それで、緑ちゃんに来て欲しいんですって。」

緑は、すぐに着更えをして、空と阿字子の寝室に急いだ。またいつかのようになるのではないかと恐れ乍ら。

見ると阿字子は毛布一枚きり胸に掛けて、燃えるような頬と眼をして、ずいぶん苦しそうに見えた。もう一日で、四十度近い熱だと云うことはわかっていた。

「どうしたの。阿字子。」

阿字子は、苦しそうに寝返りをして眼を閉じて、

「焼けるようよ。」

と鈍い調子で云った。

たくさん語らせることをしないだろうと思い乍ら、それでも何となく、少しは非難する気にもなって、緑は、阿字子の額に手を加えて云った。

「早く起こしに来て呉れないんですもの。昨夜は一体どこまで行って、何時頃帰って来たの。あんなに晩く浜なんぞ歩って、とうとう、病気になっちゃったじゃありませんか。阿字子が悪いのよ。」

「すみません。」

と阿字子の唇がかすかに動いた。

「さっさと呼びに来て呉れないのね。ずいぶんもう、悪かったんでしょう。」

「だって、空が起きるのを待っていたの。」

「こんな時には起こすものよ。いつ頃からそんなになったの。もう三時間も四時間もでしょう。昨夜は何時頃帰って来たの。私達の寝る時には、まだ帰って来てはいなかったのですもの。ずいぶんおそくまであんな寒い所を歩きまわってさ。乱暴なことをするんですもの。もうせんにはそんなことはしなかったじゃありませんか。そんなことが父さんに知れて打たれても、緑ちゃんは知らないから。」

「好いことよ。緑ちゃん。そんなに云うんですか。」

阿字子は、やっとききとれる位の声で呟いて、それっきり、壁の方に身を翻えしてしまった。何も彼もが、歪んだり、廻転したりしているように見えた。

それから暫くして医者が来た時には、阿字子の意識は殆んど失われていた。検温器を、含ませると、見ているうちに、気狂いのように騰って行った。医者は、打診もそこそこにして、このお嬢さんは感情家だから——緑はいやな言葉だと思う。——頭の方を気をつけないといけない。肺炎の手当をするように。薬をすぐ拵えて置くから取りに寄越すこと。それ等の事を云っておいてから、空の方に向いて、この頃は、大分、自分と仲が悪くなったようだが、体は好いのかなどと訊ねたりして帰って行った。母が医者を見送って出て行ったあとで、緑は、氷嚢をあてた阿字子の顔を、じっと見ていた。

医者の言葉は、思わず母と眼を見合わしたほどに、それ等の心を暗くして行った。頭を気を附けよと。阿字子は気が狂うかも知れないと云うのであろうか。その方が、肺炎よりも、いく層倍、人々の胸を破ろうとしているか知れないのであった。

「阿字子や。」

緑は、その小さい狭い手を握りしめて、一ぱい眼に涙を湛えてそっと呼んで見た。阿字子の唇はかすかに動いたけれども、それは緑に答えられる為ではないのだ。阿字子は、昏々として眠っている。突然、はっきりした言葉がその唇から囁かれた。

「王の子だのに、おおマリイよ。」

「阿字子。阿字子。」

緑は、その眼を覗き込んだ。その瞼は蒼ざめて堅く閉ざされているのであった。矢張り。

「ああ、あんな夢を見て、囈言にまで云って。」

緑は溜息と共に涙をはらはらと落した。そして思わず低い声で阿字子を見乍ら呟いた。

「王の子だのに、おお、マリイよ。」

不安と、焦慮と、愛憐とに充ちた多くの眼眸が、いつも真上から阿字子の上に注がれている事を阿字子は、時々意識した。

「霰が散っていますか。緑さん。」

阿字子はたずねて見る。

「外は、好いお天気ですよ。」

と誰かの声が答える。

「私は、夢を見ていたのかしら。」

阿字子はそう呟いてそれきりまた、睡眠の中に溶け入ってしまった。

「矢張り、まだ真実に意識が恢復してはいないのですね。」

緑と母とは、悲しくうなずき合っていた。

阿字子は、砂上に寝ころんでいた。海がだんだん荒れ始めて紺碧の水が、手鞠のように沢山の船をころがした。そうして船は、いくつでも、海の外に投出されて行った。波が高くなって、ずんずん寝ている阿字子の方に歩み寄った。阿字子は、身動きも出来ないほどの恐怖の為に堅くなってそれを見ていた。「もう逃れっこなしだわ。」と思い乍ら。あんなに瑠璃色の美しい波を見たことは初めてである。あんなに雪白の波頭を見たことも初めてであった。「ああ私は、さらわれる。」と思った瞬間に、波は阿字子を、抱き込んだ。母の姿が小さく砂上に立って、此方を見ているのが波の底から見える。しかし母は阿字子がそこにいるとは、少しも気がついていないように見えた。阿字子は、呼ぼうとして声が出なかった。阿字子は身悶えして叫んだ。しかし、矢張りその声は母の耳には届かなかった。母は知らん顔してずんずん彼方へ去って行く。

「ああ、行ってしまってはいやです。お母さん。」

阿字子は、自分の声に眼を醒ました。阿字子は、あたりを見まわした。その瞬間に、何かが心に帰って来た。優しく阿字子の上に見戍られていたその眼眸。そっと手首を抑えて脈搏を数えているその指先、小さく溜息を洩らしたその唇、安堵と、喜びに上げられた小さい叫び。

阿字子は、かつて、こうした寝醒めを、持ったことがなかったか。

阿字子は、何も彼もを忘れてその時だと思い込んでしまった。

阿字子は、母の瞳を見た。緑の、空の、瞳達を見た。そして、微笑んだ。月日が逆に流れて行ったように思われてならなかった。阿字子は十六の少女がある冬の日の午後、昏睡(こんすい)状態から恢復して行きつつあるのだと思った。

「母さん。緑ちゃん。空。」

と交互にその名を呼んだけれど、只唇が、いくどか忙しく動かされて、声は自分の耳にさえ入らなかった。阿字子は只、にこにこと笑っていた。そしてあたりを見まわした。ふと、母の肩の後から、見馴(な)れない瞳が二つ自分の方に、見向けられているのに気がついた。阿字子は、それをじっと凝視(みつ)め返して、「あれは、誰の眼だったかな。何という瞳だろう。」と考え込んだ。その眼は阿字子に永く凝視められると、影のように消えて行った。「誰の眼だったかな。」と阿字子は、いつまでも一つ所を凝視めて考え続けた。その考えの為に捉えられて、頰にはもう微笑を浮べることをやめてしまった。

考えは虻(あぶ)のように阿字子の身内を刺した。どうしても思い出さなければならないと、阿字子は焦燥(あせ)って身悶えした。暫(しばら)くすると、

「阿字子。」

「阿字ちゃん。」

となつかしい声が遠くの方で呼んでいるのが耳に入ると、その声の方に馳け出して行こうとして、阿字子は、とび起きた。

「阿字子。」

「阿字子。」

「阿字ちゃん。阿字ちゃん。」

その声の最後が、細く糸を引くように阿字子の耳に響いた時、阿字子は、長い溜息をついた。今こそ、ほんとうの意識を恢復することが出来たのだと思った。阿字子は手をのばして、自分の上に傾けられた、空の小さい頭を静かに抑えつけた。

「まあよかった。」

空の唇から、あの時と同じ言葉が洩れて、その手が姉の頰をそっと触った。しかし、阿字子はもう何も彼もを思い出していた。あの時とは、その間に多くの時間と、事物とが横たわっていたことを明瞭（はっきり）と見て取ったのであった。

阿字子は母を見、緑を見、そして母の後に半身をかくした京子を見た。

「あの眼だったのか。」

阿字子は心の中で呟いた。そしてその手は、力なく空の頭からすべり落ちて、もう一度長い溜息をついた。涙が瞼からまろび出た。

二七

二週間ほど続いた熱が、その頃から漸く順調になり始めた。それまでは、体温表は、実に気まぐれな高低を示していた。

熱の為に心臓を弱められて、阿字子は度々呼吸困難を起してはその都度、空の小さい手が、解き和げて呉れるまでも、その眼には云い知れない苦痛を湛えていても、決して只の一度も、苦悶を訴えようとはしなかった。

阿字子は頑固に薬を拒んだ。水を求めて、空の手から薬を与えられた時、阿字子はそれを吐き出した。空は何も云わないで、それを見てしくしくと泣き出した。

「阿字子は、水を頂だいと云ったことよ。何故阿字子を欺そうとしたの。空までが阿字子のような嘘つきになったの。」

阿字子は、我乍ら驚かれる冷たい調子で詰った。

空は矢張り泣き続けていた。

「それだと阿字子は、もう空と口を利かないことよ。空はほんとに阿字子のことを考えていて呉れるのではないのね。もう水も何も欲しくないから行って頂戴。」

空は一そう激しく泣き乍ら途切れ途切れに云った。

「だって阿字ちゃんは、お薬をちっとも飲まないんだもの。」

「阿字子が、何故お薬をのまないかは、空の知ったことでは、ないことよ。」

「だって、阿字ちゃんは死んじゃうじゃないか。」

「死んだって好いじゃないか。」

　空は、今までに只の一度も、こんなに激しく自分に、投げつけられた阿字子の言葉を、きいたことはなかった。少女は矢庭にひたと泣き止めて、その眼は不安と恐怖とに大きく瞠られて真直に姉の顔を凝視めた。阿字子は、その中には、かつて父の鞭の下に立っていた、空よりほかの何物をも見出すことが出来ないことを知った時、その心は、云い難い悔恨に捉われて、激しく身悶えをした。

　空は、姉の眼の光に、じりじりと扉口まで、追詰められるように後戻りして、もう、逃れ所がないように、両手で、顔をかくして激しく泣き出した。阿字子も掻巻を頭から被っていつまでも泣いていた。

　こんな風に、病気は、阿字子の心をますます頑にして行って、もう緑とさえ口を利こうとはしなかった。阿字子の心は、あの時緑が云った言葉——病気になったのは阿字子が悪いのだ。父にそんなことが知れて、打たれても緑は知らないと云った。——にすっかり腹を立てていた。彼女は、子供のような心持で、それをたびたび心の中で繰り返して怒っていた。緑の姿が見えると頑固に口を噤んで心の中では、絶えず、「知らないと云った癖に。あんな所でまごまごしていないで、さっさと行けば好いんだわ。」と云い続けていた。

しかし阿字子は、空に対してはもう決して再び、あんなきついことを云うまいと決心した。空はすぐ機嫌を直して、何かと世話を焼くのであった。阿字子は、その云いなりになっていた。

人々は、豹のようにこっそりと歩んで、出来るだけ尠く囁き合った。阿字子が、眼をさますと、母や京子は、その眼に触れることを恐れるように、そっと出て行くのであった。彼女の心は、それを怒って悲しんだ。どんなに、自分に対して人々は、冷淡であるだろうと思って。

そんなことが、一々検温表の上に熱の高低を生んだ。人々は、何が阿字子の心を波立たせるかは知ることが出来なかった。それだから、熱が少しでも上りすぎると、ますます無言になり、阿字子を憚らなければならなかった。阿字子は、人々の眼と眼が語り合っているのを見た時、その言葉の意味の何に依らず、腹立たしくなって来るのであった。何故、それほど自分を憚って語らなければならないのに、自分の眼の前で、しようとするのかと思って。

阿字子は、空が来て、そう云わない限りは、緑の手からも、誰の手からも、湿布をさえ取換えてもらおうとしなかった。

空の見ていない間は、乱暴なことばかりして、薬をそっと空けたり、寝台から這い出して、本を取って来たり――、それを枕の下にかくして夜半に寝むられなくなると読むのであった。――または短歌を考えつくと書きつけたりした。

そんな中にも阿字子の若さは、その意志に悖(もと)って、彼女の健康をずんずん、取り戻して行き始めた。そうして、それと共にもはや人々が、そんなに自分を憚らなくなって行くのを見ると阿字子自身も少し機嫌を直した。

その頃になると、阿字子は時々緑と話すようになった。緑は、話しすぎない程度に、喜んでこれに答えた。

「緑(みい)ちゃんは、まだ小倉(こくら)に帰らないで好いんですか、もう機動演習が済む頃でしょう。」

そういう時の阿字子の眼は和(なご)やかに輝いていた。緑は、ずいぶん暫(しばら)くぶりに、こんなに素直な、好い子の阿字子を、見ることが能(で)きたと思った。その声は低く澄んで甘かった。頰は透明な蒼味(あおみ)を帯びて、その底にかすかな淡紅色が微笑んでいる。髪は――その為にたびたび京子から非難を受けたが――真中から分けて三つに編んだのを、オリムピヤのアポロの頭の上の柱の板のように、蒼白い静脈の透く額に、ぐるりと捲(ま)きつけていた。それで白い寛(ひろ)い寝巻を、頸筋(くびすじ)を長く出して着て、肩に搔巻を羽織って寝台の上に起き上っているのを見ると、どうしても阿字子の好きな本の、どの頁かに描かれている少女を、想起しないではいられない。

「阿字子は、何て好い子だか知れやしない。ずいぶん、今日は好い子だこと。」

と緑は囁いた。

「阿字子にも、緑ちゃんが、もうせんの緑ちゃんに見えてよ。」

と阿字子は、珍らしそうに姉を見まわしているのであった。実際、阿字子の眼には、結婚という魔術に罹けられて、醜くなったと思っていた緑が、依然として純潔な微笑を笑いかけているのを見ると、自分自身が、却って悪い魔術に罹っていたのかもしれないと思うようになって来た。

「不思議ね。緑ちゃんは、矢張りもとの緑ちゃんですもの。阿字子は悪魔の子からかつがれていたのかな。」

そう云って阿字子は、子供のように眼を瞬った。

「阿字子の眼の中には、時々お猿が居て、阿字子を不可ない子にしてしまうんでしょ。きっと。だから、阿字子は、母さんや輝衛さんのことも少しは、悪魔の子に担がれていたのかも、知れないことよ。たぶんそうだと思うわ。」

と緑は、そう云って、母や輝衛の名が呼ばれた言葉の反響をきこうとして、阿字子の顔色をじっと見戍っていた。

「そうかしら。」

阿字子は、案外、静かに半ば疑がわしく、半ば肯定して睫毛を落した。

「思いすごしということがあるものだわ。」

と緑は、なお、阿字子を見戍り続けて云った。

「母さんはずいぶん阿字子の事を思って、親切に可愛がっていて下さるんじゃありませんか。」

「そうかな。」

「そうですとも、輝衛さんだってそうよ。それは、どんなことがあったか知らないけれど。」

「知らなければ黙ってるが好いさ。」

阿字子の、この突然な調子が、ひどく緑を驚かしたほど乱暴に云い捨てられた。緑は、だまって、妹の顔を見つめて、そのどんな気持で云われたかを知ろうとした。阿字子は、しかしすぐ眼の中に笑いを浮べて甘い声で囁いた。

「ずいぶんよかったの。それで仇討をしちゃったわ。」

「何を云ってるのよ。」

緑は驚いてたずねた。

「だって、いつか緑ちゃんは、阿字子が勝手に病気になったんだから、父さんに叱られても知らないって、ずいぶん邪慳（じゃけん）なことを云ったでしょ。阿字子は、ずいぶん怒っていたの。」

「ふうん。それで、強情に物を云わなかったのだわね。まるで、駄々ッ子じゃありませんか。」

「阿字子は、たったあれっぱかしの事を云われても、どんなに傷つく子だか知ってる癖に。だから緑ちゃんが思いすごしだって云っているんじゃありませんか。でも自分達が鈍感だから、阿字子だって、何を云っても無感覚だろうなんか、考えられてはたまらないことよ。」

「誰もそんな不親切なことを考えている筈はないじゃありませんか。阿字子はだから、何かを云われても、それを親切に忘れてしまってお上げなさい。お母さんじゃありませんか。兄さんじゃありませんか。阿字子だってあの人達に、どんなにひどい傷をつけているかもしれないでしょ。好い子のいつでもお母さんの子で、輝衛さんや私を、羨ましがらしていた癖に、あの阿字子はどこに行っちゃったの。」

二八

——母よ、吾子は、その黒髪の千筋だも、その血汐だも汝が為にせむ。——

阿字子は、俯向いて、だまって泣いていた。かつて、日誌の端にこういう歌を書きつけたことのあった事を、知っているならば、おお母よ。

阿字子の生命は母のものである。広い世界の、幾十億人のうちの只四人にのみ、わけ与えられた、その一つの生命であった。

阿字子の心は今もなお、母の生命の失われた刹那に、共に死に、墓の彼方の国にまで、共に生きて行こうと願ったそのことを、忘れようとはしていなかった。こころは今もなお、母の腕の和かきを思い、その胸の熱きを恋うて、呼びつづけているものを、母よ。

何者が、阿字子から母を奪い、母から阿字子を逐おうとしているのであったか。

なつかしく、好き母の思い出よ。

千鶴街道の夕暮に、幼い緑と阿字子とを連れて佇んでいた時、何かに驚いて逸れた放れ馬が一頭真白い道を、塵を捲いて、まっしぐらに此方をめがけて蹄を蹴立てて来た刹那に、母は二人をひしと抱いて、石垣の根に身を伏せた。悍馬の腥い、炎の息が、颯とかかって、嵐のように過ぎた時、蒼ざめた唇に、二人の名を呼んで、莞爾として見せた時の母。

駄々をこねて、駄々をこねて、病って寝ている母を、散々に手古摺らして、手古摺らして、とうとう父が奥から出て来て、あの手で首筋を、ぐっと摑んで、持って行かれようとした三歳の阿字子を、つと病床から身を起しざま父の腕から奪いとって、そしてその激動の為に、気を失って倒れた腕になおも阿字子を締めつけていたその時の母。

いくたび父の、笞から、阿字子を救って自ら打たれ、傷ついたことであったか。

父は、かつて母に向って手を加えようとはしなかったにも拘らず母は子供等の為には、その身を父の前に、投げ出すことを止めようとはしなかった。

散々に、父が暴虐の限りをつくして、泣く声も嗄れ嗄れに、身を震わしている阿字子を、何にも云わず脊中に縛って、大川の水を凝視めて、橋上に立っていた母。

その母に、阿字子は、何を報いようとしていたのか。

十二月の霜の降る真夜中に、火もないお勝手で、ザクザクと氷を砕く音がして、たくさんの苦労に節の高くなったあの尊い手の、凍え凍え、氷嚢を取り換えて、静かに寝に行ったその母はまだ二三年前の母であった。

現在の母が、どうしてその母ではないと云うのであろうか。

その時の母は、看病の疲れに、娘の寝台の端に額を伏せて、床の上に跪いて祈禱のままの姿勢で、眠りに入っていたのではなかったか。

その時阿字子は身を起して、母の上から、そっと毛布を落しかけたのではなかったか。

現在の阿字子に、それが能きないと云うのであろうか。

おお、おお阿字子は今もなお、どんなにそれをしようと願っているかもしれないのに

母よ。

悪魔が持って来たこの一年は、阿字子から母を奪って行ってしまったのであろうか。

いまも阿字子は、こんなに呼んで、求めているのに。

再び、その拡げられた腕に、阿字子を、呼び返そうとしてはいないのであろうか。阿字子は母のその腕に、いま一度抱かれた瞬間に、生命も絶えよとまで乞い求めているものを。

輝衛に拡げられ京子に拡げられ、緑や空に拡げられようとする腕を、何故阿字子にばかりは拒まれなければならないと云うのであろうか。

阿字子が、輝衛の京子について父の為に、兄や母に怒った心は、実に、母が阿字子に与えた気高い心ではなかったであろうか。

その心はまだ、輝衛や母の為には、父になされたそれと、同じだけの分量を、父に怒っていたではなかったか。

母は、阿字子のその心を知ることなしに、阿字子に投げたその眼眸は、他の同胞の誰が一人かつて投げられた、最も冷たい眼眸であったか。

いつまで、その眼眸は、温められることをしないで、阿字子にのみ注がれようとするのであろうか。

今一度、その腕に阿字子を呼び返せ。阿字子は母の娘である。母の娘である。輝衛や緑や空や、いつの間に、その三人のみが母の子供等となったのであろうか。

阿字子もまた母の子供である。

母は阿字子の生命である。今一度、その腕に抱かれることさえすれば、その儘に息も絶えよ、身も失せよ。阿字子の腕は母にのみ伸べられ、阿字子の眼は、母にのみ、眸られているものを。

二九

三週間の機動演習が済んでしまってその夫達が、帰って来るだろうと云うのに、緑も京子も、立とうともしなかった。

空が学校に行っている間は、緑が、いつも阿字子の傍をはなれようともしないので、阿字子はまた、訊ねて見た。

「何故、緑ちゃんは、帰って行かないで、そんなに阿字子にばかし膠着いているの。阿字子はもう快くなったのにさ。」

「好いのよ、そんなこと。私が安心だと思うまでは帰っては行かないことに極めたの。」

阿字子は思わず笑い出した。

「いやな緑ちゃん。『極めたの。』だなんて、子供みたい物云いして。」

こんどは緑が笑い出した。

「阿字子の物云いは、どうなのよ。私のことばかし云って。」

「だって、阿字子はまだ子供ですもの。」

「いやな阿字子ね。私が帰って来た日の、あの物云いは何なの。まるで、訓導みたいこちこちの言葉で、私は、お爺さんですって云ったじゃありませんか。私は、気がよわいから、阿字子が四角い言葉を使えば、堅くなっちゃって答えるんだし、阿字子が丸い言葉で云えば丸く答えていることよ。でも、この頃の阿字子が、どうも本物の正体らしいことね、阿字子は、ほんとにまだ子供だわよ。」

「阿字子はね、全く、子供なのよ。昨夜、いろいろ思って、そして夜半に泣いちゃったの。そしてもう一度、母さんや緑ちゃんの、子供になりたいと思ったことよ。

阿字子は、緑ちゃんがお嫁に行っちゃってからは、急に阿字子でなくなったの。緑ちゃんが悪いのよ、何故、行っちゃったの。」

「仕方がないんですもの。」

「だから、阿字子は、緑ちゃんの前でだけは、まだ子供でいられるかしらと思ってたらば、緑ちゃんは、こちこちの言葉で堅くなって、母さんにお辞儀をしてさ。阿字子は、あれを見ていたら、もう緑ちゃんは、ほんとうに行ってしまったのだなと、悲しかったの。ああ結婚は恐ろしいと思ったわ。

阿字子は、緑ちゃんの腕の中に、どんなにか飛び込もうと思っていたことよ。それだのに緑ちゃんは堅くなって澄ましているんですもの、阿字子があの日、どんなに大人の物云いをしたからって、それは仕方がないの。緑ちゃんがわるいんですもの。でも、この頃の阿字子は、少しほんとうの阿字子よ。でもまだ駄目なの、是非追出してしまわなければならないわ。」

阿字子は、そう云って不意に口を噤んで考え始めた。

「何を追出すの、不可ない阿字子を追い出すの。」

「早苗さんをさ。」

阿字子の言葉が、あんまり突然だったので緑は、解りかねてその顔を見ていた。

「阿字子の中にはいつの間にか早苗さんがいて、好い子の阿字子を何所かの隅に押しつけてしまって、早苗さんが考え、早苗さんが物を云い、早苗さんが行動していたのだということを、阿字子は初めて知ることが出来たのよ。今思って見れば早苗さんはどんなに、大人だったかそしてどんなに阿字子を喰べてしまっていたか。阿字子の心臓を喰べて阿字子の血を嚥んでいるのだと、あの人は云ったんですもの。子供の阿字子には、その結果が今漸くわかって来たことよ。阿字子の中にはこんなに沢山な早苗さんがはいっていて、阿字子をこんなにいけない子にしてしまっているんです。緑ちゃん、緑ちゃん。緑ちゃんでも母さんでも、それをどうして防いでは呉れなかったの、阿字子は母さんをなくしちゃって、一人ぼっちで生きてるなんて、そんなことは堪えられない。何故、早苗さんに阿字子をやってしまったの。阿字子はどんな悪いことでも知ってしまった。人を疑ったり、試みたり、計ったり、あれは好い子のすることではなかったのよ。打ってちょうだい。打って頂戴。阿字子はこんなに不可ない子なのですもの。いつも母さんや緑ちゃんが阿字子の中に居て、早苗さんを入れないようにしていて呉れなかったのが悪いんです。阿字子は不可ない不可ない、いやな子でした。阿字子はもう、一生懸命に、早苗さんを追出してしまうんだから。

人を知ることは恐ろしいことだわ。阿字子はもう、大変だったの。

阿字子は病気をしてよかった。空に看てもらっていてよかった。阿字子が好い子好い子になったら母さんが、また阿字子を抱いて下さるんでしょう。緑ちゃん、緑ちゃん。ねえ、そうなんでしょう。」

初めて、一番幸福なことを云うことが出来たのだと思うと、阿字子は、赤ん坊のように歔欷いた。

妹の頬に優しく頬を重ねて、緑の涙が、阿字子のそれと混って落ちた。

「阿字子や。阿字子はそれでよかったのです。」

暫くすると緑は、低い声に力をこめて囁いた。

「ほんとに、阿字子の云っているように、緑ちゃんが悪かったの。」

「いいえ、いいえ。」

「私だって、たくさん不可ない子なんですもの。結婚の幸福や楽しさを探す為に、血眼になっていて、もう少しで母さんや阿字子を忘れる所だった。」

「ええ、ええ、それは緑ちゃん。ほんとうよ、ほんとうよ。」

と阿字子はまた歔欷いた。

「でも、でも、今阿字子がまた私を取戻したのですもの。矢張り私は、母さんたちの緑です。あああ阿字子。どんなに、私が、帰りたかったか、あなたがそれを知って呉れたならばね。」

緑は、そう云って激しく嗚咽(おえつ)した。その時二人は幸福であった。別れて後、初めて二人は、相互をしっかり抱くことが出来たから。もう決して、離れることはしないだろうと、強く強く心に誓うのであった。

ずいぶん、永い後に緑は静かに、阿字子を横たわらせ乍(なが)ら、

「永く起こしすぎたわね。悪いことをしてしまって。」

と云うのであった。

「阿字子はもう、快くなってしまったんですもの。もう寝なくても好いんですってば。」

「今が大切な時じゃありませんか。何云ってるの。」

阿字子の顔は微笑み乍ら、枕の底に沈んで行った。

「阿字子。あなたは、いつか、空に、こんなお話をしていたじゃないの。森の奥に、母さんと二人きり住んでいた少年が、或時(あるとき)騎士の革帯を見てから、もうどうしても母さんから、離れて行かなければならなくなって、ならなくなって行ってしまったのだって。

それから、恐ろしい罪に呪われて彷徨って、歩って、でも、おしまいにはとうとう聖杯を見ることが出来たのだって。」

「ええ、ええ。そんなお話をしたことがあってよ。」

「あれは、誰が罪にまで、その少年を追いやったのかってきかれたらば、阿字子は、何て返事をすること。」

「阿字子もそれを考えているの。」

「誰が悪いのでもないと思うわ。運命よ。少年がそれを見た騎士の革帯だって、腰にまかれて、きらきらと、光っているべき筈のものなんでしょう。」

「だから緑ちゃん。阿字子は、どうしても、聖杯に浄められるまでは、宿なしの犬のように、彷徨って歩くのよ。森のおくの、お母さんの尊い血は、その為に流されたのですもの。」

「阿字子は、革帯を見たんじゃありませんか。だから、どうしても浄められる時が来なければ、嘘だと思うわ。これは緑にも云うべき事だけど。」

「浄められる時があるでしょうか。」

「有りますように。」

と緑は恰も、神の宥恕を乞うもののように、眼を仰いで云った。

「その信仰が無くなれば、私達は生きてはいられないんですもの。」

「きっと好い子になります。」

阿字子はそう云って、心の中につけ加えた。

「マリア様、アフロジテ。阿字子を守って下さいまし。」

阿字子の心はまたしみじみと忘れられ、そむかれた故郷を思い出すように、希臘（ギリシャ）の永遠の静謐（せいひつ）に返って行くのを覚えて、それは恰も新しい世界への旅立のように、胸に震える歓喜を呼びおこしたのであった。

「まあ、よかった。」

阿字子は、吻（ほっ）と溜息を洩らして微笑み続けていた。

「緑ちゃん。或時ね、阿字子の病気が快くなって、阿字子の病気よ、そして、母さんの所に行って、お辞儀をしたんですって。」

「ええ、ええ。」

「そうしたら、母さんが拡げて下すった胸に、何かが書いてあったんですって。」

「ええ、ええ。」

「何て書いてあったか知ってて。」

「考えられないわ。」

「でも、一寸（ちょっと）考えてごらんなさい。」

「わからないことよ。」

「それがわからないの。よ、み、が、え、りって書いてあったんじゃないの、何云ってんのよ。」

緑は静かに、搔巻(かいまき)を押しつけた。

「もう、お話を止しましょう。少しし過ぎてしまったわ。」

「ええ、ええ、今に、言葉も何も要らない国に行くことに極めたの。」

二人は眼を合して微笑した。

幸いなことには暖い日がよく続いて、阿字子は目に見えて、ずんずん快くなって行った。日中は時々寝台を離れて、部屋の中をそろそろと歩きまわったりするようになると、阿字子は、矢張り、死なないでよかったと思った。病中に、空をあんなに泣かしたことが、時々頭を擡(もた)げては、阿字子を責めた。阿字子はその度に、頭を振ってそれを追いのけた。「ほんとに不可ない姉さんだわ。可哀そうに、可哀そうに。」と涙ぐんだりした。

阿字子は、寝台に腰を卸(おろ)して、細くなった腕や、手などを、しみじみと眺めて、「でも病(わずら)って、好いことをしたわ。もう二度と出て来ないように、病気が、不可ない子をすっかり、持ってってしまってお呉れ。」と独言(ひとりご)ちていた。

時々、早苗や調(しらべ)を思い出した。二人とも、蛇のような聡明さで絶えず何かを、阿字子に囁いていたのであった。阿字子は矢張り云い知れぬなつかしさを覚えて、会いたいなとも思った。こんだ会っても、もう決して、心臓を喰べられるようなことはしないだろう。

「あべこべに、喰べてやろうかな。」と思わず口に出してそう云うのであった。

誰のも、彼のも、残らず、喰べてしまって、残らずの心臓を阿字子のものにする為には、どんなにどんなに好い子になっても、まだ足りないほど、それほどの好い子にならなければ、嘘なのだと思った。実に、それの能(で)きるものは空のほかには、誰もなかったのだということを知ったのである。

空のことを思うごとに、阿字子の心は、重味を感じた。

「阿字子のようになっては大変だから、空はもう高等女学校にはやらない方が好い。」と輝衛や京子が云ったと云うではないか。阿字子や早苗のような子ばかりを——二人は実に、異端なのだということを知っても呉れないで、——高等女学校が生んでいたならば、京子は阿字子をもっと違って見ることが出来たであろう。京子自身、矢張り高等女学校出身なのではなかったのか。

「どうも可笑(おか)しい、どうも可笑しい。」

阿字子はそう云ってくすくす笑い出した。しかし次の瞬間にはその笑い事でないことを思って——その為に、ほんとに空の、其方(そちら)への道はもう決定的に塞(ふさ)がれてしまっている。どうすれば好いのか。母や父を動かす力は、阿字子よりも、いく層倍、輝衛に多く与えられているかも知れない。ことに父は——阿字子はそのことを思うと、どうしても父を憎む気になれないのが常であった。——輝衛の為には、どんな代償をでも払っているのではなかったのか。阿字子には、殆んど何等のものも与えられてはいない。——阿字子は今でも父の眼には、引叩いて、云うことをきかす子供としか映っていないことを思うと苦笑しないではいられないのではあったが、——阿字子に只一つ残っていることは、空を、嘘つきにして、裁縫の学校に行っていると云って、高等女学校に通わせることである。しかし空は、それが能きない子である。阿字子にならそれが能きたかもしれなかった。阿字子は失望して首を振った。

阿字子は、この事を緑に相談しようと思って、その時を考えているけれど、なかなか好い折が見つからなかった。且つ、それらのことが話される時には、恐らく、自責や悔恨や、または、輝衛達の空に対する冷淡さに対して、少しも感動し、乱される事なしには、いないであろうと思うと、どうしても、もっと好い子になるまでは、待っていなければならないように思われた。

阿字子は、そう思って空の顔を見ると、もう堪まらなくなって、いきなり空を抱き上げて、何所かの誰も来ない人の知らない島にでも連れて行ってしまって、王女のように崇拝し、奴隷のように仕えて見たいという願望が、阿字子のすべてを浸して、咽喉を摑んで振りまわされるような気がするのであった。

「空の邪魔をしたのは、阿字子だわね。堪忍おしよ。」

そう云って阿字子は空の小さい顔をつくづく眺めたりした。

空は、あの夜限り、決してもう再び、阿字子の前でも学校のことを口にしなかった。その気持が阿字子には、わかりすぎるほどわかるのだ。

「可哀そうな空。」

その忍従のつよい小さい心がどんなに傷んでいるだろうことをほんとに知っているものは、只阿字子だけである。

「祝福を、神よ。」

阿字子はこの少女の為に祈らないではいられなかった。

晴れた日である。窓に立って硝子越しに、何かを一生懸命に、凝視めている空の傍へ、阿字子は、そろそろと歩み寄って行った。空は、不意にぴったり窓帷を閉じてしまって、

「さあ、大変。」

と吃驚した顔をして阿字子を見た。

「何が見えるの。」

「変なもの。」

「焦らすのね。」

「だってほんとうなのよ。」

と阿字子の耳に口を持って来て蚊の鳴くような声で囁いた。

「輝衛さんが来たの。」

そう云って、じっと姉を見守っている。

「ほらね。」

「輝衛さんが。きっと慰労休暇だからよ、そこから見えるの。」

阿字子は、窓を指さした。

「見えてよ。ほら。」

空はそう云って、また窓帷を絞った。阿字子は窓の傍に寄って行って、息が、硝子を曇らせるほど近々と、外を覗いた。

「ずいぶん好いお天気じゃないの。」

「そうよ、そうよ。」

「輝衛さんなんぞ、何所にも見えやしないじゃないか。」

「いやな阿字ちゃん。」

空は、姉の顔を見上げてその視線を辿った。

「坂の方なんぞ見てさ。堤の上をごらんよ。輝衛さんが、三人で来るじゃないか。ほら、あんなに剣がきらきら光っている。」

「見えた見えた。あとの二人は誰かしら、ねえ空。」

「空は知っててよ。」

「誰、お友達。」

「阿字ちゃんの知ってる人よ。」

「わかったわ。鶴見さんじゃないか。」

と阿字子は晴れやかな気持で笑った。鶴見が来るから、それで緑はまだ帰って行こうとはしなかったのだなと思って。

「空は、どうして、すぐわかったの。」

「でもさ、緑ちゃんからきいたんじゃないか。緑ちゃんはね、阿字ちゃんが病気だからって、演習地に手紙を出したんですって。」

「ふうん、そんなことは阿字子に云やしなかったじゃないか。」

「だって、阿字ちゃんが気がねすると不可ないから、黙っていたの。」

「道理で緑ちゃんは、落ち付いていくら阿字子が、もう好いからお帰りお帰りって云っても、帰らなかったのね。いやな緑ちゃん、阿字子は気がねなんぞしやしないわ。」

「でも、そうなんだってから、仕方はないわ。」

空は如何にも決定するように、そう云った。

「だから、鶴見さんから、演習がすんだら、其方に帰って行くから待っといでって、そうお返事が来たの。」

「早くそう云えば好いのにさ。でも、もう一人は、誰。」

「それは、空も知らないの。」

「どっちかの、お友達だわね。」

二人の視野の中に、だんだん近づいて来る三人の姿は、背嚢を背負った軍装の儘で、塵と埃とに塗れて、三週間の激務を語っているように見えた。しかし三人とも、快活に談笑し乍ら、時々此方を見上げて恐ろしい速度で近づいて来るのであった。

「あんなに早く歩って、阿字子は眼がまわっちゃう。」

そう云ってなおも眺めていた。もう目の下まで来ると、三人の姿はだんだん脚からかくれて、首から上だけが、石垣について曲ると、こんどは、軍帽だけが、丸く三つ、前後して坂の上り口にかかった。

「空、早く行って腕に飛びついてお上げよ。ずいぶん御苦労だったんですもの。お迎いに出ないの。

御苦労様でしたって、ちゃんとそうお云い。」

「ええ、ええ。」

空はすぐに窓を離れて、次の瞬間には、もう扉口をひらりと飛び出て行った。阿字子はまた覗いた。

ゆるい傾斜を上って来るにつれて、三人の横顔から、だんだん、また肩が現われ、胸があらわれ、剣が現れて、最後に全身を現わして、名ばかりの、附木のような小さい門をはいって、前庭に来た。

阿字子は、空の小さい体が、投げ出されたように駈(か)けて来て、鶴見の、拡げた軍服の腕に抱かれたのを見た時、こんなに美しいものは、かつて見なかったほどに激しく感動した。

「私にも、あれが能きた時があった。でも、今は駄目だわ。どんなに、しようと思っても能きやしない。第一、もう私がそれをすれば、人は何だと思うかもしれないのだもの。」

彼女はそう思い乍ら、皆の姿が視野から奪われてゆく迄、見詰めて立っていた。

三〇

何か考えなければならないことが、沢山頭の中に詰まっているような気がして、寝台の上で、仰向(あおむ)きになって、天井を眺めながら阿字子は寝ていた。

「輝衛さんが来た。」と阿字子は一番にそう思った。その一つが、凡(あら)ゆる感情を伴って、頭の中をくるくると駈(か)けまわっている。阿字子のことを、到頭、裏切者だとしてそれがどんな動機から、出たものだとも、知って呉(く)れようともしないで、怒ってしまった輝衛。

「父さんが、母さんや輝衛さんを一途(いちず)に非難なすった時、私は矢っ張り、二人の為に父さんに怒って、あんなに、輝衛さんを大事にしていらした、父さんにずいぶん非道いことを云ったんだもの、京子さんの為に、輝衛さんのために。あのことはもっともっと輝衛さんが、父さんに対して謙遜であるべきだわ。阿字子が、怒ったのは、至当じゃないか。それだのに、私を裏切者だなんて。」ここまで考えて来ると阿字子は、急いで頭を振った。

「こんなことを、思い出すんじゃない。こんな悪い感情を阿字子の中に押し拡げて、阿字子の魂を包んでしまっては、阿字子は、堕落してしまわなければならないんだもの。恐ろしいことだわ。阿字子はずいぶんずいぶん堕落していたんじゃないか。純粋な、透明な感情で他人のことを考えて上げられたならば、どんなに好いだろう。阿字子はもう、空にはどうしてもなることは能きないのだな。」

そう思うと、阿字子は、もう咽喉までも、泥の深みにはまりこんで、悶えている自分自身の姿がたまらなく可哀そうになって、涙ぐんでしまった。

人の世に、復活ということが許されて居なかったものとすれば、それは、どんなに、寂しく悲しく、物狂わしいものであったであろう。

もう一度無垢の眸を上げて、物を見直して行きたい。もう一度、初めから人生を、播き直して見たい。心の臓にまで、汚みついている、悪魔の子の指跡を、残らず、残らず洗落さなければ、阿字子はもう、決して母の眼を見ることは、能きないのであった。

「ラザロの指尖」が今こそ、ほんとに呼ばれなければならないのであることを、しみじみと思い沁みていた。

扉が静かに開いて、緑の眼が、そっと阿字子の方を覗き込んだけれども、少しも阿字子は気がつかなかった。

「眠ってるの。」

若しそうだとすれば、起こすのを憚るような小さい声で緑がたずねた。そして、近づいて来て阿字子の瞼に、涙のあとのあるのを見ると、黙って指の尖で拭ってやった。

「緑ちゃん。」

阿字子は、その指先を握りしめて、顎の下に持って行った。

「阿字子を、打ってちょうだい、打ってちょうだい。」

「私だって、打たれたい、打たれたいことがあってよ。」

「阿字子は、もう、好い子になれなければ、承知しないから。」

阿字子は、歯を喰しばって云うのであった。

「阿字子や。」

緑は、妹の顔をすれすれに覗き込んで、

「珍らしい人がいらしたわ。」

「阿字子は、さっき窓から覗いて知ってるの。輝衛さんだの鶴見さんだの、もう一人誰だか。」

「阿字子は、あの方を思い出せないの。考えてごらんよ。」

「何だか、見たような顔だと思って、一生懸命に考えたんだけれど駄目だった。」

と阿字子は落胆したように云った。

「ほら、もうずいぶん前の夏、輝衛さんが、連れていらしたことがあったじゃないの、士官学校の時にさ。」

「思い出したわ。」

と阿字子は、両の掌を合わした。

「あれは、阿字子が十二の夏だったから、もう七年も前よ。あれがその時の晃さん。」

と眼を瞬って、

「あんなに大きくなって、威張ってさ。阿字子はもう、すっかり忘れてしまっていたの。」

「そうでしょう、私だって、ずいぶん変りなすったと思ったわ。でも忘れてはいなかったの。」

そう緑が云った時、語尾がかすかに震えた。阿字子にはしかし、晃の来訪という意外な喜びの為に少しもそれを気づくことが能きなかった。阿字子は、幻影を追うように、眼眸を、くるくると転じて云った。

「阿字子は、ずいぶんあの時可笑かったの、阿字子が海に浸っていたらばね、晃さんてば『阿字ちゃん、櫓の所まで連れてってやろう。』って威張って威張って、阿字子を連れて行ったのよ。」

阿字子は、声を上げて笑い出した。

「だって晃さんのあの時の顔ってなかったことよ。」

「何がさ。お話しよ。」

「だってね、晃さんは、阿字子を肩に止まらして泳いで行ったのよ、櫓まで。そしてね、私を櫓に上げて置いて自分だけさよならって泳いでさ、阿字子のことを揶揄ったの。それから、阿字子が、怒っちゃって、倒さまにどぶんこして潜っちゃって浮き上ったら、晃さんが見えなくなったの。だから阿字子は、また櫓まで泳いで行って上って見ていたら、晃さんが、櫓の周囲を、たびたび潜り込んでは一生懸命に、阿字子のことを探しているの。でも、どうしても見えないものだから、断念してしまって、阿字子の上っているすぐ横に泳ぎついて、すっかり悄然としてしまって、阿字子の落っこちた所を凝視めていたの。」

「阿字子は、何しろ河童だからずい分意地悪根性ね。」

「だって晃さんが初めに阿字子のことを揶揄ったのよ。阿字子は揶揄われるとすぐ真顔になる子だったんですもの。」

「それから。」

「それから、もうおしまいよ。晃さんが、阿字子を見つけた時の顔ってなかったの。阿字子は、胆をつぶして蒼白になっちゃったの。だって、私を食べちゃいそうな顔をして、『阿字ちゃん。泳げるのか。ずいぶん脅かしたな。』って怒鳴りつけられて、もう少しで阿字子はまた、どぶんこする所だったわ。」

阿字子は、そう云って、もう一度手を拍って、笑い出した。

「不可ない子だわね。」

緑は、笑い乍ら、脅かすように云った。

「道理で、阿字子のことをきいていらしたわ。空を見て、あの時これ位のお嬢さんだった阿字子さんはどうしましたって。あのお嬢さんの腕白には、ずいぶん弱らされましたよって、母さんにそう云ってらしたの。」

「阿字子は、でも、もうあの腕白娘になれないのね、どうしてもどうしても。」

「そんなことは阿字子ばかしではないんですもの。誰だって同じことよ。阿字子は一つのことを考え始めると、いつまでもいつまでも執拗く考え続けるのが癖よ。だからもうそんなことを考えないで好い子になることばかし考えましょう。」

「緑。」

とこの時、扉の外から呼んだ声があった。阿字子がすぐききつけて云った。

「緑ちゃん、鶴見さんだわ。」

「そうだわ、先刻、阿字子の所に来ても好いか、訊いて来いって云ったのを忘れていたの。」

「阿字子が、おしゃべりなんぞしていたものだから、いけなかったわね。」

緑は、すぐ扉を開いた。鶴見のまるい顔が、笑い乍らはいって来て、太い声で云った。

「どうした。阿字ちゃん。」

阿字子は、物珍らしそうに、只笑って鶴見を眺めて斗りいた。

「病気なんぞして、詰らない。ずいぶん瘠せたね。ほら、手首なんぞ鶴見さんの三分の一もないじゃないか。」

「もうよくなったのです。」

阿字子は、腕をすぐ掻巻の下にかくした。

「柏木も、よかったら、お見舞に来たいからって云ってたよ。緑、呼んで来てお上げよ。」

緑はすぐ出て行った。

「鶴見さんは、見さんのことを、もうずいぶん知っていらっしゃいますか。」

と阿字子は叮嚀に尋ねた。

「こんだ初めて、輝衛さんが紹介して呉れたのさ。停車場につくまで、両方とも気がつかなかって、とんだ可笑しかったよ。

駅を出ると、後から輝衛さんに呼びとめられてしまってね。柏木は輝衛さんが、演習地で出会ったものだから、阿字ちゃんの病気見舞に進呈するつもりで拾って来たんだとさ。それから三人で、話し乍ら来た次第さ。」

「鶴見さんは、あんな嘘を云って。」

と阿字子は笑い乍ら、

「阿字子はまた、晃さんのことを鶴見さんのお友達だとばかし思っていたんです。」

「阿字ちゃんの、病気のことをきいて、お気の毒ですね、って謹しんでお見舞申上げていたよ。」

「そうですか。」

「永く寝ていては、腕白ももう出来ないだろうって、それは鶴見さんが云ってたよ。」

「可笑しな人ですね。」

その時扉が開いた。阿字子は、妹が兄を待ち望むような、優しい親しみのある気持で、晃を迎えようとしていた。

しかし、その気持は、初めて晃の唇から言葉が洩れた時、半分に減らされてしまった。

「御病気だそうですが、如何です。」

と晃は云った。その冷静な調子が、微笑を阿字子の頬から奪った。阿字子は、瞼を伏せて、堅くなった。心の中で、「何という冷やかな人だろう。」と呟き乍ら。

それでも阿字子は気を取り直して云った。

「ずいぶんながくお目にかかりません。阿字子は、すっかり、お忘れ申上げていましたのよ。」

「そうでしたか。そう、あなたもお変りになりましたね。」

阿字子はすっかり腹を立ててしまった。「阿字ちゃん、泳げるのか。」と怒鳴りつけた晃はもう何処にも残っていなかった。「何という物云いだろう。」と思って阿字子は怒りを存分、眼にこめて、睨むように晃を見上げた。冷やかに自分を見ていた晃の視線は、次の瞬間に、緑の方を優しく見て云った。

「緑さんはちっとも変っていらっしゃいませんね、あの時の儘です。阿字子さんだの空ちゃんだのの、大きくなっていらっしゃるのには驚いてしまいましたよ。」

「ほんとに変ったのは、私でございますわ。」

緑は、つつましく答えた。

晃は微笑して、

「ええ、ええ、その意味では、阿字子さんも空ちゃんもちっとも変ってはいらっしゃいません。」

晃は、そう云って、阿字子の方を顧みた。

「ずいぶん阿字子は変りましたわ。」

と阿字子は冷い調子で、顔も上げずに云うのであった。

晃は気にも止めないでまた緑に云った。

「変っていると云えば、輝衛さんも変ったですね。」

「そうでしょうか。」

「私は、きれいな夫人にお目にかかりましたよ。」

「その意味でございますか。」

「あの方には、お嬢さんの時一度お目にかかっています。輝衛さんに連れられて、伯父さんのお宅にお寄りしたことがありました。

そうですね、その頃は、丁度空ちゃん位でしたが、私共に、お茶だの、お菓子だのを持って来て下さいましたっけ。」

「それだと、君は、ここの家族とは、ずいぶん因縁がふかいわけですね、京子さんが空ちゃん位だともう六七年も前ですからね。」

と鶴見が云った。

「そうです、そうです。そして輝衛さんとは、もう幼年学校の時代からの友達ですから、ずいぶん久しい話です。」

「そうですか。」

と鶴見は一つお辞儀をして、

「以後は、鶴見のことも、よろしくお見知り置き下さい。」

と云った。皆が笑った。

阿字子は、そんな話をするのだったら、何も自分の枕元でしなくも好さそうに思われて、さっさと行って了えば好いと思った。

「私は、夏休暇を、度々持ちましたが、ここの家で送った夏ほど愉快だったことは、前後にありませんでした。海水は透明だし、砂丘は長くて白いのです。到底朝寝なんぞしてはいられなかったものでした。それに、ここのお母さんは、ずいぶん私共、男の子を破格に可愛がって下さいましたからね。我儘をずいぶんしましたよ。

いつか、輝衛さんと二人で月が好いものだから、真夜中から遠泳を始めたのです。その時でしたよ、海月に刺されて、二人とも、脚を太鼓のように膨らまして帰って来て、お母さんに、ずいぶんお世話をかけてしまったことでした。」

「ここのお母さんは。」

と鶴見は、阿字子の方をちらと見て、

「阿字ちゃんの前だから云うのではないが、実際、私も初めて来てすっかり敬服させられてしまったのです。このお母さんの子だったらと思って、それでもって、緑は無条件でもらってしまったのです。」

「恐れ入りました。」

と晃は、笑い乍ら頭を垂げた。

阿字子は、母が人々から、好く思われていることをきくと、矢張りどうしても誇りかな気持にならないではいられなかった。彼女は、思わず微笑して、話にきき入っていたことに気がついた。その阿字子の顔を、可愛いと思って見乍ら緑も、黙って二人の話をきいていた。

夕暮がだんだん迫って来て、白楊樹の梢に、鈍い斜陽がかかっているのが、硝子越に見えていた。

三一

空は、学校から帰ると、いつでも、きっと阿字子の枕辺をはなれなかった。空が阿字子の側に居ると、鶴見さんが、遊び相手にしようと思っては、たびたび呼びに来て、そして、暫くは、きっと何かの話をして阿字子を笑わしたり、揶揄ったりして、親切に慰めたりしていた。彼女は喜んでいた。

阿字子の心は、しかし、輝衛を待ち望んでいた。輝衛は、実に帰って来たその日、鶴見や、晃が阿字子の枕元で談笑していた時、一寸顔を見せたばかりであった。

「矢張り、阿字子のことを怒っているんだわ。」

阿字子の心はそれを、当然としなければならないのを悲しんだ。けれども、もう仕方がないと思って、只の一度も、弁解したいとも、そのことについては、緑にも空にも、語ろうともしなかった。

阿字子の心はまた、京子が、輝衛の中に、自分を、どんなに真黒くでも描き出すことの出来ることを知っていたから、もう、輝衛の心が、それを気づかない限りは、阿字子に帰って来る筈はないと思っていた。阿字子は、しかしそんな風にして離れて行った輝衛を、京子のことをほんとに信じきっているそのことを、矢っ張り美しいと思って見ないではいられないのだ。

輝衛は、十二位からもう、父母の膝下から、幼年学校の寄宿舎に奪われて行った子であった。そして、こんど、此方に転任して来るまで、十いく年というものを、ほんとに、家庭とか、家族だとかのはっきりした意識を与えられることなしに、結婚してしまって、もう、また父の家から出ているのである。阿字子には、そういう環境から生れた、輝衛の個人的な、どちらかと云えば利己的な性格を悪いと云って好いか、好いと云って好いか、わからなかった。阿字子自身は、そう在りたくなく、また在り得ないことであったが、輝衛としては、無理もないと思わないではいられなかった。阿字子はこの頃、環境ということを、しみじみと考えさせられた。ことに、自分を京子の前に見出す時、その感じを一そう強めるのであった。

京子は、父と母との秘蔵娘で、かつて一度、阿字子のように打たれた事なく、同胞達と喧嘩をしても負けたこともないほど父と母との掌中でころがっていた子であった。だから阿字子にはそうした、全然異った環境に育った京子の気持は、到底、想像もつき難く、また従って、京子に、阿字子を知らせようとする事は、殆んど絶対と云って好いほどにも不可能なことであるということを、充分に知っている。そういう意味で阿字子は、冷淡なほどにも京子に対しては寛大であったが、京子はどんなことでも、反射運動のように受け入れるとすぐ出した。阿字子にはその感情の浅みを、悲しいと思うと同時に、自分自身を思い比べて羨ましい気持がしさえするのだった。例えば、阿字子の髪のことを云うのに、「由布には洋妾がいると思われては大変だから、皆に弁明するのが私の役目だ。」と云った時、阿字子にはその気持がわかりかねて、茫然とその顔を凝視めていた。由布の家族になったのだから、由布の性格を持たなければならないと、決して云うことはしないけれども、阿字子の同胞や父母でさえ、かつて、それほどに蔑んだことを彼女の上に投げかけたものは一人もなかった。阿字子は、実に自分の夫の妹に洋妾という言葉を結びつけて考える京子の気持を、つくづくと困惑を以て見守っていたことであった。かつ、この阿字子の態度が、京子には、侮蔑のほかの何物をも報いようとしない傲慢さとよりほかに考えられないでいることも、またわかりすぎることなのであった。

そうしてそれは、悲しくも、次第に事実になって行こうとしているのである。京子の阿字子に対する言葉が、激しくなればなるほど、阿字子を怒らせることなしに、あべこべに京子を憐れまして行った。そうして、阿字子は京子のために恥しいと、しばしば頬を赤くするのであった。

阿字子は、京子を京子としてほかの何者とも考えようとしなかった。京子は、阿字子を、京子であらねばならないものとして考えているのであろうか。阿字子をこの頃苦しめるものは、実に、どうすれば京子のこの軛を逃れ得るかということのほかの何物もなかった。

もっと、もっと、好い子であれば、すぐにでも、京子の心臓を喰べてしまうことが出来るのであったけれど、ほんとにそれが出来るまで、阿字子は、永い月日を見なければならない。その時が来るまで、阿字子は、京子を避けようとした。阿字子の心は、また、しきりに家出を思った。然し、それが京子が快く置いて呉れさいすればどんなにか行ってしまいたくないわが家であっただろう。

永い考えの後に、阿字子は、水を欲しいと思って、枕元の水差を傾けて見たが、一滴も残っていなかった。空は先刻、鶴見が来て、輝衛達と一緒に街に行くからと云って、学校から帰って来るのを待ちかねて、連れて行ってしまった。緑はまた、何故かいつまでも、来て呉れようともしないのであった。阿字子は何となく、物珍らしい気がして、水差を片手に、そろそろと病室から出かけて行って、お勝手に曲ろうとする廊下の端まで来た時に、不図その耳は、母の居間から洩れて来る泣き声に驚かされた。そして、歔欷きの隙に、二三度自分の名を呼ばれたような気がしてその声の主の誰であるかを考える暇もなく、だまって其所を逃げ出した。

「マリア様、またあんなことをきいちゃって。」

阿字子は寝台の端に腰を卸して溜息をついた。

好いにつけ悪いにつけ、どんなにしばしば繰返された自分の名であったか。阿字子は永い病中を思った。

「京ちゃんは、到底私を許して呉れようとしないのだわ。」

もう、たぶん一生、阿字子がこの家に、父と母との娘である限り京子から解き放されることは決してないだろうように思われてならなかった。事毎に、母の面前で涙と共に、それが至当であり、または不当であるだろうにも拘らず、非難に充ちて語られるわが名を思う時、阿字子は、殆んど絶体絶命の苦痛を、その魂の上に押しつけられるのであった。

こういうことの果ては、もうあまりにも明瞭と見せつけられている。彼女自身にさえ、かくもしばしば繰返されかつ繰返されるだろうことの為に、どんなに自分は、不可ない子になってしまっていたことか。

そのことの為に、こんどは、真実に母の中に生れようとする阿字子が、如何に醜く、如何に黒く成長して行くであろうかを、恐怖と当惑との上に、据えつけて眺めないではいられなかった。阿字子の為の地獄であった過去一年のそれよりも恐ろしい永い月日が、黒いリボンのようにねじれて、歪んで、彼女の前途を引きずって行くであろうことを。

「こんどこそ、こんどこそ、阿字子は、ほんとうに母さんを、奪われてしまわなければならないのだな。」

その恐ろしさを、見るに堪えないもののごとくに、阿字子は眼を両手で蔽って、身悶えした。何も彼もが、激流のような早さで阿字子を捲き込んでどんどん押しやって行くのであった。波の底から腕を伸べて、砂上に立つ母を、如何に、絶叫し、求めていたか、しかし母は、去って行った。その夢が、今、阿字子の前途を、暗黒の中に祝福しているのであろう。

それにも拘らず、阿字子は何故、只の一度もその事を、母の前に弁解しようとしなかったか。

阿字子にはそれが能きなかった。京子と阿字子とにさし挟まれる母を思って、かつ、それよりもなお恐れなければならないことは、全てを正しく見ようとする母に、阿字子自身を世の諺どおりに考えさせようとすることが、これ以上に、彼女自身を辱める何物でもないそのことであった。

「私は、自分自身を、『鬼千匹』の譬の恥辱から救う為には、何物を失っても仕方がないのだ。ああああ世俗は何という辱めを、世の妹達に投げつけていることか。」

やがて、その魂も凍る滅裂の日が、必然にその歩みを進めて来ることを思って、阿字子の心は戦慄した。

かつて、最も合理的に、輝衛の結婚式がすまされようとする時に考えついていた家出ということが、今は、殆んど、無条件で、阿字子の上に落ちかかって来ようとしている。あの時、家出を考えた阿字子は嘘であった。しかしあの時、出て行かなかったことは、真実を生んでしまっているのである。

何故、京子は阿字子を解放しようとしないのか。彼女は只、輝衛の夫人であれば、それで好いのではなかったか。阿字子の母でも姉でもないその人の足が、いつまで阿字子の中に、立ち入って行かなければならないというのであろうか。おお、おお、どんなに永い間、輝衛に描いただけでも慊らずになお母にまで、黒く描こうとしているその舌が、刃の鋭さを、阿字子の胸に揮おうとするのか。

「私は行きたくない。母さんや空と別れて行くのは堪らない。私は行きたくない、行きたくない。」

阿字子は枕に顔を伏せて子供のように歔泣いた。

何となくざわめく気配に、ふと吾に帰った時、阿字子は、泣き寝入りしてしまっていたことに気がついた。

輝衛達が街から帰ったのであろう。客間の方で、鶴見の快活な笑声に混って、空の生々した叫びがきこえていた。

阿字子は、何も考えようとしなかった。考えるそのことが、今は苦痛である。寝醒(ねざ)めのぼんやりした頭を、大きな枕に、深く沈めて、

「いい音楽をききたいな。」

と呟(つぶや)いた。

どうしても来なければならないその日であるならば、能きる限りの遅さで来ることを、また、逃れられるものならば、逃れようよ、例えそれが速(すみや)かに来るとしても、その日まで、能きる限りの好い子の阿字子を、母や空の中に残しておかなければならないということのそれ等の願望を持った時、阿字子はもう好いと思った。このことについて考えることはないのだと思った。

それにも拘らず、先刻(さっき)、京子が泣きつつ母に訴えたことはどんなことであったかを、矢っ張りききたいと望んだ。晃ならばたぶん知っているだろうからと思って。

阿字子は、身を起して、掻巻(かいまき)を羽織って、両膝を立てて、それの上に、手を二つ重ねて、頤(あご)を載せた。そんな姿勢で、いつまでもいつまでも、彼方(あちら)の壁にかけてあるレオナルドのリザ夫人の肖像画を、上目づかいに凝視めていた。黄昏(たそがれ)、淡(うす)明りの中に、その女

性は、如何に奇異に微笑んでいることであったか。阿字子は、凝視めて凝視めているうちに、頭から冷水を颯と注ぎかけられたような、得も云われぬ気味の悪さを感じた。

「何という顔をするんだろう。リザ、そんなに凝視めないで頂戴。」

そう云って、阿字子は腕の中に顔をかくした。リザは、黙って笑っているのであった。

暫くすると阿字子は、もう見まいとして、眼を瞑ったままで顔を上げた。その時、誰かが、すぐ傍に立っているらしい気配を感じてその儘で、片手をのばして、空間を手探った。

「空。緑ちゃんですか?」

その人は、黙っていた。

「阿字子は、眼が見えなくなっちゃったのよ、そこに来たのは誰。」

そう云って、彼女は、眼を開いて見た。あたりを見まわしたけれど誰もいないのであった。

阿字子は、はっとして壁間を見上げた。

「リザ、あなたか。」

黒い額縁の中で、そのフローレンスの女は、阿字子が、見上げた瞬間の、今、微笑みかけたように奇異な笑を、笑い続けているのであった。阿字子は思わず呟いた。

「あれを、外してしまうことにしよう。」

扉が不意に開いて、緑がせかせかしてはいって来た。

「すみませんでしたね。すみませんでしたね。いつまでも、打っちゃっといて、ごめんなさい。」

「好いんです。好いんです。きっと、あっちが忙しいのでしょ。」

「今夜、夜行で柏木さんがお立ちになるものだから、お勝手を少しばかりお手伝をしていて、おそくなったの。まだ灯明もつけないで。」

「好いのよ、阿字子は今、薄明りの中で、その額を見詰めていたらずいぶん好かったの、気味が悪くて。」

「変な云い方ね。」

姉は、そう云い乍ら電灯を点けた。

「柏木さんがお帰りですって。」

阿字子は、冷やかに尋ねた。

「ええ、御両親が待っていらっしゃるでしょうからね、だって、演習地で、輝衛さんに会って、その儘引っぱられていらしたんですもの。」

「そのことは、鶴見さんからもききました。でも、晃さんは何しにいらしたの。」

「そんなことを、誰が知るものですか、何故？」

「だって、あの人はずいぶん変よ。それは、阿字子には冷淡で。いつか話したでしょ、あの晃さんではなくなっていたの。阿字子はね、もう少しのことで、晃さんて、大きい声で云って飛びつく所だったのよ。そうしたら、どうでしょう、まるで、紳士が貴婦人に、物を云う時みたい、阿字子は、少なからず立腹しちゃったわ。そして、驚いているの、矢張り大人になったせいね。」

「阿字子には、わからないの。」

「何が。何が。」

「だって、あなたはもうあの時の河童(かっぱ)の子ではないじゃありませんか。阿字子は、淑女なんですもの。」

「阿字子が淑女だからって、だって矢張り阿字子よ、初対面でもないのにさ、でも、もう晃さんのことは云うのを止しましょう。阿字子は不愉快になって来るんですもの。あんな人大きらいさ。」

「阿字子の癖よ。誰でも、すぐに大きらいになっちゃうのね。阿字子の好きな人って、ありはしないわ。」

「そう云えば、今日ね、阿字子は悪いことを聞いてしまったのよ。」

姉は、はっとして妹を見つめた。

「何を、何所(どこ)で。」

「京ちゃんが泣いていらしたようね。何か阿字子のことでしょ、また。阿字子は、水をとりに行ってお廊下の所できいてしまったの。」

「水なんぞ、取りに来ないでも好いのにさ。」

「だって飲みたかったのですもの。でもね、京ちゃんが泣いていらしたのをきいたら、逃げ出してしまったの。どうしたの、一体。何が阿字子が不可なかったの。」

「詰らないことよ。気にしなくても好いの。」

「緑ちゃんは好くっても、阿字子は気になるんですもの。母さんは何て云ってらして。」

「母さんは、母さんは黙っていらしたわ。だって私だって何て云って好いかわからないんですもの。誰だって、京子さんのようなことを云われては、答えようはありはしないことよ。」

「何て、何て。」

「好いのよ。」

「好かないわ。阿字子の何が気に入らないのかな。」

「阿字子は、好い子なのよ。でも可哀そうね。」

緑は、突然、涙ぐんだ。その事が、阿字子の心をぐさぐさに砕いてしまった。

「緑ちゃん、緑ちゃん。阿字子はどうすれば好いんだろう。」

そう云って妹は、不意に咽(むせ)び泣いた。緑は、その手を取って、自分の頬に擦りつけて、

「どうもしなくって好いのよ。母さんを、しっかり離さないようにおし。」

「阿字子は、知っています。」

と途切れ、途切れに、

「でも、阿字子にはどうすることも出来ないの。」

「可哀そうに阿字子。母さんがお気の毒で仕方がないの。阿字子は好い好い子なんだけれど、京子さんにはわからないのね。だから、どんなに永い将来までも、阿字子がわかるまでは、母さんを、ああして責めて、辱めて、阿字子のことで母さんの魂を圧しつけてしまうんでしょう。」

「知っています、知っています。阿字子は、不可ない子なのよ。不可ない子なのよ。阿字子は、不孝者だわ、不孝者だわ。京ちゃんに阿字子はそう云ってやるんだ。母さんは、決して決して、阿字子をこんな風に育てようとはなさらなかったんですってね。阿字子は、母さんにすまなくって、どうすれば好いんだかわからない。」

「あなたのような人は、もう一世紀、おそく生れたらばよかったのね。誰もあなたをわかるものなんぞ居やしないのよ。阿字子。静かにおきき、これは恐ろしいことだけれど、いまに、もしか母さんにも、阿字子がわからなくなる時が来たらどうするの。」

阿字子は矢庭に姉の手を、握って引きよせた。

「緑ちゃんにもその恐怖が来たんですか、阿字子が考えて考えて、考えぬいていたことが。」

「だって、あんなに、繰り返し繰り返し、阿字子は不可ない子だって云われていては、誰だってとうとう、そう思っちゃうでしょう。阿字子は、もう、ほんとうに、いまに父さんにも、母さんにも輝衛さんにも空にまでも、そう思われてしまう時が来るだろうとは思わないの、あなたはそうすればどうなって行くんでしょう。」

「阿字子がどうなるものですか。その時が来ればもう、おしまいですもの、いつか京ちゃんに云われたようにほんとに気違いにでもなるんでしょう。」

「京子さんは、そんなことを云ったの。」

「気違いぐらいじゃありません。どんなことでも、どんなことでも。阿字子なんぞには、到底考えつこうともしないほど恥しいことをでも。」

「どうしてあなたは、黙っているの。何故母さんにでも云わないのです。そんな目に会っていることを。」

「阿字子は、緑ちゃんに、これほどと云った事をさえ、もう、後悔をしているんですもの。阿字子はもっともっと、黙っていればよかったわ。阿字子には京子さんのことは云われないの。どうしたって云われないのよ。」

阿字子がそう云った時、寂しい微笑が頬をかすめたが、却ってそれが恐ろしい絶望を緑の心に圧しつけてしまって、暫くは口も利けないで、妹を只眺めているのであった。

それから十分ほどすると、空がもう皆食卓について緑を待っているからと云って呼びに来たので、緑は何となく心残りのするように阿字子をじっと眺めてから、のろのろと出て行った。

「阿字ちゃんは泣いたの。」

空は、心配そうに阿字子の傍に寄って来て、その顔を覗き込んで云った。

「ほんとに可哀そうね。」

「そんな風に同情してくれて有難うよ。」

阿字子は低い声で云った。

「空は阿字子が好きなの。」

「極ってるじゃないか。」

「もしか、阿字子が大変いけない子になっても。」

「そんなことはないから大丈夫よ。」

そう信じている空にまで、いつかは、不可ない姉と思われるようになる時が来るのだなと阿字子は限りなく寂しかった。

「空、阿字子は、もう、いつかいつかずっと先に、何処かに幸福を見つけに行って、空に半分上げようって云ったことがあったわね。覚えてて?」

「覚えてるさ。ほんとに空にも頂戴。」

「阿字子が、ほんとに幸福を見つけて、好い子になって帰って来るまで、空は、ちゃんと待ってて呉れること。何所にも行かないでそれがどんなに永くかかっても待つこと。」

「ええ。待ってるわよ。」

「ねえ、どんなに阿字子が、この将来不可ない子になっても、でもどうかして、好い子になろうなろうと思ってはいたのだってことを、空だけは知っていてちょうだい。」

「阿字ちゃんは、いや、変なことばかし云って、空は知らないの。」

「だって云いたいんだもの。空は阿字子の十字架なんだから、阿字子はどうなっても空のことは、年中思っていることよ。空も好い子におなり。空は阿字子のように、不可ない子にはまだ一度もなったことがないから、好い子はどんなに好いかってことはわからないのよ、自分を大事におし、阿字子のように、一度でも、母さんから逃げられるようなことをしちゃ駄目よ。いつもいつも好い子でいて京ちゃんから可愛がってもらうことを忘れないようにおし。」

そう云って、ふと気がつくと、空はその眼に、一ぱい涙を湛えてきいているのであった。

阿字子は思わずさし俯向いた。彼女の瞼も熱くなって来るのをどうすることも能きなかった。

食堂からであろう、破れるような笑い声が、どっと二人の耳朶にふるえた。

「彼所と此所とは、こんなに違う。」

阿字子は小さい溜息をついた。

「空や、行きたいでしょ。行っといでよ。阿字子は独りで我慢が能きるんですもの。」

「だって阿字ちゃんが。」

「阿字子は大丈夫よ。早くおいで、可哀そうね、いつでも病人の傍にばかし惹きつけて置いてさ、好いからおいでよ、おいでよ。」

「阿字ちゃんが、でも困らないかな。」

「困りませんよ。早くおいでよ。」

「ええ。でもすぐ来てよ。」

「いいのよ。阿字子はもう寝ちゃうんですもの、空は寝る時になったら帰ってらっしゃい。緑ちゃんにもそう云っといてね。来なくとも好いんですって。」

「じゃ行って好いの。」

「ええ、さよならよ。」

空は、扉口で振り返って、莞爾してから馳けて行った。

暫く茫然とその後を見送っているうちに、阿字子は、しみじみと寂しくなって来た。ああして皆が行ってしまうんだな。ああして行ってしまうんだな、と思って。

食堂からまた一しきり、どよめきが伝わって来た。鶴見がどんなにか快活に語って人々を笑わしているだろうことが、目前に彷彿として来た。阿字子は思わず独言ちた。

「ずいぶん、皆、たのしそうだこと。」

しかし、阿字子自身があの食卓に連らなることの能きないことは、何となく好いことをしたように思われるのであった。輝衛や京子の前に阿字子自身を見出す時、二人の感情を、少しも触れさせないだろうことは受け合われないことであったから。かつ阿字子自身も恐らくは、純粋な気持であんなに談笑することは能きなかったであろうから。

阿字子は横になって眼を瞑った。

「夢よ。お迎いに来てお呉れ、あなたよりほかに阿字子の住家（すみか）はどこにもありはしない。」

それからいく時間経ったかわからなかった。誰かが扉の所に来て叩音（ノック）したような気がした。阿字子は眼をさました。阿字子は、瞬間、胸を反らして壁のリザ夫人を見た。まだ夢の残る声で、

「リザ、また、あなたでしょ。」

そう云って、笑おうとして、ふと耳を傾けた。誰かが真実（ほんとう）に叩音（ノック）しているのであった。阿字子はそれが誰であるかを、殆んど直覚して何と云ったものであるかを暫く考えて黙っていた。またもう一度前よりも少し高い音が響いた。阿字子は思わず、

「お入りなさい。」

と云ってしまった。扉がすっと開いた。はいって来た人を見ると阿字子は冷やかに云

った。

「何か御用ですか。」

「お暇乞(いとまごい)に来たのです。」

と晃は、陰鬱(いんうつ)な調子で答えた。

「いろいろ御厄介になりました。」

阿字子は「それは母さんに仰云(おっしゃ)い。」と余程云おうと思ったけれどだまって睫毛(まつげ)を伏せて唇を噛んだ。晃の眼眸(まなざし)が真直(まっすぐ)に自分の方に向けられていることを明かに意識し乍ら。

「私は、久しぶりに来て、皆さんが少しも変らず、好(よ)くして下すって大変うれしかったのです。でも両親が待ちかねていますから帰らなければなりません。」

阿字子は心の中で「さよなら。」と呟いた。

「折角お大事になさい。」

阿字子は黙ってお辞儀をした。

「阿字子さん。」

晃は低い声で云った。

「あなたは、そんな風にして私を送って下さるのですか。何故、一言も仰云らないのです。」

阿字子は、冷たく相手を見返した。

「あなたは、どなたです。そんなことを阿字子に仰云って。」

晃は、一瞬間、阿字子を凝視した。その詰るような視線に打つかると、阿字子の瞳に、憤怒が燃えた。彼女は激しく晃を凝視め返して、視線を動かそうとはしなかった。

「阿字子さん。」

晃の眼眸は炎のように阿字子に迫った。

「あなたは、今、何と仰云ったのですか。」

「阿字子はあなたを知らないと云ったのです。」

阿字子は、そう云って、眼を外らした。

晃の顔には苦悶の色が顕われて消えた。彼は何か云おうとしたが口を噤んでしまった、阿字子もそれきり黙っていた。その沈黙の間がどんなに永く思われたことであったか。晃は僅かに気を取り直して云った。

「私は、あなたから、そんな風に忘れられようとは、思っていませんでした。」

阿字子は矢張り黙っていた。

「私の阿字子さんは、そんな方ではなかったのです。」

「あなたは、何を仰云るのです。あの時の晃さんだと仰云るのですか。」

「あなたには、私がそんなに変って見えたのですか。あなたは何か思いちがいをしていらっしゃるのです。」

「そうでしょうか。」

「私は、あの時の儘の晃だったのです。あなたこそ、あの時の阿字ちゃんではありません。」

阿字子の心は、この時ほど激しく打たれたことはなかった。彼女は何も云わずにさし俯向いた。こんなに不可ない子の自分が、晃の眼にさえ映っていたのだ。阿字子はそう思って吻と溜息を洩らした。

「私は、あの時の阿字子ではありません。」

阿字子は、低く低く呟いた。それは恰も、彼女自身に、そのことの念を押すかのようにきこえた。晃までが、阿字子の為の審判者なのであった。阿字子は殆んど涙ぐむばかりに、自分自身を凝視した。それは、どんなに堕落した姿であったか。過去の一年間が、地獄絵のように彼女の頭脳を閃いて過ぎた。こんな姿を、あの時の阿字子を見た晃の眼に触れさせることは悲しいと、阿字子は、しみじみと思った。あの時の阿字子がどんなに好い子であったかと云うことを、殆んど忘れてしまっている今の阿字子の耳に、もう一度囁いてきかして欲しいという願望が彼女の周囲を、鈴の音のようにころげまわった。もうあの子供には再びなることは能きないのだ。どんなに汚れに染みた、わが心であるだろう。阿字子は、晃の眼が追窮する自分の姿が可哀そうでならなかった。

二人の間には沈黙が続いた。阿字子は自分の考えに捉えられて夢中になっていた。

晃には、こういう時間の継続は、殆んど苦痛になって来たように見えた。

「阿字子さん。」

彼は、不自然な鈍い調子で云った。

「兄さん達が私を送って下さろうって待っていらっしゃるのです。行かなければなりません。」

阿字子は黙って彼を見上げた。

「私は、またいつかきっと来ます。あの時の阿字ちゃんを見に。」

「その時にはもう阿字子はたぶん居ませんでしょう。」

阿字子は、深く思い沈み乍ら云った。

「どうして、その時には居ないのですか。」

「その理由は申上げられないのです。」

晃は非常な努力を以て、一つの考えを纏(まと)めようとしているように見えた。彼は、殆んど囁くような低い声で訊(たず)ねた。

「結婚をでも、なさるというのですか。」

阿字子は、突如(だしぬけ)に耳を撮(つま)んで引張られた程も、驚かされた。何という失礼な云い方であろうと、半ばは怒って答えた。

「阿字子は、そんなことにお答えすることは能きないのです。」

自分にとっては、結婚よりももっともっと大切なものが目睫の間に迫って来ている時ではなかったか。阿字子はこういう言葉で自分の居ないだろう理由を、片づけられようとは実に予期もしないことであった。そのことの為に、阿字子は彼女の気持が、次第に憤怒にまで昂って行くのを、どうすることも能きなかった。それは、現に晃の前に惨めに打ち砕かれた彼女自身の魂を、彼の前に罪を犯した奴隷のように、跪こうとしていた恥辱の中から、掬い上げたのであった。――実際は晃その人にではなく、彼の中のあの阿字子ちゃんに、跪かなければならないのではあったけれど――阿字子は吻とした。

「何故、答えて下さらないのです。」

と晃は云った。

阿字子には、しかし、結婚という事実を、自分の上に結びつけて考える位、不自然な、見っともないことはないと思った。阿字子自身のことについてはそういう言葉は唇の外には出て来ようともしないのであった。

「私にはお答えすることが能きませんのです。」

と阿字子は明瞭と云い切った。

「ほかに理由がおありなのですか。」

「阿字子一個の理由だけです。」

これ以上は、もう決してそのことについては、口を開くことをしないだろうと思い乍ら、阿字子は静かに云って口を噤んだ。晃は颯と頬を赤らめた。

「失礼なことを云って許して下さい。では、ごきげんよろしく。」

彼はそう云って、その儘身を翻して出て行った。

阿字子は、何故かその時、魂を持って行かれるような寂しさを覚えて、暫く茫然と扉口を凝視していた。

「私は、何ということを晃さんに云ってしまったのかしら。」

もう一度、晃が帰っては来ないであろうかという望みが彼女の心を捉えた。阿字子は立って窓に倚った。窓帷を絞ると外は月夜である。彼女は、何故か窓に立っている自分を見られることを恐れて灯明を消した。玄関の扉の開く音がして、暫くすると坂の口に鶴見の肥った姿が現れて、振向いて待ち合わしている。と、すぐ輝衛が来た。時計であろう、掌に入れて月光に透かしている。そして鶴見に何か云った。鶴見が大きい声で晃を呼ぶと、晃はすぐに駆け出して来た。三人が一団になって坂を下りると一度姿がかくれて、次第にまた、月明に黒くうすれ乍ら、阿字子の視野を遠ざかって行った。

「誰も、誰も、みんなさようなら。」

阿字子は、呟き乍ら寝台に帰った。彼女は、暗い中で眼を開いて、横になって何かを考えていた。緑が、はいって来たが灯明が消えているから、たぶん阿字子を、眠っているものと思ったのであろう、絞った儘の窓帷を、おろそうとして音のしないように窓に寄った。彼女は、月光の中を暫く凝視していたが、突然、涙を潸々と落した。月光が、それをきらきらと、阿字子の眼の中に反射した。

暫くして緑は、そっと出て行った。

月光の中の何者のためにあの涙は、真珠のように注がれたものであったか、阿字子の心に云い知れない疑惑を、それが呼び起して、阿字子は、なかなか眠ることが能きなかった。

たぶん、恐らくその時も眼眸を凝らせば、心あてにそのあたりと思う所を、影のように歩んで行く三人の男性の一団が、緑の眼に映らなかったであろうか。そのことを考えつくことの恐ろしさに、阿字子の心は戦慄した。

阿字子は、燃えるような恥辱を感じた。暗がりで黙って緑を見たことは、立聞きと、殆んど同じ分量だけのそれを、阿字子の心に圧しつけて行ったのであった。

「とんでもないことをしてしまって。明日は、何しろすぐに謝罪らなければならないわ。」

しかし翌日になって、緑の、平和な、思うことなき眸の色を見ると、昨夜は、夢であったかもしれないと思うほど、阿字子の気持は、ひるんでしまった。その翌日も、翌日も、やがて緑が帰ろうと云い出す日までも、毛筋ほどにかすかな疑惑を阿字子の心に残したままで、ついに云い出す機会を失ってしまった。阿字子の心は、今、事柄そのものよりも、それが夢であったか現実であったかを、判然しない為に迷っているかのように見えた。

その日の午後に、緑は、阿字子の枕元で、何かの本の頁をひるがえしていたのが突然顔を上げて、思い出したように云った。

「阿字子は、もうずいぶん快くなったわね。」

「ええ、ええ。もうちっとも健康体と、変らなくなってしまったの。」

阿字子は、腕を伸ばして、撫でたり見まわしたりして云った。

「もう、大丈夫よ。」

「私は、今日の午後小倉に帰ろうと思ってるの。好いこと。」

阿字子は、びっくりして姉を見た。

「そんなに急に。」

「急にじゃありません。もうずいぶん永く居たんですもの。」

「鶴見さんの慰労休暇は、もうおしまいなの。」

「昨日までだったの。今日は日曜だから一日延びたわけよ。輝衛さんたちも、たぶん、今夜帰って行きなさるんでしょう。そうしたらあとは、母さんと空とだけで阿字子はまた静かになれるわね。いろんな意味でこの四週間は、阿字子にとってはずいぶん、大変だったのね。」

緑が、不意に帰ると云い出したのが、阿字子には、何だか悲しくて仕方がなくなって来た。

「もう帰るのね。阿字子は、まだ緑ちゃんには、どっさりお話があったのにさ。空のことやなんか。早くそう云えば、阿字子はお話しとくのだったわ。そして緑ちゃんにも考えていただこうと思ってたの。」

「空のことですって。早くそう云えば好いのにさ。今はもう駄目なの。きかせられないこと。」

「だって今日の午後では、どうも、あんまり時間がなさすぎるんですもの。」

「私は、またすぐお正月には、皆を見に来ようと思っているんだけれど、その時では?」

「おそいわ。」

「では早く云えば好かったのに。一体、空のことって何。」

「空の学校のことなの。空は女学校に上げては戴けないのよ。」

「どうして。あなたが復習を見てやっていたじゃありませんか。」

「どうすれば好いんだか、考えてやってちょうだい。空はね女学校なんぞに行って阿字子みたいになると大変だから、お裁縫の学校にやらされるんですってさ。阿字子が、居さいしなければ、空は女学校に、上げて戴けたのだわね。空は阿字子とはちがうじゃありませんか。あの子は女学校に行ったからって、阿字子のように不可ない子には、決してなりはしないことよ。あんまり空に対して、皆が残酷だと思うわ。一等一等残酷なのは、阿字子よ。阿字子は一生、空の邪魔をしちゃうんですもの。阿字子は、考えると恐ろしくなってしまう。それを思うとどんなにか、自分の一挙一動を大切にしなければ、目に見えない邪魔をどんなにしているかもしれないと思って。阿字子は空の為に何をすれば好いんだか、緑ちゃん、考えて見てちょうだいよ。」

「阿字子。私には、どうすることも能きやしない。」

緑は、そう云って苦しそうに眼を外らした。阿字子は一遍に打ち砕かれてしまって俯向いた。

暫くして阿字子は、顔を上げた。睫毛には、白々と涙が溢れている。

「緑ちゃんに、そう云ったのはずいぶん阿字子が無理でした。緑ちゃんだったら、輝衛さんと同じ位に父さんや母さんを、動かせるかも知れないと思ったものですから、阿字子は、そう云ったの。でも、そのことは阿字子が一人で償わなければならないことだったのね。」

「冷淡な姉さんだと思わないでちょうだい。私には、ここのうちで、何をしようとする力も残されてはいないんですもの。私はずっと居る間、もうずいぶん京子さんのおうちにいるような気がして、私のうちは、矢張りここではなかったのだという気持がして来たほどですもの。私には、何が云えるものですか。」

「緑ちゃん、ずいぶん、ずいぶん冷淡ね。」

「堪忍して。私達は女の子ですもの、それがひどい誤謬（まちがい）でない限りは、輝衛さんと、私たちとを並べて置いて、父さんや母さんは、どっちの言葉を大切になさるでしょう。輝衛さんは何と云ってもこの家の主人になる人なのよ。」

「誤謬でない限りって、阿字子のことを理由に空を女学校にやらないなんて、そんなわからない、誤謬ってあるもんじゃない。皆の方が大誤謬（おおまちがい）じゃありませんか。」

「阿字子。あなたのことは、利用せられただけのことよ。京子さんは、空を女学校に入れたくないんでしょう、何故か。それは、私にだけはわかっていることよ。」

阿字子は焦々（いらいら）して叫んだ。

「京子さんの空ではないんですよ。あの人が入れたくないたって、父さんや母さんが、入れて下さって好い筈ですもの。」

「京子さんの空ではなくっても輝衛さんの妹ですもの。」

「阿字子が不可ないのよ。不可ないのよ。もう、どうして好いかわからない。あの人の舌がそんなに輝衛さんや母さんや、空の将来までを、左右する力があって好いものですか。阿字子は、どうすれば好いかわからない。」

「阿字子、少し考えてごらんなさい。空が阿字子になることを、京子さんが恐れるのは、空その人の為ではなく、京子さん自身の為なのです。京子さんは、初めからあなたに対してては嫉妬のほかには何も、感じてはいなかったのじゃありませんか。」

阿字子は、深い溜息と共にしみじみと云った。

「阿字子も、もしかしたらそうかとも思っていたの。」

「私は、こんど一緒に居て、すっかりそれを見せつけられてしまったの。京子さんて方が大へん気の毒な人に思えて来たことよ。」

「だって、それではあんまりひどすぎるわ。何も空をまで、あの人の存在の材料にしなくても好いじゃありませんか。」

阿字子の声は、絶体絶命の苦痛に圧しつぶされた。

「だって、だって、だって。」

と緑の声も乱れて、その眼に苦悶の色が溢れた。

「私は何と云われるか知らないけれど、でも、でも、空の将来をほんとの意味での阿字子の立場に置かない為には、その犠牲を忍ばなければならないでしょう。」

「ひどいことを緑ちゃん。ごめんなさい。おお、おお、そんな酷いことを云って。」

「ごめんなさい。ごめんなさい。でも、真実（ほんとう）のことを云っているの、空は阿字子とちがうんですもの。あの子が今に、阿字子のような目に会ったら、一日だって、よう生きてやしないんですもの。空が可哀そう、可哀そうよ。」

「空が可哀そうだわ。可哀そうだわ。阿字子はもう、空のことを考えると、どうして好いかわからない。どうすれば好いの。どうすれば好いの。阿字が死ぬんですか。死ねば好いんですか。」

そう云って阿字子は、激しく咽び泣いた。

「阿字子、そんなことを、口に出して云ってはいけません。」

「でも、空は阿字子の十字架なんですもの。あの子の為にならどんな代償をでも、支払って好いんです。」

「それなら、私にも云うことが能きてよ。あなたは空を凝視めていらっしゃい。その十字架をほんとうに背負うの。あなたはその苦しみを逃れようとしてはいけないの。その苦しみが、あの子に支払われる代償なのですもの。」

三二

午後になると、四時間ばかりの所を汽車に乗って帰って行く為に、鶴見は阿字子の部屋に暇乞（いとまごい）に来た。

「来た時から見るとずいぶん元気になったね。阿字ちゃん、早く快（よ）くなれ。お正月には連れに来るよ。好（い）いか。」

と鶴見は、元気な声で煽(おだ)て上げるように、両手をやたらに動かした。

阿字子は、思わず微笑した。

「阿字子は、そうしたら、鶴見さんの所の養女になってしまっても好いですか。」

「好いとも。だが貧乏だよ。」

「阿字子は、鶴見さんみたいな貧乏は大きらいです、ほんとのちゃんとした貧乏なら、好きですけれど。」

「貧乏に、すききらいとが有るのかな、阿字ちゃんには。」

「ええ。だから、鶴見さんも、ほんとうの、ちゃんとした貧乏におなりなさいまし。」

鶴見は、やたらに額を撫でまわして、

「阿字ちゃんは、哲学者かね。変なことを云うんだね。」

「阿字子は、変ですから、だから何を云っても、気におかけになってはいけません。今のは、あれは阿字子が云ったんじゃありませんのよ。」

「では、誰がそう云ったのかな。」

「阿字子がそう云ったのです。」

「何を云ってるんだ。」

「阿字子ではないんですよ。」

「ええ。」

「阿字子なのです。」

「子供の癖に、揶揄（からか）っているのか。」

鶴見は笑い乍（なが）ら、脅かすように拳骨（げんこつ）を見せて云った。

「阿字ちゃんは実に愉快な子だね。」

「鶴見さん。これを読んでごらんなさい。」

阿字子は手帳の切端（きれは）しに、鉛筆で何かを書いて渡した。

「何だ。指先が、ざらざら荒れている時に、頬を撫でたら、頬がざらざらしていた。頬がざらざらしていた。これは何だい。」

「詩。阿字子は実に愉快な子ですね。」

「自分の事を云っているのか。」

「鶴見さんのことを云っているんじゃありませんか。」

「ふうん。謎（なぞ）かね。」

「何を云ってんです。では、これをよんでごらんなさい。」

「どれ。」

阿字子は、黙って紙切を渡した。

「びっくりして、めをまわす。」

鶴見は、阿字子の顔を見た。

「何だ。誰のことだ。鶴見さんのことか。」

「阿字子のことです。」

「何を云ってるんだ。」

「だから鶴見さんのことですってば。わからないの。」

「阿字ちゃん。これは何だい。」

鶴見は、左手を握って、阿字子の目の前に持って来た。

「わかるかね。」

「わからないわ。」

「これがわからないの。拳骨じゃないか。」

「鶴見さん。」

「もう沢山だよ、またお正月だ。では、お大事に。」

「お玄関まで行きます。ほんとは汽車まで行きたいんですけれど。」

「沢山だよ。沢山だよ。」

と鶴見はいたわるように阿字子を見て、

「ほんとにもうすっかり好いのかな。無理をしない方が好いよ。」

「ええ、ええ。」

鶴見は腕を添えるようにして二人は玄関に行った。輝衛達が緑を中にして鶴見の来るのを待っているのであった。

母と空（くう）とは、停車場まで行くと云って、坂の中途まで出て待っていた。

「さよならよ。」

緑は、阿字子をじっと凝視して云った。その眼の語っている言葉を見た時、阿字子は、うなずくように、首を傾けて、そして、

「皆、皆行っちゃうのね。」

と寂しい顔をして、姉の眼を凝視（みつ）め返した。

皆が、玄関を出てしまうと、阿字子は引きよせられるように、思わず下駄を突っかけてあとを追った。

「緑（みい）ちゃん、さよなら。」

緑は、驚いて、すぐに引き返して来て妹の肩を抱いた。

「まだ、外の空気にあたったりなんぞ、そんな乱暴をしては駄目よ。」

「好いから、早くお帰んなさい。」

阿字子は、姉の腕に額を伏せて囁（ささや）いた。

「お正月にはきっと来てね。」

「来ますよ、来ますよ。」

「その時も阿字子が、ここにいて会いたいな。」

「行っちゃいやよ。行っちゃいやよ。我慢おし、可哀そうに可哀そうに。」

「好いのよ。さよなら。さよなら。能(で)きるだけ、能きるだけね。」

「ええ、ええ。」

姉妹は、忙しく囁き交した。

「さよならよ。」

緑は、もう一度、妹を激しく抱いてから、皆の後を追って行った。

皆を見送ってしまうと阿字子はがっかりして家の中にはいった。もう昼食後のお勝手も片づいたと見えて、物音一つしない家の中は墓場のように静かである。

この広い家の中に、自分と父と婢(おんな)とだけが、めいめい、何所(どこ)かの隅で何かをしようとしているのだと思うと、阿字子は、生れて初めての世界に来たような気がした。

晩秋の透明な空気が部屋の中にまで一ぱいに充ちていた。こんなに静まり返った中で耳を澄ましていると、遠雷のように、海鳴りの音がきこえて、その間を、白楊樹(ポプラ)の落葉が、しきりに、かさこそと走る音が交っている。何所かで父の咳払(せきばらい)がきこえた。

広廊下の方からだと思った時、阿字子は、突然後頭部に、一つの激動を感じた。その結果がどうなっても好い。父に、空のことを云って見ようとそう思って、急いでヴェランダに出て見た。

海の色は殆(ほと)んど寒いと感じるまでに、透明な碧瑠璃(へきるり)である。遠くの波頭が、白鳥の群のように白い。阿字子は不審しげに呟いた。

「私は、いつかこんな海の色を見たことがあったわ。」

しかし、彼女には、それがいつ何所であったかをどうしても思い出すことは出来なかった。

ふと見ると、父が、彼方の隅の卓子で、太陽を背中一ぱい浴びて新聞を読んでいた。阿字子に現われる父の記憶と云えば、馬上の父と、新聞を読んでいる父と、植木鉢を、おもちゃにしている父と、そして、もう、どうしても忘れられない恐ろしい時の父とよりほかには、まだ一度も見たことはなかったような気がしているのであった。阿字子は、何と云って父に切り出したものであろうかと考え考え静かに近づいて行った。父は阿字子には、眼もくれず悠々と読み耽っている。阿字子は、だまって暫く父を眺めていた。父ぐらい阿字子の見るたびごとに、変っている者は他に見出されなかった。一つ家に居て、もう四週間ほどろくに顔も見なければ、物など勿論云ったことは只の一度もなかった。彼女は、見るごとに父の白髪が多くなっていることを思うとたまらなく悲しくなって来た。壮年の時から、只の一度も、子供等から、愛せられることなしにこの老年になっても、猶お、恐れられ、かつ、恐れられている父を——たとえ、父自身の心ではどんなに輝衛や空を、愛していただろうにも拘らず、二人には矢っ張り、阿字子や緑が見る父と少しも変ることなしに映じているのであったから。——どんな意味に於いてでも、阿字子はいたましさに充ちて、見戍らないではいられなかった。この父が、たとえ二人の恋愛に対して多少の理解に乏しかったとは云え、京子の為に輝衛の中には、いかに蔑めて考えられ、かつ語られていたことであったか。事実の如何に拘らず、輝衛は、なお、かつ、父の子でなければならないのに。阿字子の耳朶が、正しくきいた言葉は、如何にあらゆる、不徳に呪われていた父の名前であっただろう。

振り上げた鞭の下に於いてのみ、子供は父を呪い得る。しかし、どの子供に一人、その鞭の恐怖を逃れようとして、父の上に、暗黒の天使を呼び下し得たものがあったか。輝衛は実に京子の為に、自己の恋愛の為に、凡ゆる負債を、父の生命に賭けて、請求したのではなかったか。恋愛の暴戻は、死の恐怖を以て阿字子の魂を滲蕩した。――恋愛よ、現実の処女に、呪詛われてあれ。――

阿字子は、かつて、結婚することなくして、結婚の悲惨と恐怖とを知っていた。――父と母との結婚が、どんなに小さい魂をおびやかしていたか。――今はまた恋愛を、かつて知ることなしに、恋愛の残虐と貪婪とを知っていた。世の少女の空想には、どんなにか希望と憧憬との中に、見出されようとする二つの事実ではあったけれど。――

阿字子は、それ等のことの為に見捨てられ、そむかれ、蹂躙られて行ったこの老年の魂の前に彼もまた、受難者であるだろう尊敬と、悼みとを感じることなしには、跪くことは出来なかったのである。

阿字子の魂は、幻想の曠野に立った。如何に、多くの十字架が彼女をとり囲んで立ち並んでいたことか、憂き世の嵐は、思うが儘を吹き荒んで行くのであった。彼女もまた、腕を伸べて両の掌に、その胸を裂き、その血を注ぐ、荊の冠を、受け入れられなければならないであろう事を知ったのであった。

「父様。」

阿字子は怖々と呼んで見た。彼女の心は、漣のように震えていた。実に彼女にとっては、父とこういう風にして対談するということは、生れて初めての出来ごとなのであった。父を呼んだ彼女の声は語尾がふるえて消えてしまっていた。父にはたぶん、阿字子が、そんなに、近々と彼に近づいたということが、何か用事ありげに思われていたものであろう。言下に答えた。

「何か。」

しかし、彼は、新聞から少しも眼をはなそうとはしなかった。

「あの。」

と云ったきり、阿字子の言葉が唇に死んでしまった。

父はまた、云った。

「何か。」

そして、その声は、もう、疳癪らしく前よりも大きくなった。

「あの。」

「何か。」

阿字子は、もう、愚図々々していられないと思った。

「お願いがあって来ましたけれど。」

「母親に云え。」

阿字子は、一言で打ち倒されてしまった。娘はしかしすぐ勇気づけて立ち直った。

「父様にお願いしたいことでございますけれど。」

「どんなことに拘らず、俺は、きかないぞ。それが承知なら云え。」

阿字子は、また、ぐらぐらするのを踏み止まった。

「空を、高等女学校に入れてやって戴けないのでございますか。」

「空が、何処の学校に行こうと、余計なお世話だ。」

「お父様は、空がお裁縫の学校にやらされようとしていますことを御存じなのでございますか。」

「俺は、そういうことの相談を誰からも、まだ一度もせられたことはないから何も知らない。」

「でも輝衛さん達は、勝手に空をお裁縫の学校にやろうとしているんでございますもの。父さまから不可ないと仰云ってはいただけませんかしら。」

「俺は、そんな指図を阿字からは、受けないでも好い。」

「でも、でも、空が可哀そうですもの、父さまから、輝衛さんに仰云って下さいまし、どうぞ。」

「貴様は、輝衛が、由布の戸主だということを、知っているか。戸主が家族を左右しようというのにそれをさしとめるどんな権利が阿字にはあるのか。」

父の言は至当であった。阿字子は、頭を深く垂れて涙ぐんだ。権利と、義務とによってのみ左右し、せられる家族の家庭なのであることを強く意識し乍ら。

父は、これらのことを云う間、只の一度も新聞から眼を離そうとはしなかった。阿字子は、父のその態度を見る時に、実に最初の予期――阿字子が、一言唇を開いた瞬間に父の拳がその言葉に答える唯一のものであろうこと、――が、全然くつがえされてしまった父を、見せつけられたのであった。そのことが、阿字子の心に執拗な願望を持って来た。彼女はこんどこそは打たれると覚悟をしながら顔を上げた。

「父様、阿字子が輝衛さんを、さしとめるなどということは考えられないことでございますけれど、輝衛さん達は、空の魂の上にほんとに、責任を持って下すって、そして空を左右なさるのでございますか、もしかその動機が浅い感情から流れ出たものでしたら、空は、可哀そうなんですもの、阿字は、たとえば父さまや母さまが、そうすると仰せになっても、輝衛さん達でとめて下さいますのが至当だと存じますけれど。」

「義理知らず奴。」

父は、この時、初めて、眼眸を真直に阿字子の上に睨み据えた。

「輝衛さん達とは何だ。たちとは。貴様は、嫂のことまでを口にしたな。京子は、輝衛の家内だ。俺に、どうすることが出来ると思っているのか。恥知らず奴。それが女学校なんぞに行って腐れ学問をした女の云い分か。」

阿字子は、恥辱と憤怒との為に蒼白になって言葉は、がちがちと噛み合わした歯の間から不自然に、弾んだ調子を以て軋み出た。

「そんなことを仰せになって、父様は、お祖父様のお仕事を軽蔑遊ばすのでございますか。」

「云うな。お祖父様は立派な学者だ。腐れ学問とは貴様のことだ。」

そう云って父は、不意に立ち上って、一歩を詰めよった。その眼は獲物を狙う野獣のそれのように見開かれ、両方の拳は骨立って、荒々しく握りかためられていた。

三三

母の手が扉に触れると、その儘すうと開いて、空の片手がふっくりした白い紙包みをぶら提げて、もう一つの手が、母の片手を引っぱって、二人してその部屋にはいって来た時、傾きかかる太陽が窓をきらきらと射透して、高い天井に斜(はす)に、四角な反射を面白く投げている硝子(ガラス)の中のリザ夫人の額の下に、寝台に打ち倒れている阿字子を見出した。空の両手は自然にだらりと垂れた。辷(すべ)り落ちた紙包が解けて、緑が立ち際に駅前の花屋で見つけて、これを阿字子にと、こと更に母の手に押しつけた、乳白色の真中に蒼味(あおみ)をおびた大きな薔薇(ばら)の花が、はらはらと花弁をふるわして、寝台の脚元に横たわった。

二人の眼がかつて見た、これほどに傷つき悩んだ阿字子の姿があったであろうか。頬の色は今落ちた薔薇の花よりも蒼い。髪は乱れに乱れて、夕雲のように枕を蔽(おお)って寝台の端に溢れていた。

　その唇は紙よりも白く、乱れた衣紋に半襟の色も褪(あ)せつつ、耳の後に一握の髪が、血汐(ちしお)にべとりと粘りついて、細長い頸から胸にかけて、光る絹糸のように一筋の血の線が汚している。全く感覚を失ったもののように見えるその投げ出した、両の手は、母と空とから摑(つか)まれた。

「阿字子。」

「阿字ちゃん。」

「阿字子、どうしたの。」

「阿字ちゃん。阿字ちゃん。」

阿字子の蒼白い瞼(まぶた)が、二三度小きざみに震えて、閉じられた儘に大きな涙がころげ出た。

彼女の頰はかすかに笑った。その儘に、死のような沈黙が、三人の上に拡がって行った。

いく時間経ったかわからなかった。身動きをする母の手を、阿字子は握りしめて囁いた。

「阿字子が眼を開いた時、そうだと思っているのが、もしか母さんのお手々でなかったら、どうしようかな。」

「眼を開いてごらん。」

「母さんですか、きっと。」

「阿字ちゃん、眼をお開きよ。」

「ほら。」

阿字子ははっきり眼眸を上げた。阿字子は母の眼の中を見つめた。父は、何事も母には語ってはいないことを、その瞳の中に見出した時、阿字子は、軽い安心を覚えて思わず吻と溜息をついた。

「阿字子は、また助かってしまったわ。空。」

彼女は視線を妹に投げた。空は眼に一ぱい涙を湛えて、姉を見て莞爾した。

「こんだこそ、阿字ちゃんは死んだのだと思ったの、空は。」

そう云って、少女は、身を屈めて床の上に落ちた、薔薇の花を拾い上げて、何とも云わずに姉の顔の上に落した。

「緑さんから阿字子にって。」

母が低い声で云った。

「どうしたの。阿字子。傷は痛まないの。」

阿字子は、辛うじて、身を起き返って訊ねた。

「傷って、阿字子のこと。」

「この血はどうしたのです。」

そう云って、母は、忙しく水差を傾けてハンカチを絞って、阿字子の襟足を伝った血の痕を拭った。娘は母の手の中を覗き込んだ。

「ほんとに血ですね。」

阿字子は、思わず、後頭部に手を触った。そして、掌に髪筋のあとの無数についた薄い血の痕を押しつけてそれをじっと眺めて何かを思い出そうとした。

「阿字ちゃん、痛いこと。」

「いいえ、ちっとも。」

「どうしたの。阿字子。一体、どうしてそんな怪我をしたんです。」

母は、なじるように尋ねた。

「だから、今考えているんですよ。」

「考えることはないじゃありませんか。自分で怪我をして覚えてないの。」

と母は、少し笑い声で云った。

「だって、覚えてないんですもの。阿字子は、先刻、ヴェランダに行ったんでしょう。」

「何しに。そんな病気あげくで、乱暴なことをするじゃないの。」

「父さんに用事があって。それから、父さんを、大変大変、怒らしてしまったの。それから。」

阿字子は口を噤んだ。

「それから。」

と母は促した。阿字子はしかしそれからあとを、どうしても思い出せないのであった。

母の語気が変った。

「阿字子、父さまは、病気の娘を打ちなすったのですか。」

「そんなことは決して、決してありません。」

と阿字子は、はっきり云い切った。

あの時、阿字子が激しい心の動揺の為に倒れることをしなかったならば父は病の為にいっそう繊弱くなった阿字子の上に、その恥ずべき拳を揮り下していただろうことは確かであった。――父はそんなことをでも、敢てする人であったから。――

しかし阿字子は、倒れようとして、身を支える為に、卓子（テエブル）の方に後ざまに伸ばした手が、空間を探って、その儘中心を失って、倒れる途端に横頭をしたたか卓子の角に打ちつけたのであった。

それまでのことは、手探りするようにしておぼろに思い出すことが能（で）きたが、あとは、どうして自分の部屋まで帰って来たか、父が連れて来たものであったか、婢（おんな）が抱えて来たものであったか、それとも、やがて街から帰って来るだろう輝衛や京子に、取り乱した姿を見られたくないという、本能的な願望が、つよく無意識的に働いて、阿字子自身を、その部屋まで駆ったものであったか。阿字子は廊下の曲り角の辺で、一度、辷（すべ）り落ちるように身を横たえたことが、何だか、何だか、あったような気がして仕方がなかった。失神から眠りに続いた彼女の意識は、母や空によって、初めてほんとに呼びさまされたのであった。――

阿字子は、そのことを暗中を探って何かを捕えようとする時みたいな気持で、考え考え途切れ途切れに母と空とに語った。

母は娘の顔を、じっと凝視（みつ）めていた。

「では、ほんとに父様から打たれたのではなかったのですね。そんなことを云って、あなたはまた父さんを掩護（かば）っているんじゃありませんか。」

「そんなことを。」

と阿字子は寂しく笑った。

「父さんを掩護うなんて、阿字子がそんなことをしないでも、誰もどうすることも能きない父さんじゃありませんか。母さんの仰云ることはずいぶん可笑しいですこと。」

そう云って、しかし阿字子は、母の気持の中に今何が思い出されているかということを知っていたのであった。そのことは一瞬間これほど近寄ったと思った母娘を、見る見る、恐ろしい距離の中に遠ざけてしまったように見えた。

阿字子は、絶望したもののように力なく母を見上げて、

「母さんが、何故そんなことを阿字子に仰云るかはわかっていますことよ。母さんは、もうせんの不可ない阿字子のことを、矢張り忘れていては下さらないのですね。」

そう云って、不意に両手で顔を蔽って泣き出した。

暫くの間、黙って阿字子を凝視めていた母は困惑して云った。

「私が、あなたに何かを云えば、すぐそうなんですもの。阿字子や、私がどういう風に云えばあなたの気に入るというの。」

「母さんは、何でも云って下すって好いんです。何を仰云っても好いんです。もっと、沢山、いろんな事を、仰云って下すって好いんです。」

「でもあなたが、それでは云いたいことも云えなくなってしまうじゃありませんか。」

「阿字子は、不可ない不可ない子ですけれど、でも心の中で、それを大へん恥かしく、

見っともなく思って、悲しがっていることを母さんはちっともわかっては下さらないんですもの、そして、いつまでも、そんな風に、また、父さんを掩護うのだなんて、またなんて仰云ってずいぶんずいぶん、いつまでも覚えていらして、そして阿字子のことを、とがめなさるんですもの。だってあの時は、矢張り、輝衛さんの方が悪かったんですもの、父さんのことをあんなふうに母さんに、仰云れば、阿字子は承知が能きないんです。それだのに母さんは、輝衛さんの云うことを黙ってきいていらして、そしてずいぶん同情なすったじゃありませんか、だから阿字子は怒っちゃって、怒っちゃって、そして、母さんに、たいへん云い返しをしちゃったんでしょう。父さんは阿字子よりかも、もっともっと不可ない子の輝衛さんを、何も云わないで、黙って黙って許して上げなすったのに、母さんはちっとも阿字子を知って下さらないで、そして父さんのことで、口答えをした阿字子のことを、いつまでも、いつまでも、死ぬまで、覚えていらして、阿字子を責めなさるんじゃありませんか。母さんですけれど、阿字子には、父さんよりかもっともっと怖いと思われる時があるんですもの。」

母は、ずんずん遠ざかって行こうとする娘を、腕を伸ばして引き留めようとするもののように、阿字子を見た眼には無限の悲しみが浮き出ていた。

「あなたは、そう云って、私の僅(わず)かなことの、言葉とがめをして私に突っかかるのですね。阿字子は輝衛さんのことばかりでなくっても、今までにだってたびたび父さんを掩護ったことは母さんが知っているんじゃありませんか。何もその一つのこと斗り思い出して云ってるんじゃありませんよ。あなたは、それだのに、父さんは輝衛さんを許したのに、母さんは阿字子を死ぬまで責めるのだって云うんですか。父さんよりか、母さんを怖いと云うんですか。それが阿字子のことをあんなに心配して、可愛がって来た母さんの云われても好い言葉ですか。阿字子は只私から憎まれてやしないかと思って、ひがんでばかりいるからですよ。だからそんなことが云いたいのです。死ぬまで責められるというのは、私こそ阿字子に云って好い言葉でしょう。私は阿字子がどうしてそんなふうに、そんなふうになってばかり行くのだかどうしてもわからない。」

阿字子は、その時母が、さっき娘の頸を拭ったうすく血の染んだハンカチで、不意にその眼を抑えた時、すっかり冷静を失ってしまって叫んだ。

「母さん。母さん。」

「阿字子が母さんを責めるなんて、そんなことを。ああ、でもでも阿字子は、それにちがいないんです。阿字子はどうすれば好いんでしょう。母さんが、阿字子ばかり憎んでいると思っているからですって。だって母さんはほんとにそうじゃありませんか。阿字子は母さんから憎まれていますことよ。でも阿字子は一生懸命にどうすれば、またもとの好い子の阿字子になって、そしてそして母さんに、ひがみ根性だなんて思われなくなって、そして母さんの子になることが能きるかしらと思って、そんな風にいろいろ考えて、病気になって寝ている間もずいぶんずいぶん、一生懸命になっていたんですもの。母さんが阿宇子のことを、そんな風にたいへんひどくずいぶん思っていらして、ちっとも何とも考えて下さらないんじゃありませんか。母さんばかりでなくって誰からでも、そんな風にひどく不親切に考えられても、ほんとに阿宇子は不可ない子ですけれど、でも、でも、でも矢張りそんな風に考えられるのはどうしても阿宇子はいやなんですもの。阿宇子はいやです。阿宇子はいやです。母さんに、いつまでもそんな風に思われている位なら阿宇子は死んでしまった方がましなんです。」

「あなたは、そんなふうに何か、私ばかりが考えているようにお云いだけれど、矢張りひがんでいるんじゃありませんか。緑さんにはどんなことでも、何でも云って、何故私には云えないのですか。母親に云えないようなことがあるのですか。緑ちゃんは、阿宇子は気がねをしていて可哀そうだってお云いだけれど、親の家に居て気がねをする子もあるものですか。わからない話じゃないの。何故あなたは、他の子と同じように何でもを、考えようとはしないのです。今までにどの子だって阿宇子のようなことを、云ったりしたりした子はありませんよ。あなただけです。緑ちゃんはもう他所の人でしょう。その人にいろんなことを云って、余計な心配をかけてまで、私には、何も云えないと云うんですか。私に何でもを云って呉れたらよさそうなものじゃないんですか。」

「母さんは、ちがいます。阿宇子は緑ちゃんに、どんな、いろんなことを云ったと仰云るんですか。阿字子が母さんにも云えないことは、緑ちゃんにだって云えないことなんですもの。阿字子は、決して決して母さんには云うことは能きないんです。母さんが考えていらっしゃるほど、阿字子は緑ちゃんに、何も云ってはいないのですよ。そんなふうに悪くばかり取らないで下さいまし。阿字子はもう、気がちがってしまうかもしれません。母さんは、ひどい、ひどい方です。阿字子がまた、緑ちゃんに、たとえば何かを云ったとしてもそんなことはあたり前の話じゃありませんか。緑ちゃんは阿字子の姉さんですよ。妹が、ほんとの姉に何かを云って悪いってことはないでしょう。母さんに云えないものなら、せめて緑ちゃんにでも云わしてやろうと思っては下さらないのですね、ひどい方です。母さん。緑ちゃんは、阿字子が何かを云わなくても、そんなふうに見えたから、そう母さんに云ったんでしょう。その時何か阿字子のことを母さんが悪く思っていらしたのでなければ、緑ちゃんは、そんなことを云う筈(はず)はないんですもの。どんな時、誰の前でそれが云われたか阿字子にはわからないと思っていらっしゃるんですか。」

　それは、悲しい悲しいことであったけれど、もうどうすることも能きないことであった。

　こうして、母と娘とはどうかして相互を取り返そうとして、云えば云うほど、どうかして近づこうとして焦(あ)せれば焦せるほど、もうその間には、取返しのつかない深い溝を、ますます掘り下げて行くのであった。相互に相互をどうかして優しく、親切に思い直し合いたいと思い乍ら、その気持は、しかも、相互にわかることなしに、一方のみが、捻れて、歪んで不親切に相互を思っているのだとよりほかの、何物をも見ることが出来なかった。母の心はその上絶えず、病後の衰弱した娘が、僅かの今、昏倒から醒めたばかりであるということを思って、思って、このことの成り行を、戦慄なしには感じることは能きなかった。阿字子が発病した時に、医者の言葉がどんな恐怖と不安とを、母や緑の上に圧しつけて行ったか、阿字子が心が狂って生き存えているのを見る位なら、母はその前に死んでしまった方がましなのであった。それよりも前に、母の心は、その儘を持ち続けて行くことが出来るかどうかをさえ、疑わないではいられないのである。しかもまた、一方には、全く別の心があって、阿字子をして、こんなにまっしぐらに、彼女の中に飛びこんで来さしめたことの奇怪な喜びが、魂の底の底の方を微かに擽って行くことを、無意識に意識していた。——

母は、上体を傾けて、娘の眼をじっと見入り乍ら、咽喉が潰れたような声で云った。

「あなたは、そうして云い募ってあなた自身を、どうして行こうと云うのです。あなたは、ほんとに気がちがったらどうするのです。」

「気がちがったらですって。」

阿字子は、涙に汚れた頬を痙攣さして、神経的な笑を浮べた。そして不自然に乱れた声で、

「気がちがえば好いんです。こんな不可ない子は、気がちがってしまえば好いんです。そしたら皆が少しは、可哀そうなことをしたとでも思って下さるでしょう。」

「そうして、私の気までもちがってしまえば好いのでしょう。あなたは母さんが、どうすれば好いとでも思うんですか。母さんに、決して決して云われないようなことがあなたの心の中にあるんですね。そのことが、あなたを気ちがいにしてしまうのです。何故、何故云っては呉れないのです。何故母さんに云うことが能きないのです。」

「そんなふうに、母さんは何もお泣きになることはないじゃありませんか。阿字子は阿字子の中にだまって一人で貯めこんで、だって考えているんですもの、母さんが何も心配して下さらなくっても好いんです。何故、母さんに云わないかって、それは母さんが云わしては下さらないのです。」

「だから、どうすれば好いかって、私がどうすれば好いかってきいているんじゃありませんか。」

「母さんは、どうもなさらないで好いのです。阿字子が不可ない不可ない子なんですもの、母さんの仰云るとおり、阿字子は根性曲りです。でも母さんだって、阿字子のことをひがんで見ていらっしゃるんですもの。阿字子が緑ちゃんにばかり何かを云って、大変いけないことばかり云って心配をかけるなんか仰云って、でも、でも阿字子の母さんはそんな方じゃありませんでした。阿字子が緑ちゃんと何か云っていても、すぐ傍にきて、一緒にきいていて下すったんじゃありませんか。母さんは今ではもう、他の人のことばかしをきいて、そして緑ちゃんに何を云ったかも知りなさらないで、阿字子にあんなことを仰云るんですもの、母さんは、何故、傍に居て一緒にきいていては下さらなかったのです。緑ちゃんが、一言だって、阿字子が不可ない事を云ったとそう云ったことがありましたか。母さんは、緑ちゃんからそうおききになったのですか。阿字子の寝ている間中、緑ちゃんが始終一緒に居るのだから、きっとどんなことか云うだろうとそんなふうに思いなさるのでしたら何故母さんは、阿字子についていらしては下さらないのですか。緑ちゃんと空との他に、誰があんなに阿字子を一生懸命に看ていて呉れた人がありました。阿字子が、緑ちゃんにどんなお話をしているか誰でもが、傍にいてきいていれば好いんです。誰がそんなにねじれた想像を、母さんの心の中に持って来て植えつけたのですか、阿字子の知ったことじゃありません。阿字子の母さんは、そんな、そんなひどい方ではなかったのです。」

「阿字子は、そんなふうに云ってまた私を責めるんですね。だって、それはあの時は、私や京子は、なるべくあなたの傍に居ない方が好いと思ったのです。」

「何故、母さんや京ちゃんが、阿字子を憚らなければいけないのですか、京ちゃんは兎に角、何故母さんまでが、あなたの娘を憚りなさるのですか、だから、阿字子はあの時だって、もう死んじゃおうと思ってお薬も何も飲まなくってそして、たいへん空に可哀そうなことをしてしまったんじゃありませんか。母さんは、病（わずら）っている娘にさえ、近づいてやろうとはなさらないんですもの。」

「私のあの時の気持をあなたはそんなふうに考えるんですか。だって阿字子は母さんを、たいへんたいへん憎んでいたじゃありませんか。だからお医者さまが、阿字子の頭脳を気を附けろって仰云ったものだから、だから、阿字子の傍に不可ない母さんが居てはなおのこと不可ないだろうと思ったからです。京子だってそうですよ、あなたが京子を親切に考えてさい居れば何も京子だって、あなたの傍に居なくはありません。京子は、あなたが昏睡（こんすい）から醒めた時、じっといつまでも、凝視（みつ）められたことは一生忘れられない、あんなにあの人は私を憎んでいるのだって、泣いていたんじゃありませんか。」

「母さんは、そんなことを仰云って、あのことまで、阿字子に意識があってそうしたのだと思っていらっしゃるんですね、阿字子は今母さんからそう云われて、そんなこともあったような気がするだけのことだったのに。どんな風にでもお好きなように、お考えになって下さいまし。何故母さんや京ちゃんが、阿字子から、憎まれなければならないのでしょうね、母さん。そんなふうに思いなさることは全く変で可笑しくって仕方がないんですもの。母さんは、ほんとに阿字子から、憎まれていると思っていらっしゃるんですか、ほんとうに、そう思っていらっしゃるんですか、そしたら阿字子だって母さんから、憎まれて捨てられちゃったと思っても、好いですね。そうなんでしょう、母さん。」

阿字子は、そう云った時、次だいに心が和んで来て、不思議に静かな気持で、母の顔をまじまじと見上げた。もうどんな風に考えられていてもそんな風に考えつかれる自分なのであったなら、どうすることもできないのだと思う時、また、阿字子の「黙って居よう」とする気持が、静かに頭を上げ始めた。

「では、お互にそんなふうに思っていれば好いのですね、阿字子。」

母は絶望的に、眼を外らして静かな、詰じるような口調で云った。

「阿字子は、母さんから憎まれるのは、どうしても、どうしてもいやだと云っているんじゃありませんか、母さん。もしか阿字子が母さんのことを憎んでいるとしたら阿字子は、そんなふうには考えませんことよ。母さんは、可笑しいですね。何故母さんには、これがわかっては下さらないんでしょう。阿字子は考えても、不思議で仕様がないんですもの。」

「同じことよ。あなたにだって私の気持が、どうしてわかっては呉れないのだろうと思えるんですもの、どうすれば好いんだか。」

「だから、どうもなさらないでも好いんですってば、阿字子が不可ない子なんですもの、阿字子はほんとにそう思っているんですよ。母さん、口だけで、そう云っているんじゃありませんわ。」

「それほどわかっているんだったら、何故好い子になろうとしないんです。」

「阿字子は、それほどに、母さんから云われるほど不可ない子でしょうか。今でも、まだ。」

「ほら、すぐそれでしょう。」

「そうじゃないんですよ、母さん、阿字子は、あんなに一生懸命になっていても、まだ矢張り不可ない子だってことが、残っているんだと思って、それで、悲しいと思っちゃっているんです。どうしても母さんには、わかっていただけないのかな。」

阿字子はそう云って、小さく吻と息をついて俯向いた。

「では阿字子、あなたがまた、怒ったりなんぞしなければ云いますがね、あなたは、何故いつまでも輝衛さんにあんなに素気なくしているのです。あなたは、父さんは輝衛さんを許してやりなすったのにって、私を責めたけれど、阿字子の輝衛さんに仕向けるあれは何です。」

阿字子は、顔を上げて、眩しそうに母を見て、二三度悲しげに瞬きした。そして震える声で呟いた。

「他の不可ないのは皆、阿字子が不可ないのだってことを、よくよく知りましたことよ、母さん。」

それから暫くして、輝衛たちが街に帰って行くから、見送りに出るようにと、母の吩付けを伝えて婢が来た時、阿字子は、掻巻を深々と被って泣いていた。夕食の膳は箸もつけずにその儘になっていて阿字子が返事もしないので、婢は眠っているものと思ったのであろう、その辺を見まわして、綺麗に片寄せて、窓掛を卸してから出て行った。

阿字子はそのあとから、すぐに起き上って、羽織に手を通し通し玄関に出て行くと、母と空とが立っていた。阿字子の眼はすぐに、今まで空が泣いていたことを見てとった。阿字子は、しかし何も云わなかった。母が、輝衛達は、今、父の部屋に挨拶に行ったから、すぐ来るだろうと云っているのを、ええ、ええ、と半ば無意識に答えて、何かを読もうとするように、空の顔を只眺めてばかりいた。

輝衛は出て来て、母の顔を見ると、

「御厄介をかけましたね。また来ます。」

と云った。京子が続いて、

「お正月には、母さんも空ちゃんもお泊りがけで、お遊びにいらして頂戴。」

と、そう云って、初めて、阿字子に気がついたように、

「阿字子ちゃんも、どうぞあんな所でよろしかったら。」

と、笑いながらじっと見た。

阿字子は、黙って叮嚀に頭を垂げた。そして心の中で「嫂という人は、一体馬鹿なのかしら、お悧巧なのかしら。どんな残酷な事でも能きる人だわ。」と呟き乍ら。

二人が玄関に下りると、母と空とが、一緒に、お辞儀をして云った。

「さよなら。」

輝衛の眼は、母と空とばかりを見て答える。

「さよなら。」

そう云って輝衛が先に出て行った。京子は、もう一度、三人に向って叮嚀にお辞儀をした。阿字子は京子が出て行ってしまうまで、微笑を含んで見送っていたが、自分自身、その事に気がついた時、こうして、無理に微笑まされる微笑の、どんなに苦しい悲しいものであるかを思って、ほんとに苦い微笑が、彼女の心から湧いて出た。「だから私は、嘘つきだと云うんじゃないか。」彼女は自分に嘲(あざ)けられる自分を、悲しいと思って眺めた。

母は、その儘、奥に入ってしまった。阿字子は、空の耳に触れるほど唇をさしよせて、訊(たず)ねた。

「どうして泣いたの。」

空は極(き)まり悪そうに、額で姉の頬を突いた。

「泣きやしない。」

「だって、空の顔にそう泣いたと書いてあるんだもの。」

「阿字ちゃん、嘘つきね。」

「嘘つきよ。でも、空にだけは決して嘘を吐かないってことに極めたの。」

「だって今、吐いたわよ。」

「ほんとに、だって書いてあるんじゃないか。泣かないなんて空こそ嘘つきね。好いから、おいでよ。」

「ええ、行くわ。でも空は何にも云わないことよ。泣いたことやなんか、阿字ちゃんは訊くんですもの。」

「訊いちゃいけないの。」

「だって、空は、よく云えないんですもの。阿字ちゃんは、いつでも、ずいぶん、ちゃんと、お云い、ちゃんとお云いって、そう云うじゃないか。」

「好いから、くっついておいでってば。」

阿字子が空の手を引っぱって廊下の途中まで来た時、他を憚るように、重く、圧しつけて語られる父と母との争いの声をきいた。

阿字子は、蒼白になって、足が凍りついてしまった。空は、不意に阿字子の手を振り離して、傍の部屋にとびこんで行った。阿字子は、随いてはいったものであろうか、どうであろうと思って、思わずためらわれた。

父の声が云った。

「よく自分に考えてみるがいい。」

「でも、普断はとにかく、今は病み上りの子でございます。手荒いことを遊ばすおつもりならば。」

母の声が、ここまで云った時、空の声が、その言葉を奪った。

「母さん、阿字ちゃんがきいてる阿字ちゃんがきいてるってば。」

部屋の中が、ひたと鎮まった。

暫くすると父の声が、投げつけるように響いた。

「女の子の躾(しつけ)を、俺は干渉はしないからお前の好きにしろ。俺は母親の手に余れば、なぐりつけてやるだけだ。」

そう云っておいて、父は、荒々しく、座を立って行った気配がした。

そのことの誰について云われていたかを、阿字子はあまりにも知っていたのである。

阿字子は身を震わして咽(むせ)び泣いた。

三四

阿字子は、寝台の上にきちんと坐って、ぼんやり考え込んでいた。何を考えても、何一つ考えがまとまらないのであった。先刻(さっき)の父と母との言葉を見ても、どんなに自分が人々の魂の重荷であり、軛(くびき)であるだろう、阿字子さいいなければ、父と母とも和(やわら)いで、家庭はどんなにか平和であるだろうという。京子が母を責め、辱めるということも、また、京子自身の中に、ああまで悪い意志を、生い茂らせるということも、輝衛がまた、阿字子の為に、朋友の間に面目を失うだろうということもなくなって行くであろうことを、そして小さい空の心にまで、多くの気遣いを与えていることを思うとき、自殺の甘味は、芳醇な酒の陶酔のように彼女の魂を捉え始めた。

「矢張り、死んじゃおうかな。」

阿字子は、思わず、そう独言ちた。死ぬ前にせめて空にだけ、いろいろと、謝罪って死にたいと思って、身を捻って、空の寝台の上を眺めた。この小さい魂も、このさきどんなに沢山の苦悩や悔恨と戦って生きて行かなければならないであろうかを思い、どんなに沢山の罪悪や過去に、傷み、破られて行くであろうかを思って、空の上に、神の祝福を、永久の祝福を、乞い願わないではいられなかった。

何という、静かな寝顔であったか。瞼は、三日月形の眉と共に円弧を描いて、睫毛を黒く閉じ、ふくよかな頰に、かすかな微笑を含んで、小さく開いた唇がときどき、ぴくぴくと痙攣して、その度に、頰に笑靨が発作のように浮び出た。

「どんな夢を見ているの。空や。」

阿字子は低く呟いて、寝台をそっと辷り落ちた。

阿字子は、空の枕元に跪いて、枕に近く、両掌を重ねて置いてその上に額を伏せて、永い間、そうしていた。

「マリア様、アフロジテ様。」

阿字子はかすかに呟いた。

「空をお守り下さいまし。この世の阿字子を、お見捨て遊ばしたようなことを、空の上には、遊ばさないで下さいまし。いつまでも、いつまでも、空と一緒にいらして下さいまし。」

そう云ってから、顔を上げて、空を見た。阿字子は、空にいつもお伽噺（ときばなし）をしてやる時の、微（かす）かな甘い低い声で、

「空。」

と云った。

「どうぞ勘忍してちょうだい。阿字子はいろいろ思って、空のためにはどんなことでもして上げようと思って、でも何も、して上げられなくってごめんよ。たった空を女学校に入れていただいて上げるそのことさえ、阿字子には能（で）きないんですもの。もう仕方がないのよ。だって空が女学校に行かない方が空は安全だっていうのよ。おかしいわね、ほんとうかしら。憎まれないようになさい。憎まれるともう、たいへんびっくりして、気がちがいそうになったり、大人になったりお爺さんになったりもう、ずいぶん、たいへんなのよ。阿字子は不可（いけ）ない子だったけれど、それでも、死んだら、明星を額に飾っ

ていただこうと思って、ずいぶん好い子になろうとしていたことよ。空は知っているわね。

もう、さよならだわ、明日はもう、空は阿字子の眼を見ることは能きないのよ。阿字子も空の眼をもう、決して決して見ることは能きないのね。さよならよ。さよならよ。もう何も彼もおしまいになっちゃったの。夢もおしまいよ。お伽噺もおしまいよ、空、さよならするんだわ。」

阿字子は、そう云って、空の小さい手と頬とに唇を触れて熱い涙を落した。阿字子は、その儘永い間、そこに額を伏せて跪いて、静かな和んだ心で死を思った。

「阿字子はあてつけに死ぬんではないことよ。皆そんなふうに思わないでちょうだい。一度は、きっと皆悲しいでしょうけれど、でも安心する時が来ることよ。平和が来て皆が仲よしになったら、その時にはどうぞ阿字子のことを親切に思い出して頂戴。」

阿字子は、卓子の前に立って、ひき出しの底から短刀を取り出した。それは緑の生れた時、祖父が祝福して贈って呉れたのを、彼女が鶴見に行く時、その儘にして行ったのを、阿字子が預かって置いたのであった。黒塗の鞘を払うと焼刃の匂がすっと来た。阿字子は寝台に帰ってそれをしみじみと眺めて、思わずぶるぶると身を震わした。彼女の指尖が無意識に咽喉を探って、鎖骨と鎖骨との真中の窪みをぐっと押した。

「ここだわ。」

と阿字子は呟いた。その時、まだよく夢の醒めきらない不審しそうな声が背後から響いて来た。

「阿字ちゃん。どうしたの。」

阿字子の右の手から、短刀が抜身の儘で非常に緩りと辷り落ちてごとんと鈍い音を立てた。

三五

その翌日から、もう殆んど快くなった阿字子の容体が突然に変って行った。医者は、診ても診なくても好いほどに楽観していたものが、何ともしれないような顔をして、こんなに高い熱が一体どこから出るものだか、見当がつかないと云って、念入りに打診を試みたりなんぞした。阿字子だけは、たぶん自分は知っていると思っていた。一夜寝て、緊張しきっていた気持が弛むと同時に、阿字子は、後頭部に、激しい疼痛を覚えるようになった。彼女は医者の顔をじろじろ眺めながら「この傷が不可ないのだわ。」と心の中で呟いていた。医者は、困惑した気持を正直に述べて何しろ、これからは毎日伺って見ようと云って帰って行った。

こうして阿字子はとうとう十二月の半すぎまで、ほんとうにすっかりと病床を、はなれきることは能きなかった。或時、医者は母に向って、阿字子の右の肺尖が少し異しいから、気をつけるようにと云って帰った。

母は、涙ぐんで、そのことを娘に云ってきかした。

「今年は、あなたは厄年でしょう。気をお附けなさい、あなたは今大事にしないと一生病身になって取返しがつかなくなりますよ。いろんなことを気に病まないで、こう、のんきに構えたら好いでしょうね。」

「ええ、ええ。」

娘は快活な声で答えた。

「厄年って、もうすぐ行ってしまうんでしょう。それに、この頃は、眼を開きさいすれば、いつでも母さんが阿字子のことを見ていて下さるのが見えるのですもの。母さんはもう、阿字子から行ってしまいなすっては、いやよ。そしてね。」

と阿字子は不意に身を起して母の耳に囁いた。

「阿字子のことで、父さんと喧嘩をなすってはいやですよ。阿字子は、死ななければならないですもの。」

そう云って極まり悪そうに母をちらと見て、俯向いた。

「だって仕方がないんですもの。阿字子のことばかりじゃありません。誰のことでも、親切に考えて下さらないから私はつい情けなくなってしまうんです。でもなるべく阿字子には、いろんなことをきかさないように、これで骨を折っているんですよ。両親の喧嘩ばかし年中見せつけられている子供等が、どんな風になって行くものかを、よくよく思い知っていますからね、子供等にも気の毒だと思うんだけれど仕方がないの、どうぞ勘忍して下さい。若い時にはね、子供等が寝鎮(ねしず)まってから、云うことを云ったものだけれど、年のせいね、気が短くなってつい、その場で云ってしまうものだから、阿宇子たちがそんなふうに心配するんでしょう。でもこんなにまで、背丈の伸びたものを、やっぱり打(ぶ)ったり叩いたりなさると思うと、母さんはもう我慢が能きなくなるんです。」

「でもどうぞ、我慢して下さいまし、阿宇子が不可なかったんですもの、母さんは、阿宇子が、どんなに父さんに不可ない子だったか知りなさらないんでしょう。」

「阿宇子や。女が、ほんとに、ちゃんと食べて行けさいすれば、結婚なんぞするものではありませんね。」

「そうでしょう、そうでしょうね。阿宇子には、よくわかりますわ。でもね、母さん、そんなふうに考えるのは母さん一人じゃありませんことよ、緑(みい)ちゃんでも誰でもきっとそんな風に考えていますことよ。」

「でも、阿宇子だの空だのの前でこんなことを云うんじゃありませんでしたね。不可ない母さんね。忘れてしまって下さい。」

「母さん、何も彼も、忘れて行ってしまいたいですね。色んなことを覚えていると、もう阿字子はたまらなくなって来るんですもの。」

「お正月が来ますから、不可ないことは、皆、忘れてしまいましょう。せめて、忘れなければ、私たちは生きてはいられないのですもの。そして、阿字子が早く、すっかり良くなって呉れないとほんとに困ってしまう。」

阿字子は、子供のように、あどけなく二三度うなずいた。

「母さん、阿字子がこんなお祈禱をしますからきいていらしてよ。

マリア様、アフロジテ様、今年が、不孝ものの、不可ない阿字子をすっかり持って逝ってしまって呉れますように。そして、来年は好い子になって、母さんの子になりますように。いろいろ念じて、年末の御挨拶をいたします。」

　そう云って、娘は莞爾した。

三六

　その年は、春のように暖かいお正月であった。皆が、どうしても陽気にならないではいられないように、前庭で婢も混って、緑や空が追羽子をついているのを、阿字子は、ヴェランダで懐手をして立って見ていた。

　あんなに、待って待っていた緑が、もう来ないものと思っていたのに、突然、昨夜一人で出かけて来た。緑は、矢張りこの前のように、父や母には、ちゃんと畏まって挨拶をしたが、流石に阿字子を見ると、その感動を包むことが能きないように見えた。彼女は阿字子を、抱いて、もう体はすっかり好いのかと尋ねた。母が右の肺尖が悪いと答えると、阿字子は、何でもない、鼠の食い欠けほどだからおとなしくしていればすぐよくなるのだと打消した。

もう夜が更けて、皆がお休みなさいをしてしまって、阿字子が寝室に帰って、寝支度をしていると緑が、そっとはいって来て、空の学校のことを訊ねた。阿字子は只身振だけで絶望だということを語った。緑は、そうかと云って急いで出て行ったのだった。

阿字子は、子供のように快活にさわいで、羽子を突いている緑を眺め乍ら、昨夜のそのことを思い出した。そして声に出して呟いた。

「何か緑ちゃんに成算でもあってそれで、あんなことを訊ねに来たのかな。」

羽子を突いている三人の後には紺碧の広い海が、無限に引きのばされたゆるい波のうねりを、ころばして、そっと岸まで持って来て砕いた。お正月のせいであろう、平素は漁夫が、それも稀に網を担いで、行き過ぎるだけの砂上に、街の人らしい華やかな装いをした二三人位ずつの一団が、所々で俯向いて、きしゃごを拾ったり防風を摘んだりしているのが見えていた。

あんなに愛して、歩きまわった砂丘の砂も、ずいぶん永く、阿字子の蹠に触れることはなかった。

海を、阿字子は限りなく愛した。知っているのであった。海は、阿字子の過去が積み上げて来た、凡ゆるものを、何も彼もを残らず、或時は幼児の寝息よりも静かに、唄い乍ら、或時は怒った野獣よりも荒々しく咆え乍ら、その凡てを見戍って来ているのであった。海は、阿字子の忠実な友人であり、好き主人であり、また永久の恋人であった。海だけは決して自分を裏ぎることなく、赤裸な自然の姿を不断に自分の魂に示して見せて呉れる。海を見る時阿字子は初めて、真実の自分を見ることが能きるような気がした。

それは、如何に、汚されない自然の、純潔な姿であったか。罪の意識すらない無垢の清らかな瞳を上げて、凡ゆるものに驚こうとして、あたりを見まわしているその姿であった。

「どうすれば、取返されるであろうか。」

今更のように、阿字子は、心の中で呟いたのであった。

緑の声が突然、阿字子の意識を呼び返した。

「阿字子は、御隠居さまみたい。そんな顔をして、何を考えているの。」

「天来の福音がきこえないものかと思って、一生懸命に、耳を押立てているのよ。」

緑は羽子板を上げて、こつんと一つ力をこめて羽子をついた。冴えた音が、中空にのぼって行った。

「ね、福音がきこえたでしょ。」

「ええ、ええ。」

阿字子は、微笑してうなずいた。

緑は羽子板を婢に渡して、すぐに阿字子の傍に来た。

「可哀そうね、羽子もつけないで。だって春が来るんじゃありませんか、ほんとに、大事にしてよくなって頂戴。」

「緑ちゃん。鶴見さんがお正月には養女にしてやるって、そう云っていらしたのに、これでは行けなくなっちゃいそうで、阿字子はずいぶん困ってるの。」

「あの人は、知らないから、私をお迎いかたがた、三日頃には、郷里の方から、此方にまわるでしょう。そして阿字子は、阿字子を連れて行く気でさ。」

「仕方がないのね。阿字子は、でも平気なのだけれど、母さんが心配なさるんですもの。」

「どんな気持がして。絶体絶命って気がすること。」

「おかしいこと、緑ちゃん。たった病気なんじゃありませんか。もうよくなっちゃうんですもの。でも、そのせいでなくって、阿字子は何だか寂しくて仕方がないことがあるの。」

そう云った彼女の心の中には、どうしても、無意識的に、輝衛達の来ることを期待している何かがあった。こんどこそは、和睦が能きるだろうことの予想を以って。

誰もが口には出さなかったが、たぶん、皆が待っていただろうにも拘らず、輝衛も京子も、元日にはとうとう顔を見せなかった。人々の心は同じような軽い失望を覚えているように見えた。しかし、晩餐は和やかな、思い出のようになつかしい気持で、皆が揃って箸を取った。

その夜は、珍らしく父の頰さえ微笑していた。彼は、盃を緑に差して、

「少しは修業が出来たか。一つやろう。」

などと戯れた。そういう時の父は、阿字子には、子供のように見えて仕方がなかったのであった。

「年中お正月なら、どんなに好いかも知れないわ。父さんだってあんなに愉快そうなんですもの。あの父さんを見ていると、いつか、でも阿字子が、怖くって、憎らしく思ってたことが、あるのかしらと思うほどよ。」

阿字子は、食後の卓子で、父の立ってしまったあとに、蜜柑を剝きながら、そっと緑に囁いて涙ぐんだ。そして、片手で眼を擦りながら、極まり悪そうに、

「この頃、ずいぶん弱虫になっちゃって、すぐに泣いちゃうの、ずいぶんいやね。」

そう云って阿字子は笑った。

病気がどんなに妹を弱めているかということを、緑は、不安と恐怖との上に直視した。

「阿字子は、この頃ばかしじゃないことよ。」

緑は慰めるように、

「いつだって泣虫なんですもの。」

「だって、もうせんは、口惜し泣きばかしだったのよ。ずいぶんきつかったんですもの。父さんのことで、涙なんか出たことはありはしないことよ。」

阿字子は何だか、自分で自分をやりこめるようにそう云った。無意識的に、どうしても病気に喰われて行っている魂なのだと思って、緑はいたいたしくてたまらなくなった。

「どうすれば好いのかしら、阿字子、快活な気持にはなれないこと。」

「ずいぶん、なっているんですもの。それにこのごろは、いろいろ考えて、黙って希臘(ギリシャ)のことばかりずいぶん思っているんですもの。こんなに希臘が好きなんだから矢張り、希臘の体にこの魂を入れてやらなければ可哀そうだと思って、病気なんぞは消しとばしちゃうことに極(き)めたの。」

「ほんとに、そうしてちょうだい。」

「でも母さんだの緑ちゃんがそんな風に苦に病んで下さると却(かえ)って阿字子の気持が変になって行くことよ。だから、もう知らん顔して平気な顔をしていらしてね。ね、母さんも。」

阿字子がそう云って母を見た時、母は深く何かと思い沈んだように見えていた。母は、反射的に娘の顔を見た。

「いや、母さんは。そんな変な顔をして何か考えてるんですもの。どうぞ、これを、召上り下さいまし。」

阿字子は、そう云って、剝いたばかりの蜜柑を、まるごと、母の口に無理無理、押し込もうとした。

そんなふうに、却って皆を引き立てようとして、いろいろ努めている阿字子を見ることは、母にはむしろ苦痛であった。阿字子が沈んでいるのを、自分が勇気づけるのであれば、どんなにか気安いことであるだろうと思い乍ら、母は、蜜柑の半分をとって、半分を、阿字子の口に持って行った。

娘は母の手から、それを食べた。

「ずいぶん、ずいぶん、たいへん甘味しいこと、お乳みたい。」

緑が、勢いよく食卓をはなれて、

「かるたでも取らないこと、阿字子。」

と立ち上った。

「ええ、ええ。」

「でも、そんなことして好いかしら。」

「緑ちゃんはすぐそうなんですもの、阿字子は病気ではないことよ、希臘になるんじゃないか。」

家内のものに、只一人でも病人がいると、何という寂しいことであろうと、自分のことだとは思えないほど阿字子は、しみじみと考えた。黙っていればわかりもしないことを、と思って阿字子は呟いた。

「ほんとに余計なことを云うんですもの。だから阿字子はきらいさ。」

「何を云っているの。」

母と緑とが驚いて両方から尋ねた。

「あのお医者のこと大きらいさ。」

母と緑とは眼を合わして苦笑した。突如(だしぬけ)に何かを云い出す阿字子のことは、珍らしくもなかったことであった。

波の音が子守歌のようにきこえて、お正月だとは思われないほどにあたりは、ひっそりとしていた。

三七

初春の空が、午前十時頃の色を湛(たた)えて、阿字子の窓を覗(のぞ)き込んだ。前庭では、今日もわいわい云って、たぶん空のお友達であろう、少女達の、疳高い笑い声が羽子の音に交って、阿字子の耳朶に訪れて来た。

「阿字子も、とうとう廿歳になってしまったわ。廿歳、廿歳、何て大人だかわからないわ。」

彼女は、そう独言ち乍ら周囲を見まわした。壁間のリザ夫人があの奇異な微笑を湛えて、じっと阿字子を見下している。

「あなたは、何という美しいのだかわからない。右から見ても左から見ても、正面に見ても、いつもいつも阿字子のことを凝視めていて下さるんですね。リザ母さん。黙って黙って笑っているんですもの。」

阿字子は、この額が、どうして彼女の枕の上に持って来られるようになったかということを思い起すと、夢よりも儚ない気持がした。

その時から、許されて本を読むことが能きるようになったいつかの昔の夏、輝衛に連れられて街の本屋に行った時、どうしてそんなふうに置かれてあったものか、高い天井裏に届くほど、積み上げられた本の頂上に、何かの写真版らしいものが俯伏しになって、端を少し食み出してのっかっていた。

「あれは、何。」

阿字子は、物珍らしくたずねた。

店員も、初めて気がついたものであろう。わざわざ椅子の上に踏台を継いで、彼自身の好奇心も手伝ったらしく、快く卸して見せて呉れた。それは阿字子が、その時よりももっと小さかった時、朝日新聞の何面だかの右の上の隅に、小さく「久遠の女性」という題でもって、出ていたその肖像画であった。今でも机のひきだしを探せば、その切抜がはいっている筈である。その時輝衛がはっきりした、仏蘭西風の発音で、

「ラ・ジォコンダ。」

と云った。

「久遠の女性って云うのよ。」

と阿字子が口の内で云った。

彼女が、あんまり凝視めているので、輝衛が、妹の頭を押えて、

「欲しいのか。」

と云った。妹は黙ってうなずいた。帰途に、額縁屋によって、いろいろ見まわしたあげくに、矢張り黒いのに一番よく似合って、希臘だの中世だのの本と一緒に、輝衛が持ってやるからお出しというのもきかずに、笑われ乍ら、細い腕一ぱいに抱えて帰った。リザは、その時、共に腕に捲かれた希臘と中世と、その他の凡ゆる世紀との具象そのものなのであったことを阿字子は知ることが能きた。阿字子にとっては実に、新聞に書かれたとは、ちがった意味での、矢張り久遠の女性なのであったのだ。

「あの時の輝衛さんは、死んでしまったのだわ。恰度あの時の阿字子が、輝衛さんの中に死んじゃったように。でも阿字子は、復活ろうとしていることを、リザ母さんは知っていて下さるんですね。ほんとうに、すっかりすっかり復活って、あなたと同じになることが出来たら、その時は、阿字子は死んでしまっても好い時ですね。今はまだ、死んでは不可なかったってことを、よく知ります。ほんとに好い子にならなければ死ぬことなんて、許されないのですね。私は好い子に、リザ母さんに、きっとなります。」

阿字子は、祈禱のような気持でそう呟いて半身を起した。

誰かが、扉に、そっと触ったような気がして、阿字子は、其方を見た。丸髷に結った、桃色の花のように美しい粧をした京子の顔がそっと、覗き込むように、扉の隙から、阿字子の方を向いた。阿字子が、起き上っているのを見ると、

「おめでとう。」

とそう云って扉を颯と開けて、晴衣を着けた、脊の高い全身を、すらりと顕わした。阿字子は、矢張り綺麗だと思ってみとれないわけには行かなかった。どうしても矢張り阿字子は微笑んでしまった。

「ずいぶん、綺麗ね。」

「何。私のこと。」

と京子は、眼を鈴のように瞬って自分の胸を指さした。

「ええ、ええ、お姫様みたい。」

「まさか。丸髷を結ったお姫様もないものでしょう。」

阿字子には、その言葉が、突然冷たく突刺さるように感じた。京子はまた、自分の言葉を、嘲り(あざけ)だと思ったのだなと思って。

「私はね、阿宇ちゃんに好(い)いお話を持って来たの。」

阿字子には、悪い予感がふと閃(ひらめ)いた。黙っていた。

「あなたを、お嫁さんにしたいって方があるのよ。どなただかわかって。」

阿字子は、かっと赤くなりながら僅(わず)かに答えた。

「だって阿字子は病気ですもの。」

「病気なんぞ、結婚すれば癒(なお)っちゃってよ。」

阿字子はしだいに蒼白(あおざ)めて行った。

三八

今までは、髪のこと、服装のこと読書のこと、物云いのこと動作のことであった。こんどは結婚のことでもって、また苛(いじ)められなければならないのかと思うと、阿字子は、もう追い詰められたように小さくなっている自分を、思わず可哀そうだと思って俯向(うつむ)いてしまった。

京子は、探るように阿字子を眺めて、

「阿字子ちゃんは、あんなに、母さん達が御心配なすっても、平気で沢山、いろんな本を読んでいるんじゃありませんか。そうしたら結婚てことがどんなものだか、少しは分っていらっしゃるでしょう。私の為におすすめしているんじゃありませんよ。あなたが幸福になって下すったらと、それぱかりをいのっているんですもの、それはわかっていて下さるでしょう。」

「ええ。」

阿字子は、俯向いた儘答えた。

「では、何もそんなことを云って私にはわからないからだの、母さんに云って呉れだのって赤坊みたいな事を云って、私を困らしなさらないでも、好いじゃありませんか。あなたは、私を困らせよう困らせように掛っている人のように見えてよ。」

「だって、ほんとにわからないんですもの。」

阿字子は、懇願するように相手を見上げた。もうその上の言葉を何もきかして欲しくないと思って。

「わからないなんて、あなたはもう廿歳でしょう。女学校を出てもう三年でしょう。それだのに今までに只の一人も求婚者がないなんて他人は何だと思っちゃいますよ。」

「だってそんなことは、阿字子の知ったことではないんですもの。」

「でも私達にすれば、由布の妹はお嫁にも行けないそうだなんてことをきかされては、我慢が能きないじゃありませんか。あんなに綺麗な顔をしていて片輪だそうだなんて云われても、好いのですか。」

何とでも云われるのだから、仕方がないと思って、阿字子は返事の言葉がなくなって、黙って相手を眺めていた。京子は、語気を和げた。

「あなたは、極りが悪いからそんなことを云うんでしょ。だから、誰も居ない所で、私がきくんじゃありませんか。その申込はお兄様の方に来たのですけれど、でも女の方が好いからって私があなたにお話しに来たんですよ。お兄様は今、父様や母さんに話していらっしゃるでしょう。もうすんだかも知れませんわ。母さんも別に御異存はないでしょう。先に柏木さんのお噂が出た時、父様も、あの方なら、空ちゃんの御養子にしたいとまで気に入っていらっしゃるって母さんが云っていらしたほどですもの。でもお兄様がそう云っていらしたわ、誰があんな父様の所に、養子に来る奴があるものか、だなんて。」

阿字子は、また俯向いた。

「だから、阿字子ちゃんも、そのつもりでよく考えて見て下さい。一体あなたは、柏木さんをどう思っていらして。」

京子は、相手を覗き込むように見て、上体を傾けた。阿字子の心の中に、いつか月明に、真珠のように散った緑の涙が、閃いた。緑が待っていても、とうとう来なかったその空想の人であるということと、父の心が、苟めにも空の上に撰定しようとした、その人であるということとのその他のことは阿字子にはわからなかった。阿字子には、只、海の中の櫓の上で、逃げて行った河童の子を取り戻したように、自分の小さい全身をその腕に締めつけた晃だけがわかっている。

「どうして返事をなさらないの。」

京子の声が冷たくなった。阿字子は何と云えば好いかと思って、まごまごして、

「でも、でも、何も云えないのですもの。ほんとうなんです。」

「阿字子さん。」

京子は叮嚀に呼んだ。

「あなたの幸福のためにと、只それればかりを願ってこんなに一生懸命になっている私を、嘲弄していらっしゃるんですか。」

またかと思うと、阿字子の魂は、泣いて好いかわらって好いかわからない困惑の中を、ぐるぐると転げまわって悶えた。とうてい京子に、阿字子自身を、わからせようとすることは、望み得られないことである、もう仕方はないのだと思い乍ら、阿字子は矢張り涙が出て来た。それを京子に見せまいとして、いろいろと努めなければならなかった。

彼女は今度こそ、ほんとに自分の味方は誰もないのだと思わないではいられなかった。緑も空も柏木の名の呼ばれる前に、阿字子はもはや決してそれ等の顔を仰ぎ得ないであろうことを知っていたのである。

とうてい駄目だとは思い乍らもでもどうかして京子の気持を少しでも和げないではいられないような気がして、阿字子は、能きるだけ静かに云った。

「阿字子はいけない子ですけれど、でもそんなに、いつもいつもいけないことばかし考えているんではないのですから、あんまり悪く取りなさらないでね。」

「私にそう仰云るの。」

その言葉は、再び阿字子に言葉を継がせないほど、京子の唇から冷たく、きつく投げつけられた。

もう駄目だ、阿字子の心の内で呟いた。

「阿字子さん、そのお言葉は私からあなたにお返ししますことよ。あなたこそ、私のことを、もっと親切に考えていただけませんかしら。私が由布に来てからというものあなたは侮蔑のほかの何を下すったのですか。」

阿字子の心は、その言葉を是認した。侮蔑という判然した意識はなかったけれど、父に投げた未婚の京子の言葉を思い出すそれだけでも、阿字子の心には、決して尊敬や好意を、感じることは能きなかったのであった。そればかりではなく、今も、たとえそれが輝衛の口から出たとは云え阿字子の前で「あんな父の所に。」と云う言葉が京子の唇から洩らされて好いものであろうか、阿字子は、そのことについても、矢張り、怒を感じないではいられないのであった。阿字子は何よりも、結婚ということについて、京子から、どんな言葉をきかされることも、我慢が能きない。京子の口から柏木の名を呼ばれることも厭である。何故、何も云わないで怒って、黙って行ってしまっては呉れないのであろうかなどと阿字子は、何一つ統一しない考えの中から、恐る恐る眼ばかりを出して京子を眺めているのであった。

「あなたは、たくさん本を読んでいらして、ずいぶん豪いんですから、私なんぞは、どうせ侮蔑のほかに価しないと思っていらっしゃるでしょうけれど、でも、私はあなたの何ですか御存じでしょう。」

阿字子は黙って俯向いた。

「その私が、あなたの結婚について、心配していることを少しも知って下さらないで、知らないだのわからないだのって子供だってそんな返事を受け取れば、怒ってしまいますよ。どうしてあなたは私に、そんなに辛くあたろうとなさるの。阿字ちゃん、私に不服な所がお有りなら、どうぞ云って頂戴。私だって自分を完全なものだとは決して思っていませんから、能きるだけあなたの気に入るように努力しますから。」

京子は神経質な涙を眼に泛べた。それを見ると阿字子は、全ての憤怒を捨ててしまおうとしたほど、京子が、いたましくなって来た。阿字子は、決して京子の中に、何物をも要求せず、また期待しても居ないのであったから、真剣にそう云われることは、京子の眼に、何等か、不純な阿字子が映っているものであるとしか思われなかった。この果てはまた、いつものように、自分は石よりも無口になって、京子の神経質的な凡ゆる冷罵をきかなければならないのだということは、あまりにも明かに見えている。阿字子はどうかしてこの重苦しい雰囲気を逃れたいと焦慮った。どういうふうに云えば京子がわかって呉れるのであるかということを、いろいろと考えて、その考えの為に阿字子自身が、次第々々に冷静を失って来そうになった。

阿字子は、眼を片手で押えて云った。

「京ちゃん、阿字子がどうすれば好いと仰云るの。」

「どうするかって、阿字ちゃん。私は何の為に、今まで、こんなことを云って来たのでしょう、考えてちょうだいな。あなたは結婚すると云って下されば、それで好いんですわ。」

「それだけは、阿字子には云われないのです。」

「何故です。何故です。あなたは、では、柏木さんが気に入らないのですか。」

阿字子には答えることが能きなかった。

「まさか、そうだとは言わないでしょうね。」

阿字子は嚇となった。眼の前が急に暗くなったり明るくなったりした。京子は、誇らしく微笑した。

「あなたは、あの方が好きなのでしょう。だから結婚なされば好いのです。そうすれば、皆が救われるのです。皆が安心するのです。」

皆が救われ、皆が安心することは、誰が救われ、誰が安心するのであったか。阿字子は、その人の顔を、茫然として眺めていた。

三九

「勝手にしろだわ。」

阿字子は、自分の心が、また、しきりに修道院を呼び求め始めていることを、抑える事が能きなくなった。どうすれば好いか、少しも見当がつかない。

自分が晃に会う機会があったならば、判然と、断わろうと心の底では考えているのだ。阿字子は無条件で結婚を嫌っているのであるから、誰が何といってもどうすることも能きないのだと。一人そう極めてしまっていた。

阿字子は、誰の顔も見たくなかった、皆、自分が喜んで結婚するものと思っているのが腹立たしかった。もう、いつか、いつか、緑を送ったような気持で、自分自身を、自分が、哀れに見戍っているのではないか。たぶん、誰一人として、もしか、彼女が嫁くと云っても、恐らくあの時自分が緑に感じたような気持で、引きとめようとはしないであろうことを思うと、もうどうすることも能きないほどやる瀬なかった。ほんとうに、誰も彼もから、見捨てられてしまったのだと思って。

皆が、救われる、皆が安心すると云った京子の言が、鈴のように、阿字子の耳の周囲を鳴りひびいて、止まないのだ。阿字子が居なくなれば、父も母も、輝衛も京子も、皆が助かって安心するのだと云ったことが、阿字子は、邪魔だから行ってしまえ、と云われたと同じほどにその心を傷つけた。自分がもし晃を拒んだということを知ったらば、京子はこの後どんな言葉で以て自分を傷つけ、責め辱めるであろうことも、はっきりと分っている。

「どんなふうに形を変えても、この家に阿字子が居る限り、京子さんはきっと阿字子を邪魔にするのだわ。」

そして阿字子の心は、如何にそれが真実であるかということを肯定した。京子は何も彼もを阿字子に見せてしまっていた。そして何も彼もを知っている阿字子と、将来を共に居ようとすることが危険や不安の予感なしには、とうてい居ることはならないのではなかったか。その他の凡ゆる理由を綜合しても、京子は、とうていこの家に、一寸の地さえ、阿字子に許そうとはしていないことは明らかである。

どうなってゆくその身であるかを思う時、阿字子は、堅く瞼を合わして身を震わした。そしてまた、その心が晃の上に投げ拡げられる時、愛の痛みを伴うことなしには、それが帰っては来なかった。晃の為に、阿字子の心は優しく嘆いた。到底、報いられることのない願望を、彼女の魂の上に懸けている晃を思う時、どうすればそのことの償いが能きるであろうかと思って欷泣いた。

何故その眼を阿字子などには向けずに、只一人の彼の母の方をばかり凝視めようとはしないのであろうかを思って、何故、かつて緑の魂が、呼んでいた時に、帰って来ようとはしなかったのであろうかを思って。何故晃が阿字子と同胞に生れることをしなかったのであろうかと思って、同胞の晃を迎えた阿字子にあの冷たさを返したことを思って、何故同胞の晃が、腕を延ばして、阿字子をこの苦悶から救い上げようとはしないかを思って、そうして、結婚という事実の前に、晃と阿字子とを並べて考える位、恥ずべき罪はないと思って、阿字子の潔癖から云う時には、晃もまた誰とも結婚をしようとする資格は失われたものであるということを思って、阿字子の心はぐさぐさに砕けてゆくように感じた。

「どうすることも能きないわ。晃さんに、私から、ちゃんとそう云うことが能きるまで、もう黙って何と云われても我慢するよりほかはないんだもの。」

阿字子は、結局はそう思って自分自身を、慰め、いたわって行くよりほかには、どの道も残されてはいなかった。

「阿字子が、ちゃんと、そう云えばきっと晃さんは分って下さるに相異ない。でも、でも、若しかして分らないことを云ったら、阿字子は、もう知らないから、絶交だわ。」

阿字子は、そうも呟いたりした。

その頃の阿字子は、一そう寂しくいたいたしく、母や緑の眼には映っていた。暖かい日中だけ、僅かの間日向のヴェランダに立って、遠い波頭か何かを、茫然と凝視めている阿字子は、あの瞳と唇とだけを残して、そのますっと消えて行くかと思われるほどであった。

「何かを考えているのね。何て寂しいのかしら。」

「あの子は、今に死ぬかも知れない。」

母と緑とが、そんなことを囁き合っていることもあった。

四〇

明日が陸軍初めだという日の朝起きたばかりの阿字子は、鶴見の為に驚かされた。

「肺尖が悪いって。そんなものは消し飛ばしておしまい。」

鶴見はいきなりそう云った。阿字子は、何だか、眼の中に日光がさしたような気持になった。

「びっくりした。鶴見さんはいついらしたの。昨夜、今朝。」

「昨夜さ。阿字ちゃんはよく眠っていたから起さなかったよ。もっと早く出て来るつもりが、爺さん婆さんがはなさないんだよ。阿字ちゃんは、あの時の約束をどうするんだ。今日の午後、帰るとき連れて行こうかな。ほんとに、悪いのか。好い顔色をしてるんだがね。」

　鏡のない国で話しているようなことを鶴見は平気で云っていた。阿字子には、その気持がやはりうれしいと思わないわけにはいかなかった。

「母さんが好いって仰云れば、阿字子は、今からでも養女に行きますことよ、鶴見さん。」

「ほんとに好いのか、そんなことをして。阿字ちゃんには、問題があるってじゃないか。京子さんから拝聴したよ。」

　鶴見はそう云って叮嚀にお辞儀をした。

「おめでとう。」

「明けまして。」

　と阿字子は、そう云った儘永い間、頭を上げなかった。

「それだと阿字ちゃんは、なおのこと体をよくしないと不可ないよ。」

と鶴見も真面目な声で云った。

「ええ。」

阿字子は素直に答えた。

「京子さんの話では、大分、阿字子ちゃんに手古摺らされたそうだがまったくかね。あなたからもよく云ってきかして下さい、なんか云われちゃって、鶴見さんは、畏ってしまった、京子さんは、怖いな。」

そう云って彼は、その癖の額を撫で始めた。阿字子は何とも云わなかった。

「緑ちゃんがそっと云ったよ、阿字子には、何も仰云らないようにって。だから何も云わないだろう。いろいろ拝聴させられたよ。阿字ちゃん、辛いか、辛いか。」

鶴見の声が突然しめやかに阿字子の心を湿おした。もう少しで、同情の波に溺れようとする、自分自身を、阿字子はしかし辛うじて抱き留めた。

阿字子は、勇敢に顔を振り仰いで微笑した。

「ううん。ちっとも。」

「そうか、そうか。」

鶴見は、さもわかったような物云いをしてうなずいた。

「阿字ちゃんは好い子だよ。何しろ好い子だよ。」

阿字子は笑い出した。

「何を笑うの。」

「だって、鶴見さんが、たいへん仔細らしくて、まるでお医者様みたい。」

「体のお医者はあるけれども、魂のお医者はないものかな。阿字子の魂病めり矣なんて云われそうじゃないか。」

「鶴見さんから。」

「そうさ、何所か医者を探して引っぱって来なければ困るね。」

鶴見はどんな意味でそんなことを云っているのか、阿字子はわかりかねて黙っていた。

「ほんとに、阿字ちゃんは、結婚しないつもりか。」

「ええ。」

阿字子は率直に答えた。

「柏木が嫌なのか。」

「そんなことをきくんですか鶴見さん。阿字子は返事をしません。」

「怒っちゃ不可ないよ。鶴見さんはそんなに物云いなんぞよく知らないのだから、阿字ちゃんなんぞに向ってはどういうふうに云って好いかわからないのじゃないか、悪く思っては駄目だよ。」

「ええええ。ずいぶん好く思っていますことよ。でもね。鶴見さんは阿字子の前で、あの人のことは決して云い出さないって約束をして下さらなければ、阿字子は知りません。

怒っちゃいます。」

「では、約束します。」

鶴見は、指を二本立てて、眉の辺に翳した。

「これで好いか。」

「ええ。」

鶴見の率直さは、阿字子には輝衛よりも晃よりも親しみ易く心安さを感じさせられた。鶴見の気持がその儘に阿字子に反射して阿字子はどうしても快活にならないではいられなかった。

「鶴見さん。お話しましょうか。」

「承ろう。」

「或所にね、大へん大へん、物が云いたくって仕方がない人があったんですって。でもそれは誰にも云っちゃ不可ないことを知っていたんでしょう。でもね、あんまり云いたくって苦しくなって来て、とうとう土を掘って、その言葉を吐き出して埋めてしまったんですって、面白いお話でしょ。」

「何だ。それは何のことだ。」

「鶴見さんの耳のことよ、木茸耳ね。」

二人は初めて笑うことが能きたのだった。

四一

客人達はやがて、嵐のように帰って行った。

緑は阿字子の、只その事ばかりをきづかって、体を大事にというよりほかの何事も云おうとはしなかった。何となく、阿字子がこんどは、緑と二人きりになるのを、避けようとして、空を呼んだり、自分が座を立ったりして行くのが、緑にはよくわかっているらしかった。

そうして、緑自身も、恐らく、阿字子のその問題に触れることをためらわされていたせいもあったからでもあろう。何も云わなかったけれど、緑の心は、阿字子の鏡かなんぞのように、妹の苦痛や悶えを、その儘に受け入れて同じ苦悩に、その魂をすり減らされて行くように見えた。緑は、別れる時に、阿字子の耳に囁いて行った。

「勇気をお持ち。阿字子や、どんなことでも、して上げることよ。」

阿字子は、その言葉を、凡ゆる意味にとって、感謝なしにはきかれなかった。

緑の心には、妹は、何も彼もを知っていることを思い、阿字子もまた、緑は、それを知っているのだと思っていた。

「緑ちゃん、緑ちゃん、言葉のいらない国に行きましょうね。こんどは、いつ。」

「また、秋ね。」

「ええ会いましょう。」

二人は別れた。

そうして残った人々が、また静かな、寂しい生活を、生き続けて行くのであろう。阿字子自身は、この生活を限りなく愛した。ほんとうに初めから、父と母と、空と阿字子とだけで、凡ての記憶や思い出を、消滅しつくして、改めて生活の播き直しをして行きたいと思うほどであった。

その時には、あんなに荒び、暴された、父の性格も、涙と微笑で湿おわし、温めて行くことが能きるであろう上に、あんなに虐げられ傷められて来た、母の心も、癒され、和められて行くことが能きるであろうから。そして阿字子と空とは、二人の為に、その侍婢となり、夢の王国の玉座に、父と母とを崇めて、跪いて、永い憂世の茨路を踏みしだいて来た尊い蹠に、香油を塗り黒髪を解ぐして拭うことが出来るであろうから。

「母さん、離島に行きましょうか。」

阿字子のそう云った言葉は、母の胸には、凡ゆる意味を溶けこました。

「こうしていれば、離島と変らないけれどもね。」

「だって時々『世間の言葉』がきこえて来るんですもの、そんな時阿字子は死にたくなるんですよ。」

「そんなことを云っていては、阿字子、私なんぞもう、いく度死んでしまっていたか知れないじゃありませんか。」

いく度、子供等の為に死に、いく度、子供等の為に生きて来た生命であったか、母の歴史は、子供等の歴史と一つであった。子供等なしには、母は、とうてい存えて居たであろうとは思われないとひとしく、子供等は、また、どんなに母と死に母と生きて来たことであったか。母なしには阿字子には一刻の生命も考えられないことであった。

「でも、母さんは、よく今まで生きていらして下さいましたね。永く永く、生きててちょうだいね。阿字子の生命を、継ぎ足しにしても。ね。」

「阿字子の生命を、もらってどうするの。一緒に生きて行けない位だったら、詰らないじゃありませんか。」

「母さん、いつでも一緒にいらしてね。阿字子が、どこに行ってもどんな風になっても、もしかして死んでしまっても、矢張り母さんは一緒にいらしてね。いつまでも覚えていて頂戴、阿字子は、いつだって、いつだって母さんの中に居ましたことよ。そしてもう、いつまでも母さんの中にいるの。」

「阿字子がそんなことをお云いだと、何だか可哀そうで、母さんは苦しくなって来るの。どうしてそんなことを云うの。」

母の眼に涙が滲んだ。

「母さん、可哀そうだって、そう云って下すったんですか。母さんは、なんて親切だかわからない。だから阿字子は、もう好いの。ずいぶんもうよくなっちゃった。母さん、阿字子が、こんなに喜んでいるんじゃありませんか。わかりますか。だってもう少しで阿字子は、また母さんの子になるんですもの。そうでしょう。母さん。」

「初めっから母さんの子だった筈でしょう、今でも矢張り気がねですか。阿字子や。」

「ええ、もう少し、もう少しなんですもの、だから、もういまにすっかり母さんの子になります。」

四二

夜のたびに、明日の朝は、きっと死んだまま眼を醒ますに相違ないと思い乍ら寝て、眼が醒めると「ああ、まだ生きていたわ。」とそれが不思議で仕方がないように呟くのが、この頃の阿字子の癖になった。そんなふうにして正月がすんでしまって二月になると、玄海灘の方から冷たい霰や雪水を持って北風が、思う儘に吹きまくると、日中だと云っても、阿字子は、部屋から滅多に出ることは能きなくなった。母が自分で見に来るか、婢をよこすかして、暖炉は始終気をつけられて、部屋の中はいつも春のように暖かであった。あの風の中を、小さい体が吹き飛ばされそうに、堤の上を学校に通う空のことを考えると、阿字子は可哀そうで可哀そうで、帰って来るのを待ちかねて、その頰や手を、撫でたり擦ったりして温めてやらないではいられなかった。こんな時、阿字子には、これがもうお別れだという気がしきりにして涙ぐんだりなんかして、空も一緒に泣いてしまうことがあるのであった。

やがて三月になると、時々は、阿字子も、母の部屋などに出かけて行って、母が繕い物などをしている傍に坐って、本を少しずつ読んできかしたりした。そして、矢張りこれで、お別れだという気持になるのをどうすることも能きなかった。

阿字子は、或時、これっきりという気で、空の学校のことを云い出して見た。

「だって、空も、今はその気になっているんだから、今更どうすることも能きないでしょう。空も可哀そうだけれど。」

と母は、苦しそうに答えた。

四月になって、空が小さい腕に大きな裁縫包を抱えて出て行く姿を見ると、阿字子は、もう、どうして好いかわからなかった。阿字子は、空の前に平伏して、その手に鞭を持たして、ぴしぴしと打たれてやりたい衝動に馳られて身悶えした。空は、学校のことを決して決して、阿字子の前で口にすることはなかった。それがまた一そう阿字子の心を引っ掻いた。

「阿字子は、残酷だわ、残酷だわ、とうとう空の邪魔を一生涯することになっちゃったんですもの。空かんにんおし、かんにんおし。」

そう云って、夜中に、空の寝台の端で、泣き濡れてしまうこともあった。そうして空の為に晃の上に父が願った言葉を考える時、阿字子は、実に空にとっては、悪魔にその魂を売りつけても飽き足りない、迫害者でなければならなかった。空の将来が約束しようとする何も彼もを、阿字子の、悪魔の子の足が蹂躙ったり蹴散らしたりして行き過ぎるのであった。何ということであろう。どうすれば好いのか。緑のこともなく、阿字子の事もなく、只空と晃とだけを切りはなして考える時、阿字子は、百合の花壇の中で、その香に埋もれている時のような幸福を感じる。何故たった僅かなその事さえ、空にはめぐまれようとはしないのであろうか。「可哀そうな空、可哀そうな空。」阿字子は空の為に残らずの血と涙とを絞りつくしても、そのことは償われようとは思われないのであった。

月と日とがずんずん流れた。

阿字子は、来る日も来る日も何事かの予感に魘えながら、それが過ぎると吻と息を吐いて、寝台に沈むのが常であった。阿字子は、その事だけは思い出すのもいやであったが、あれ以来、京子が阿字子の前には、沈黙を持ち続けているということが、何かを計画しているもののような気がして、考えても不愉快になって来るのであった。京子に阿字子がわからないと同じように、阿字子にも京子がどうしてもわからない所があるのであった。只、阿字子が由布の家から居なくなることによって、救われ、安心するのだと云ったことのほかには。

こんなうちに五月も六月も行ってしまって、夏が来た。阿字子の窓の下の百合は、今年も大きい花が、宵暗に見ると、美女が首をうなだれているように見えて、咲いた。

或る日阿字子が窓から半身を現わして、どうかしてその花弁に指先を触れようとして、その事に夢中になっている時、坂を登って来る足音に気がついた。阿字子は、何かを直覚して顔を上げると、不幸の使者が――何故か阿字子はそんな気がする。――京子が、水色のパラソルの下で、莞爾し乍ら、玄関の方に行ってしまった。間もなく婢が、阿字子を呼びに来た。阿字子が母の部屋に行って見ると今まで何かしかけていた話を、中途で止して、京子は探るように、阿字子の方を振り向いた。阿字子は、暫くぼんやりそこに突立っていた。

「ねえ、阿字ちゃん。」

京子は、阿字子が座につくのを待って云い出した。

「今も母さんに申上げたことですけど、柏木さんがね。」

そう云って言葉を切って阿字子の顔色を窺った。阿字子は俯向いたままでうなずいた。

「先刻、私の家にいらしたのよ。」

阿字子は、いよいよその時が来たのだと思って、流石に胸は波立った。

「そしてね、阿字ちゃんに何かお話があるんですって。」

阿字子は眼を上げて、母をちらと見た。母は、阿字子と同じように、俯向きがちに京子の言葉をきいていた。阿字子は、何だか悲しくなった。

「だから、母さんに今申上げた所ですがね、阿字ちゃんを、私の所に連れて帰ろうと思って、お迎いに来たの。柏木さんは、家で待っていらっしゃるのよ。だから、大急ぎでお支度をなさいよ。」

阿字子はまた母の顔を見た。母も阿字子をじっと見た。その眼が云う。「好きなようにおし。」と。

「京ちゃん。柏木さんに、此処(ここ)にいらして戴くわけにはいかないんですか。」

京子に何と云われても、阿字子は、そういうよりほかはなかったのだ。

「阿字ちゃん。」

京子が何か云おうとするのを母が遮(さえぎ)った。

「そうよ、京子。阿字子はまだ体もすっかり好(い)いってわけではないんですから、柏木さんにいらしていただく方が好いと思うの、阿字子がこの炎天を、あなたの所まで行ってようものなら、行きついた時には、口も何も利けなくなってしまうでしょうから。阿字子があぁ云ったのを悪くは取らないでね。柏木さんのお迎いには、気の毒だけれど姉(ねえ)やに一走(ひとつぱし)り行ってもらいますから、あなたはゆっくりして日が翳(かげ)ってから、帰ったら好いでしょう。そうして下さい。」

阿字子は、母に感謝をこめた眼眸を投げた。

「母さんがそう仰云るんですからそうしますけれど、でも阿字ちゃんは、私の所でお話なさる方が此所よりも気づまりでなくって好いでしょうと思ったものですから。いいえ、柏木さんも、よかったら伺うって仰云ったんですよ。でもお父様がね。」

母の気づかわしそうな眼が、次の瞬間に、阿字子をちらりと見た。阿字子は瞳を外らして、開放した窓に、葱草が風に揺れるのを、一心に見まもっていた。母は婢を呼んだ。京子が、そこいらを探して何かを、認めた紙切れを婢に渡してこれを家まで届けるようにと云った。婢は出て行った。

その間、阿字子は、矢張り葱草ばかりを見ていた。何も考えてはいなかった。彼女の心は、その草の細い糸のような葉っぱの蔭で蛾のように小さく震えていた。「何という繊細な葉かしら。」とそんなことばかりを思い乍ら。

「阿字ちゃん。」

京子は、呼び醒すような声で呼んだ。阿字子の視線が京子に返った。

「私は、今日も柏木さんからずいぶん不親切だって責められてしまいましたよ。あなたのお蔭で。」

京子は、でも笑ってそう云った。

阿字子はまた、返事に困らされた。彼女は、京子を見て黙っていた。

「だって、阿字ちゃんは、私の言葉なんか重く見てはいないのですもの、私では手に負えません、と正直にそう云ってあやまったのよ。だってね、私の云い方が悪いんだなんて仰云るんですもの。でも阿字ちゃん、強情なことを云わないでためしに結婚してごらんなさい。どんなものだか。もしか不可なかったら帰っていらっしゃいよ。その時にはきっと私が責任を以ってあなたの一身は引受けますから。ねえ母さん。物はためしですわね。」

聞く聞く阿字子は、この激動を、どうしてかくそうかと努力しなければならなかった。京子は何ということを云ったのか。「ためしに結婚して見ろだって。」と心の中で思わず呟かないではいられないほどの、憤怒が一時にこみ上げて来て、今、眼を上げて京子の顔を見れば、何かを云い出しそうでたまらなくなって来た。そこに母さえ居ないならば「ためしに貞潔を捨てよ。」というこの女をどんなに辱しめても好いのだとまで、次第に昂って来る気持を、どうすることも能きなくなった。この上、ここに居て何をきかされるか、ということの恐れと嫌悪の情が、阿字子を背後から衝き動かした。阿字子は誰にも顔を見られたくなく見せたくなく、不意に立って出て行ってしまった。

阿字子は自分の部屋に帰ると、大きな椅子の底にその身を投げ込んで、凭に頭を凭せて、この儘に息が絶えても好いと思い乍ら、いつまでも、眼を瞑って身動きもしなかった。心は只一つのことを思い決し乍ら、しかも種々なことが、そのことの周囲を、溶けたり、いびつになったりして、とりまいて廻転しているのであった。

心配そうな静かな声が、阿字子の意識を呼び戻した。

「気分が悪くなったの。」

阿字子は、薄く眼を開いた。いつの間にか、そこに母が来て立っていた。もう廿年を、そうしていたかのように、母の眼眸は、同情と不安に充ちて我子の上に、真直に見開かれていた。

その眼を見ると、阿字子は身を起して、突然そこに跪いて母の膝にしがみついた。

「母さん。どうすれば好いんでしょう。阿字子は死にましょうか。」

「そんなにまで、思い詰めないでも好いじゃありませんか。」

阿字子は、自分の立って出たあとで、また恐らくその事から、京子は母を傷つけるようなことを云ったであろうことを知ったのであった。

「ごめんなさい。ごめんなさい。」

何も云わないで、只そうばかり云って居る娘を、母は引き起して、椅子に返した。

「あなたは、このことで、何も私にお云いでないから、私も黙って居たけれど、京子の言葉ばかりを残らずそのまま信じても居ないのだから、ほんとのことを云ってお呉れなら好いでしょう。阿字子は支度が整わないから、それでいやだと云うのではないかって、京子が云っているんだけれど、ほんとうですか、まさかそんなことはないとは思っていますがね。」

阿字子は、もう口も利けないほど悲しくなって来た。彼女はだまって頭を激しく左右に振った。

「それだと今約束だけでもして置いて上げる方が好いでしょう。あんなにまで云って下さる方は、滅多にありませんよ。京子はね、着物位なら、いく枚でも阿字子に貸して上げるからとまで云っているんだから、京子のこともあんまり悪く考えないでやって下さい。」

阿字子は、気の毒で、母の顔を見ることが能きなくなった。あの嫂(あによめ)は、どんなことでも云うのだなと心の中は激しい怒りに燃えていた。

「母さん。決して。」

娘は俯向(うつむ)いたままで云った。

「阿字子は、初めから、只の一度も、結婚したいと思ったことはありませんのよ。母さん、誓っても好いんです。」

「阿字子、あなたはいつか私が云ったことを考えているんではないのですか。」

「何をです。母さん。阿字子のこの気持は、もう、ずっと、ずっとせんから持っていたことは母さんだって御存じでしょう。」

「阿字子。母さんの云うことを悪く思わないできいて頂戴。ねえ、阿字子。父さんや母さんは、そんなにいつまでも阿字子と一緒に生きてはいないってことも考えて呉れるでしょう。そうすればあなたはどうなるんでしょう。あなたに上げる財産と云っても別にないんだとすれば、あなたは勢い、誰かの厄介にならなければいけないのでしょう。」

「わかってますから、母さん。もうその上を仰云らないで。」

阿字子は、そう云って不意に涙を落した。

「何故父さんも母さんも、永く永く生きては下さらないんでしょう。母さんが死になさるだろうなんて阿字子には考えられないことですもの。阿字子は母さん、その日に死んでしまいますよ。」

「そんなことを云わないで阿字子。」

と母の声が湿んだ。

「あなたは、あなたでちゃんとした家庭の主婦になって、幸福になって行けば好いじゃありませんか。幸福だなんて云うと、あなたはいつかのようにまたお怒りかも知れないけれど。でもあの時私が云ったように、私は矢張り、あなたも、そうなってお呉れだと好いと思わないではいられない。」

「母さん。阿字子は幸福なんですもの。この儘で、父さんや母さんと居て、空と仲よしで、それで、もう幸福なんですもの。ちっとも不幸ではありませんよ。母さんはそんなことを仰云って、阿字子は追い出されるのかと思っちゃっても好いんですか。阿字子は母さんの子じゃありませんか、何だってよその人にやりたいんです。阿字子は他人（ひと）の父さんや母さんを、阿字子の父さんや母さんを呼ぶようには、呼びたくはないんですもの、阿字子をうちに置いてちょうだい。出て行けなんて決して決して仰云ってはいやです。」

四三

阿字子は勝手口から、岸伝いに下りて家の裏の海岸を、彼方（むこう）へ彼方へと歩いて行った。

阿字子は、今も、その事を思い出して怒り続けていた。

あの時京子がはいって来て、母と阿字子とを等分に見比べて、

「阿字子ちゃんは、母さんいつでもこれなんですもの。無理なことばかりを云って、母さんと私とを困らせるに掛っているんでしょう。私はどうせそうだとしても、でも母さんまで困らして何ということでしょうね。他人（ひと）の父母を、そう呼べないからって私をごらんなさい。ちゃんとそう呼んでいるんじゃありませんか。あなたは、いつでもいつでも、赤坊のような無理を云って、それではあんなにご本を読んだ悧巧（りこう）な阿字ちゃんには見えないことよ。全くですよ、子供だってそんな馬鹿なことは云やしませんよ。」

京子は、そう云って、三つ児をでもあやすように、阿字子を見て笑い出した。阿字子

は眼が昏みそうになって、まっくらな視野の中を、ぐらぐらして立ち上って、母の顔を一目見たっきり、そのまま、そこを逃げて出た。

「京ちゃんは、そう呼びたいと思ったからちゃんと呼べたんじゃないか。また阿字子の母さんだったら誰一人、母さんとそう呼びたがらない人はありはしないことよ。だから阿字子はなおのこと、他人を母さんなんて呼べやしないわ。それに、京ちゃんのは叔母さんじゃないか。呼べなくってさ、何云ってんだい。」

阿字子は、心の中でそう云い乍ら、濡れた砂の上を、石っころを蹴ころがして歩いて行った。あの時、すぐ京子に、そう云ってやればよかったと、何となく残念な気もして、子供のように怒り続けてむかむかしていた。この怒りが納まるまで、何処までも行ってしまおうと思って、急に歩調を早めて彼方の大岩をめがけて、ずんずん歩き始めたが、半分ほど行くともう苦しくなって立ち止まった。お蔭で、憤怒は何所かに半分位は消し飛んでしまっていたことに気がついた。

「これだと、あの岩につくまでには、すっかり消えて行くんだわ。」

それが何となく惜しいようにも思われて、阿字子は思わず苦笑した。「人間の気持ってずいぶん変だこと、まるで虹みたい。」と独言ち乍ら。そしてとうとう岩まで行きついた時、流石に、全身は、汗に濡れてしまっていた。阿字子は、大岩の此方の日蔭に、足を投げ出して吻と息を吐いた。すぐ目の前が切っ立てたような崖になって、真青な松の木が、蔽(おお)っ被(か)ぶさるように枝を拡げている。それが何となく、今にも崩れかかって阿字子の上に落ちて来そうな恰好(かっこう)に、崖の中腹に根を卸(おろ)しているのであった。

「変な所に、窮屈そうだこと。」

阿字子は、そう思って、それを見ているうちに、そのことにばかり気をとられて夢中になって居てお蔭で、暫(しばら)くは何も彼(か)も忘れていることが能(で)きた。

「夕方になって涼しくなったら帰って行こう。そしたらその時には京子さんは帰っちゃって、居ないだろうから。」

と松の木にでも話しかけるように独言(ひとりご)ちた。

でもそのうちに晃が来るかも知れないと思って気になり始めた。

自分がここに居ることがわかって、晃自身ここまで出て来たら、その時はおしまいだから、それよりか先に帰っていて、ちゃんと、家で会った方が好いとも考えないではなかった。しかし、家中を、どんなに逃げて歩いても、京子の声からは逃げることは出来ないだろうと思うと矢張り、帰って行く気にはなれなかったので、結局どうにかなるだろうという茫然(ぼんやり)した気持で、いつまでも動こうとはしなかった。

阿字子は、投げ出した長い脚をじっと眺めていた。それから腕を出して、撫でまわした。何だか少し太くなったような気がして、矢張りうれしい。

阿字子の中には、たくさんな気持が分裂して、矢張り修道院を考えたり希臘(ギリシヤ)を夢みたり、マリアのマントの長い裳に包まれたり、王女になりたいと思ったり、花壇と果樹園との真中に、小屋を作って住んで見たいと思ったり、様々な想念が湧いて来た。どうなって行ってもそれが矢張りほんとの阿字子だと思って。

こうして永い時間が経ってしまった。

ふと、さくさくと、汀の濡れ砂を踏む音がきこえた。阿字子はしかし、それが誰であろうとも、決して見ることはしないだろうと思ってその儘じっとしていた。

けれどもそうしているうちに自分の全身が陽炎に包まれてでもいるかのように熱くなって来た時、誰かが阿字子の横に来て、黙って立ち止まった。阿字子の眼はその人の、小倉の袴の裾の辺をちらちらして、どうしても、その顔を仰ぐことが能きなかった。時がずんずん立って行くのに、その人はいつまでも黙っていた。阿字子もいつまでもその態度を変えなかった。「何と云えば好いのだろう。何と云えば好いのだろう。」と思い続けて、その一つのことよりほかは何ものも彼女の頭脳を占領してはいなかった。こうして、この儘、この儘で、上の崖が崩れ落ちて、自分とその人とを埋めてしまって呉れないかと、そんなふうに考えた時、阿字子は何故か涙が止まらなかった。彼女は顔をそむけて片方の手で、眼の上を押えて、いつまでもそうしていた。

「何故、物を云っては下さらないのですか。」

苦痛を抑えつけた声が、阿字子の耳朶に震えた。阿字子は不意に立ち上った。そうして、岩に身を擦り寄せて一足退った。それは全く思いがけない彼女の心とはちがった行動であった。阿字子は、その瞬間に、晃の腕に身を投げて、この苦悶を訴えたいと思っていたのであったのに。

晃は、一歩を近づいた。

「寄ってはいけません。」

阿字子は、眼を蔽った儘で云った。

「私は死んでしまいますよ。」

そう云って、眼が昏むとそう思って、阿字子は、思わずよろめいた。次の瞬間に、晃の腕が、阿字子を激しくその胸に締めつけた。半ば意識を失った阿字子の耳は、晃の高い胸の鼓動をきいた。阿字子が、かつてきいたどれよりも高いその鼓動を。この心臓は破れるかも知れないとそう思い乍ら、阿字子はまた、気が遠くなって行った。阿字子はしかしすぐに、意識を恢復した。

「はなして下さいまし。」

阿字子は冷やかに云った。

「黙って黙って。あなたは私を気違いにする。何故そんなことを云うのです。」

「はなして下さいまし。阿字子はもう倒れませんから。」

そう云って阿字子はゆるめられた腕をすりぬけて岩に凭れかかった。

そうして、激しく泣き出した。「おうちに帰りたい。おうちに帰りたい。」と心の中でそう云い続けながら、何故、母か誰かが、もう京子でもいいから、此処に来て呉れようとはしないのであろうかと思って。

「そんなに泣くんじゃありません。」

永い永い後に、晃の声が同情ふかく囁いた。

「また、熱が出ます。どうぞ泣きやんで下さい。」

「ええ、阿字子は、おうちに帰りたいのです。おうちに帰りたいのです。」

「連れて帰って上げますから。」

晃はそう云って妹にでもするように、阿字子の髪に優しく手を触れた。

「あなたは、あれからまた病くなったのですって。大事にして下さらないといけません。母さんが御心配でしょうからね。」

阿字子は子供のようにうなずいていた。

「いつまでもこんな所に居ないで早く帰って行きましょう。」

晃は阿字子を促してそろそろと歩きながら、静かに話しかけた。

「ずいぶん方々を探しましたよ。傘も何も置いてあるのだから、遠くまでは行かないからって、母さんも一緒に探して下すったのです。何故、あなたはかくれようとしたのですか。」

「かくれようと思ったのではありません。あの松の木を見ていたのです。」と阿字子は低く答えた。

「もっとゆっくり歩きましょうか。苦しくはありませんか。」

「いいえ。」

「私は、あなたを見ていると、いきなりすっと抱き上げて、一足飛びに母さんの所まで、持って行って上げたいようですね。河童（かっぱ）の子の阿字ちゃんが思われてならないのです。」

「母さんの子に、あなたも何故生れなさらなかったのでしょうね。」

「私は、あの時も、あなたの為に死のうと思っていた。」

「何て仰云（おっしゃ）ったのですか。」

「あなたは、海に飛び込んで、私をずいぶん驚かしたことを、覚えていらっしゃいますか。」

そのことを、どうして忘れることが能きるだろうか。阿字子は、黙ってうなずいた。

「私は、あの時、あなたが沈んでしまったものだと思って、母さんに申わけがなくって、もうすっかり死ぬ気でした。私の気持がわかりますか。」

阿字子は晃を見ることが能きなかった。彼女は俯向（うつむ）いたまま一言も云わないで歩いて行った。

家に帰ると阿字子は真直（まっすぐ）に自分の部屋に晃を案内した。

開け放した窓からは、白百合の芳烈な香がおそい込んだ。二人はその窓に近く椅子を置いて永い間語り合った。

「そのことが、そんなにあなたを苦しめたのでしたら、私は初めから申込みなどはしなかったのです。」

と晃は、悩ましく云った。

「あなたはそのことを知って下さらなければいけません。私はあなたの為でしたら、今でも死ぬことが能きます。けれど、私は決してそのことをあなたには云うまいと思っていたのでした。私はあなたから愛を報いられようとは思ってはいなかったのです。私にはその資格がありません。」

阿字子は、じっと晃を凝視めた。

「どうしてそんなことを仰云るのです。」

「おききなさい。私が少尉になって間もなくのこと、暫く満洲の守備に派遣せられたのでした。そこの荒寥たる生活が、私達の魂を喰い荒すのです。多くの人間は皆懐郷病に罹ってしまって、自殺をしたり、酒を飲んだりするようになります。私の同僚も一人は自殺をして、二人は発狂しました。そしてそれをしないものは、酒と、罪悪とに走ってしまいます。そんな風にして、私も一人の女性を知りました。その女と私との間に、一人の上官が介在したのです。そして女は行ってしまいました。私は自分が堕落したのだということをその時初めて知りました。彼所は男性の地獄です、阿鼻叫喚が絶えません。どんな魂でも滅ぼされてしまいます。そんなふうにしてもう魂だか石塊だかわからなくなっていた私の中に、時々思い出の小さい天使が飛んで来て私を冷まして呉れなかろうものなら、私はあのタンタレスのように、水を求めて、水を求めて、焦熱地獄のどん底まで行ってもう決して、浮び上ることは能きなかったでしょう。実にそんな時河童の子の阿宇子ちゃんの思い出がいつも私を鼓舞し、慰めて呉れたのでした。それに依って私は救われたと云っても好いのです。その思い出を再び汚すに忍びないと思って、私は罪悪から遠ざかろうと決心しました。いく年かをそうやって、私は再び日本に帰って来たのです。そして去年の秋の機動演習に久しぶりの輝衛さんと会ってなつかしい海辺の家の様子をききました。それから引っぱられてここに来たのです。そしてあなたに会いました。私はあなたを見た時、初めて堕落は恐ろしい罪悪だということを知りました。私は何も云うことが能きなかったのです。あなたは、私に対して実に冷淡に振舞っていらっしゃいました。しかし私の心は矢張りあなたに手を伸ばしていました。七年の間、あなたはいつも私と一緒にいらしたのです。この後も、どんなに永い後も、あなたはやはり私の中にいらっしゃるでしょう。

そう、私は帰ろうとした日の朝、京子さんからあなたをもらっては呉れないかと云われました。あの方は、それを冗談のように仰云ったのです。私は、正直に自分にはその資格はないと告白しましたがあの方は笑って、そんなことは問題にならないと、そう云っていらしたのです。で私の心は迷ってしまいました。永い間、考えて、考えて、とうとう輝衛さんに手紙を書きました。あなたを戴きたいと。それが不可なかったのでした。それが不可なかったのでしょう。私は黙って居ればよかったのです。どんなにその事があなたを苦しめただろうと思うと堪えられません。もうあなたは私を許しては下さらないでしょう。けれど、私の心は矢張りそのことを願って居たことを、どうすることも能きなかったのでした。どうぞ許して下さい。私は、このことは、死ぬまで黙って居ようと思っていて、とうとう口外してしまいました。あなたがそうもさせたのです。私は、さっき、岩の蔭で一目あなたを見た時から、私の願いは報いられないのだということを直覚して胸一ぱいになりました。私は初めから私自身にその資格を失っているのだから今更、何等の要求もあなたにする事は能きないことを知っています。私はあなたの心の儘です。私があなたに必要な時には、どうぞ役立てて下さい。あなたはもう、私からは解放されているのです。初めからあなたを縛るだろうとは思ってもいませんでした。私のほんとの気持をわかって下さい。だけれど、あなたは、ああ何故報いては下さらないのです。何故拒けようとなさるのです。あの時の阿字ちゃんは、その腕を、私の首に捲きつけて、黙って抱かれて居たのではなかったのですか。だが、私も、もう、あの時の私ではなくなっているのですね。そのあなたを見て、その声をきいてしまってからは、もうあの時の阿字ちゃんは消えてしまって、現在のそのあなたばかりが、私の中に在るのです。」

晃の眼には涙が溢れた。

「私は、このことが、こんなに苦しいものだということを初めてほんとうに知ることが能きたのです。あの時の儘の私を、あの儘に何故保っては行かなかったかと思って、純潔な私をあなたの前に捧げる事を何故考えようとはしなかったかと思って、どんなに永く苦しんだかもしれなかったのです。だから輝衛さんに手紙を書きながらも、私には、このことの予覚はあったのです。私はあなたにすまないことをしてしまいました。」

「晃さんは、あの時私を腕にまいて、あのままに海に沈んで下すった方がよかったのでした。」

そう云って阿字子も涙を落した。

「でも晃さんは、自分自身をあんまり責めすぎなさいます。阿字子だって不可ない子ですもの。たんとたんと、責めて下すっていいのです。あなたは、阿字子の髪を持って引きずって、奴隷になすってもいいのです。だけどどうしてもそのことにだけはお報いすることが出来ないのを、どうぞごめんなさいまし。」

「奴隷にしてもいいと仰云るのに何故、報いることは能きないと仰云るのです。」

「あなたは、私の兄さんだったらよかったのです。阿字子はいろいろ考えて、もうそれよりほかにはどんなお答えも能きないのですもの。あなたは何だって行ってしまいなすったんですか。何故帰ってはいらっしゃらなかったのですか。誰かの心が、どんなにあなたを呼んで居たかも知れなかったじゃありませんか。恰度(ちょうど)あなたが私を呼んでいらしたように。そして、そしてもう、その誰かは、もう何処かに行っているのですもの。」

「それは誰のことを云っていらっしゃるのですか、私の心は初めからあなたばかりを見ていました。」

「でもでも、晃さんは今阿字子の記憶を持ちながら堕落して行ったと仰云ったではありませんか。

　ああ、でも、そのことを阿字子はどうすることも能きなかったのでしたけれど、だって、少しはひどいと思いますことよ。」

「責めて下さい、責めて下さい。ああだが私はそのあなたを見るまでは、それがそれほど悪いことだろうとは考えても見なかったのです。あなたは、何故もっともっと強く私の中に生きていては呉れなかったのです。」

「そんなことを仰云ってはいけません。阿字子は何も知らなかったのです。晃さんを呼んでいたのは阿字子ではなかったのですもの。でも阿字子は知っていますけれどその人はもう死んでしまったのです。生きてはいないのです。その人が呼んでいた晃さんだから、それで阿字子が拒けるのだと思いなすってはいけません。阿字子は、何も彼も、無条件にそのことを恐ろしがっているのです。」

「そんなふうにして突き放さないで下さい。私はもう、あなたを考えることなしに、生きて行くことは恐ろしいのです。あなたは、私にまた、堕落しろと仰云るのですか。」

阿字子は激しく首を振った。

「それは阿字子の知ったことでありません。晃さんは、阿字子なんぞを考えないで、どうしてあなたの母さんのことを考えて上げなさらないのです。あなたの父さんや母さんに脊を向けるようなことをなすっては不可ませんことよ。恐ろしいとお思いになってちょうだい。どんなに恐ろしいことだかわからないじゃありませんか。」

「私は、自分のことさえ構ってはいないのです。私の中には、今両親のことはありません。只、あなたのことばかりです。」

「阿字子にそんなことを仰云って、そんなことを、阿字子のせいにしないで下さいまし。だって、だって阿字子は何も知らなかったのですもの。阿字子の為に父さんや母さんを、あなたの中から見失っても好いなんて。そんなことを仰云ると、もう阿字子は怒って行ってしまいます。」

「何故あなたは、そんなにひどく仰云るのです。今、私の中に、そんなにたくさん、いろんなものがある筈はないじゃありませんか。」

「だって阿字子だって父さんや母さんを、阿字子の中から追い出す位なら死んでしまいますことよ。」

「そのあなたを、私は只、よその妹だとしか見ることが能きないのですね。あなたの奴隷になりたい位です。どうして、あなたは私にあなたを下さることが能きないのですか。」

そう云うと晃は不意に椅子からはなれて阿字子の足元に身を投げた。乱れつつ乱れつつ、その視線は阿字子の全身を熱病のように辿って行くのだった。阿字子は思わず両手で顔を蔽った。

四四

――かの時には、彼の灯火わが首の上に輝き、
彼の光明によりて、われ黒暗を歩めり――

夜どおしの嵐に悩まされて、暁方から漸く眠り始めた阿字子が、眼をさました時には、もうだいぶん陽が高くなっていた。隣の寝台にはもう空の姿はなかった。

窓を開くと、その煽りで重く湿んだ百合の花々が、一せいにはらはらと露をこぼした。

「ああ、百合の花が、咲いている。」

阿字子は思わずそう云って、それを凝視めていた。

ふと気がつくと、浜の方で騒がしい人声がするのであった。その瞬間に、阿字子の心はそこに何かの不幸がかもされたことを直覚した。

「誰が死んだのかしら。」

昨夜の嵐が、何者の不幸な死屍を持って来たのであろうか。阿字子の心は、震えながら、その辺りと思う一団の人々の上に眼を放った。

「阿字子。」

突然、喜びとも悲しみとも安心ともつかない、息だわしい母の声に驚かされて阿字子は、反射のように振り返った。

「母さん。」

「よかった。ああよかった。」

母は阿字子を見た眼を、空に仰いで云った。母は、扉をあけ放したままで、殆んど飛びつくように、娘の腕を捉えた。

「生きていて呉れたのですか、よかった。ああ、いいことをした。」

「何です、母さん。」

「あなたは見ない方がいい。」

母はそう云って、窓帷を引き卸した。阿字子には、何も彼もがわかるような気がして、無限の優しさを眼眸に凝めて、母を眺めた。

「浜に水死人が上ったのでしょう、母さん。昨夜はひどい嵐でしたわね。よくおやすみにはなれなかったでしょ。」

「ええ、ええ阿字子や、そうなんですよ。今、姉やと空とがきいて来て、何でも女の方だって云うんでしょう。阿字子、昨夜はひどい嵐だったから、あなたが、眠れないよりも何よりも、どんなに私をおどろかしたか知れなかったの。」

「では、母さんは、その方を、阿字子だとお思いになったと仰云るのですか。」

阿字子は見る見る涙ぐんだ。

「そうなの。」

母の眼にも涙がきらめいた。

「阿字子や、死ぬ気だったら、どんな思いだって堪えて行けなかったかしら。その方は、お気の毒な方だったのね。きっと。」

「そうなんですよ、母さん。矢っ張り死んだ方が増しだと思いなすったんでしょう。母さん、母さんはあれが阿字子だったら、どうなさるのです。」

「私が、どうするかって、そんなことは考えられない。何て恐ろしいんだかわからないじゃありませんか。今だって、私は、あなたがここに居なかったら、どうなって居たか、気でも違ってしまっていたでしょう。」

「よかった。私は生きていてよかった。」

阿字子の心は、過ぐる真夜中の短刀の光を思い出して慄然とした。ああ、あの時、よくも空が眼をさましたことであった。

その短刀は今もなお、時々阿字子の心に、閃きかかるのではなかったか。如何に、そのことが愛する母を滅ぼし、失うことであったか。

「ああ、母さん。阿字子はいいことをした。生きていて、ほんとによかったですね。」

阿字子は、もう一度、そう云って母の肩に額を触れた。

「そうよ、阿字子。あなたは、何でもを、自分一人だと思ってはいけません。いつでも母さんが一緒に居るんだってことを忘れないで下さいよ。私はこの頃新聞の不幸な記事を読んでさい、はっとしてしまって、あなたのお部屋を覗きに来たことが、いくどあったか知れませんよ。」

阿字子は、もう死んでもいいと思ったほど、生きていたそのことがうれしかった。

「母さんが帰って来て下すった。とうとう母さんが帰って来て下すった。ああ、生きるとも、生きるとも、母さん。私は何て幸福だかわからないわ。」そう云いたいと思って、しかし、何一言、唇からは洩れなかった。

「阿字子や。」

「母さん。阿字子は、どんなになりましても、きっと母さんと一緒に居るんですね。阿字子のことを信じて居て下さいますか。母さんが阿字子の中から行ってしまいなさいましたら、阿字子は、その時こそ、死んでしまいます。」

娘はそう云って、母の顔をじっとみつめた。

朝食をすますと、阿字子は裏の海岸に出た。今日は、表の浜を踏むことは、阿字子には何となくためらわれた。貴い物の横たわっていた土を、汚すに忍びないというような気がするのだ。

嵐の名残は、まだ、そよそよと海面を渡って来て、七月だというのに、初秋かなんぞのような気のする日であった。どんなに激しく波がさかまいたことであったか。つい二三日前まで、足をとられた藻草の堆積は、どこに行ってしまったものか影も形もなくなって、そのあとに波足のあとの、ゆらゆらと残った一面の砂地が、長く彼方(あちら)の大岩にまで続いていた。

この砂上を、その人に助けられて、歩んだのは幾日前であったか。晃は、もう再び阿字子には帰って来ないであろう。誰が晃を逐(お)ったのであったか。阿字子の心は乱れた。

「私は、まだ、あの人に云わなければならないことがたくさんあったのだ。」

しかし、もう行ってしまっているのであった。あの声を、もう一度ききたい、おお阿字子と何故(なぜ)もう呼ぼうとはしなくなったのか。

阿字子は、あの眼眸(まなざし)をもう一度見たいとあせった。しかしもう行ってしまっているのであった。

「でも、それでよかったのだ。私はどんなことがあっても結婚なんて、能きやしない。どうして他人の家庭の一部に阿字子を彫り出すなんか出来やしない。そんなことが、どうして能きるものか。」

自分と晃との間に横たわる緑と空とのことを除いても、只その一事だけで阿字子の心は、結婚を恐れなければならないのであった。

「あの人と、兄妹に生れなかったというその事が、一等いけないことだった。」

晃が、輝衛であったならば、どんなにでも、愛して行くことが能きたのであったのに、その時には、おお、この髪を、その腕にからんで、決して決して、何所にも行かせようとはしなかったであろう。晃の傍に、他の如何なる少女を並べて考えることも、阿字子には、堪えられないことであった。しかし、晃が、輝衛であったならば、矢張り、いつかは、他の少女に、彼を与えてしまっていたかもしれないのであった。

「そうよ。きっと。」

調のことの為に、一度は、自殺を想念したと言ったことのある輝衛であったけれども、やっぱり京子に会って、彼自身を与えてしまうようになったではないか。

その事を、晃の上に考え及ぼした時、阿字子は云い難い苦悶に捉われた。

「やっぱり、私は、嫉妬しているのであろうか。」

どうして、そんなことを。阿字子は、晃から解かれたと同じように晃をも、解かなければならないのであった。晃よりも、十倍の優しさと、愛とを以て。

「私の心は、生涯、あの人の傷を癒やす為に、仕えなければならない。神様が、阿字子なんぞよりも、数倍も好い子を、あの人に送って下さることを、心からお祈りしよう。」

そう思いながらも、それが如何に、むつかしいことであるかを知っている。阿字子の心にふと空の面影が閃いた。しかしその次の瞬間に「私は初めからあなたをばかり見ていた。」と云った晃の言葉が、思い出された。

「おお仮りにも空を、あの人に並べて、辱めていいものか。空は赤ん坊よりも純潔だのに。」

罪の意識のあるものにのみ、罪は罪であることが能きた。阿字子の魂は、晃のそれよりももっと堕落しようとしていたのではなかったか、若し、晃のそれが罪悪であるならば、阿字子自身もどんなに恐ろしい罪悪を背負っていたかもしれないのだ。

「阿字子はやはり不可ない子であった。神様、どうぞ、浄化の時をおめぐみ下さいまし。」

心からそう祈らないではいられなかった。

阿字子は、いつの間にか、自分が、大岩の蔭に来てしまっていたことに気がついた。

この岩が、阿字子と共に、晃の声をきき、その眼を見たのであった。阿字子は、今もその時のように身を凭せてその腕にまかれたいと願った。しかしその瞬間に悚然としてあたりを見まわして呟いた。

「なんということを、私は考えたのだろう。」

阿字子は思わず、深い溜息を洩らした。涙が、瞼を転び落ちた。

かつて阿字子の空想が、その事を必然に約束した現実の恋愛は、その指先が、まだそれに触れようともしないさきに、露よりもはかなく散ってしまっていた。

現実の脆さよ。現実は、今のほかの何物でもない、刻々の今である。そして空想は、あんなに深く、あんなに遠く、且つ永い。現実は、夢よりもなお儚い。空想こそ、永遠に消ゆることのない現実であった。

どんなに、このさき、阿字子が永く生き、どんなに多くのことを見ても、現実の恋愛のみは、再び自分の方を、眺めようとはしないであろう。それのみは、永久に脊を向け去ってしまうであろう。空想は、阿字子に、只、そのことを教えたものであった。

「それでよかったのだ。私の考えているような恋愛は決して何所にもありはしなかったのだわ。私はそれを空想から教わった。ほんとに、それでよかったのだわ、私は現実の恋愛からは見失われているけれど、空想は、現実のそれよりも、もっと沢山の恋愛を、私の中に貯えている。空想を忘れては私の浄化せられる時は永久に失われてしまうのだ。夢よ、いつまでも私と居てお呉れ。」

阿字子は、その時初めて、どんなに永く希臘が自分を、見戍って来ていたかということを知った。

「私は希臘の独り子なのであった。私は、今、それを知った。」

阿字子は熱い涙の底から、焦げるような眼眸を上げて、海に、山に、宇宙に充ち充ちた希臘の玲瓏たる面影を眺めて心から微笑んだ。

「ああ、生命。私は、希臘を知ったことだけでも、生きている甲斐はあったのだ。」

阿字子は、それだけで幸福である、どんな苦しみや、悩みの後にも、きっとそれがいて、いつも阿字子の心の臓を、優しく捉えて離そうとはしていないのであった。

さくさくと、砂を踏む足音に、阿字子の意識は、不意に呼びさまされた。

それは、その時のその人を思い合わさせるほど、その時の岩蔭にいて、あの切崖の松の木の下に、脚を長く伸ばしていたのであったから、阿字子は、思わず飛び立って、その方を見た。そこはパラソルを傾けて、花のように美しい京子が、眼醒めるように立っているのであった。一瞬間、阿字子の立っている足元の砂が、ずるずると渦巻いて辷るように感じた。京子が何の為に今日、ここに来たかということを、阿字子は指で摑むよりも、もっと明白に知っていた。

阿字子は、そこのみは、二人の思い出に神聖な場所であるとまで思っているこの岩の蔭で、その人の面影のまだ残っている今、京子の口から晃の名を呼ばれたくないと思って、僅かに気を取り直して、我から京子の方に歩み寄った。

「今日は。」

京子は、そう云って軽く頭を垂げた。何だか、阿字子には、それが或る破滅の予感を伴って、帰って来るように思われてならなかった。

「阿字ちゃんの、その後の容子も見たいと思って、いろいろ御相談も伺いたいし、幸い、お兄様が昨日から週番ですから、避暑がてらに泊りがけでお邪魔に上りましたのよ。ごきげんは如何。」

阿字子は、京子の口を開くごとに、少しずつ、不安の影を濃く染めながら、能きるだけ叮嚀に答えた。

「彼方の浜に水死人がありましてね、それで、此方に来てしまいましたのよ。昨夜は、ひどい嵐だったものですから。打ち上げられたのでしょう。」

阿字子は、そう云って眼眸をそらして、はるかな水平線を見やった。

「そうですって。母さんから伺いましたよ。ずいぶん気味がわるかったでしょ。阿字子ちゃん、見ていらしたの。」

「いいえ。」

と阿字子は眼をそらしたままで、

「気味が悪いも何も、阿字子は只お話をきいただけですもの。」

「女の人ですって。」

「そうですって。」

「何だって死んだのかしら。」

と京子は、独りごとのように云った。

「京ちゃんは、まだここにいらして。阿字子はもう帰りたいんですけれど。」

「あなたをお迎いに来たんじゃありませんか、私だって帰るわ。一人でこんな所に居ても仕方がないんですもの。」

そう云って、京子は、阿字子と肩を並べて歩き出した。それきりもう何も云わないで。いく里も歩ったかと思うほど疲れた気持で、家にはいると、京子が何か母の部屋に用ありげに行ってしまったので、阿字子はこの暇に、と何故かそんな気がして、どこかに逃げるつもりで自分の部屋に帰って来た。その癖阿字子は、窓際にぼんやり突立って、京子の来るのを待っている。この事の結果は、もうそれを見ない先から阿字子にはわかっていた。やはり、どうしても、またかという気にならないではいられなかった。

「どうしたの。阿字ちゃん。さあ、きかして頂戴よ。」

京子の期待に充ちた声が、その身と共に、扉から現われると、もう阿字子は、暗い気持にならされた。阿字子は、思わず、溜息をついた。

「どうしたの阿字ちゃん。あなたからは、あれっきり、音沙汰はないんだし、柏木さんは、駅から、汽車の時間がないから失礼するってはがきが来たっきりで、もう一週間近くだのに、何のおたよりもないものですから、お兄様もずいぶん心配していらしたのよ、阿字ちゃんのほんとの気持はどうなんだか、確かりした所がききたいって、その上で、父様にもちゃんと正式にお願いするから、それで私に、きいて来いってそう仰云ったんですよ。」

「輝衛さんが阿字子の気持をききたいんですって。」

「ええ、そう云っていらっしゃいますよ。あの方だって、あなたのことは、ずいぶん、いろいろと心配していて下さるんですもの。」

阿字子は何かを追うように眼眸を上げて、京子をじっと見た。

「輝衛さんには、もうずっとせんから、阿字子の気持は、わかっていると思っていましたのよ。」

「それはどういう意味で。」

と京子は少し、詰るように云った。

阿字子は、すぐ眼を落した。

「私は、結婚はしません。」

「何ですって。」

「柏木さんには、阿字子からお断りしました。」

そう云って阿字子は吻と息をついた。

「私達を、出し抜いて。」

京子は、気色ばんで云った。

「あなたは何ということをなすったの。阿字ちゃん。馬鹿ですよ。何て馬鹿でしょう。自分からこんな良縁を取り逃してしまったのだから、もう私達は知りませんからそう思って下さい。」

「阿字子は、馬鹿です。」

と静かな低い声で、半ば自分に呟いてきかせるように、阿字子は云った。

「そうじゃありませんか。誰も彼も皆、こんな良縁はないと思って心から喜んで、私なんぞは、もう支度のことまで色々と考えてたのしみにしていたのに、何ということをなすったのです。それでは、あんまり柏木さんにお気の毒で、じっとしてはいられないんですもの。ひどい人です、阿字ちゃん。私達をあんまり蹂躙っていらっしゃるじゃありませんか。私達は、もう、決して決してあなたのことは知りませんから。」

京子は、憤怒に任して、云わないでいられないように手を捩り合わして、激しい言葉で阿字子を責めた。

「輝衛さんにはわかっていた筈です。」

と阿字子の低い声がかすれた。

「でも、あの方は、何もそんなことは仰云いませんでしたよ。私には阿字子の気持はどうしてもわからないとばかり云っていらしたんじゃありませんか。何をあの方が知っていらっしゃるのですか。あなたは、あの方にそんなことが云えるのですか。あの方や私を、父さまに裏切ったのは誰でした。それを忍んで堪えているのもあなたを妹だと思えばこそじゃありませんか。また、こんどもそうやって、私達を、蹴とばしてしまいなさいました。一体あなたはどうしようって気ですか。あなたは、自分をこの上なしの天才だと思い美人だと自信していらっしゃいますかも知れませんけれど、ごらんなさい柏木さんを除けて、今までに、誰が一人、あなたをもらいたいって云った人がありました。誰だって由布の妹かと云うものもないじゃありませんか、柏木さんにどんな不服がおありかは知りませんが、あなたは、そうして、いつまで待っていて、どんな立派な人が、迎いに来ると思っていらっしゃるんですか。一体あなたはどんなつもりで、そんなことをなすったのです。あの人は七年もあなたを想っていたと、そうお兄様に仰云ったそうですよ。あなたは、何てことをしてしまったのです。私は、柏木さんに、申わけがありません。どうすればいいとお思いです。」

阿字子の魂は、荒々しい憤怒に思いきり、苛まれた。声はそのことの為に、ぎりぎりと喰いしばった歯の間で、噛み砕かれてしまった。胸は、波よりも昂まった。「今なら、この女を思いきり辱めることが能きる。」と阿字子はそうも思った。しかし阿字子のもう一つの心は、それをしたくない為に、激しく身悶えしていた。

阿字子は、思わず、京子の視線をさけて、顔を窓の方にそむけてしまった。

「ああ百合が咲いているわ。」

その時、只何となく心の中で呟いた。

阿字子には、この時ほど、自分自身が哀れに、卑怯に、惨めに見えたことはなかった。これほど、自分は怒っているのに、何故、京子にそれを投げ返そうとはしないのであろうか。阿字子の四肢は、五月の嫩枝（わかえだ）のように、小刻みにぶるぶると震えていた。阿字子は自分自身を、可哀そうに思って、自然と涙ぐんでしまった。そして、この心が統御せられるまでは、決して口を利くまいとして、蒼（あお）ざめた唇を、きつく噛みしめた。

「私は、私は、全く馬鹿でした。」

京子は、冷やかに落ついて云った。

「あなたに、それほど大胆さがあるだろうとは思いませんでした。私はあなたが只、子供みたいに私達を手古摺（てこず）らしていらっしゃるだけのことだと思っていたのですもの。いい馬鹿でした。あなたは自分の口から直接、拒絶をなさるなんて、何という不謹慎なことをなすったかと思って、ほんとに驚かされてしまったのですよ。阿字子さん。」

「京子さん。」

阿字子は振返って冷やかな眼眸で相手をつくづく眺めた。

「阿字子に仰云ることは、もうそれで沢山です。」

「何が沢山です。私は、今日こそ日頃考えていることを、残らず云ってしまわなければ、承知が能きないのです。一体あなたは、いつまで、親同胞(おやきょうだい)の厄介になろうというのですか。それを第一伺いたいのです。私が見ていますのに、あなたは、故意に、人から兎(と)や角(かく)云われるようなことばかし、していらっしゃるじゃありませんか。あの気まぐれな夜の散歩はどうでしょう。そのだらけた服装はどうでしょ。そして、その髪は一体、何という巻き方ですか。私は、都会で育ちましたけれど、まだあなたのような髪を見たことはありませんのよ。どんなふうにまくものだか私にも教えていただきたいほどですわ。それで、朝から晩まで本を読んで、何の勉強をしていらっしゃるか知りませんけれど、それよりは、少しは自分の身のまわりのことを、気をつけなすった方がよろしくはありませんかしら。そうして、あなたは、自分から、ある縁もないものにしてしまいなさるのです。あなたは、お父様や母様が、なくなりなすったらどうしようと思っていらっしゃるんですか。あなたは結婚しないなどと云っていらっしゃいますけれど、その時になって、もう子供の三人も四人もある人の所に、後妻にでも好いなんて、嫁(い)くようになったらどうなさるんです。あなたは、二言めには、結婚なんてと軽蔑なさるけれど、そのあなたが読んでいらっしゃる本には、どんなことが書いてありますの。あなたはいつかも、『結婚の幸福』とか云う本を読んでいらしたじゃありませんか。あれは何です。」

「小説です。」

阿字子はかすれた声で、答えた。

「小説。小説ですって。何もそんなことを仰云らないでも好いでしょう。だってお兄様が、そう云っていらっしゃいましたよ。私が、阿字ちゃんは、あんな本を読んでいますって申上げたら、では、阿字も結婚をしたくなったのだろうって。」

「その本が、ここにありませんのは残念ですね。京子さんは、あの本の内容を御読みなさいましたのですか。」

阿字子は、漸（ようや）く平静な声をとり戻して云った。心は、しだいしだいに冷たくなってゆくのであった。

「内容を見なくても、あの題を一目見れば、大抵どんなものだか位はわかりますよ。それほど馬鹿になさらないでも好いでしょう。どうせ、私はあなたのように、たくさんな本は、読んでいるわけではありませんけれど。一体あなたは、将来、どうしようって気なのですか、私には戸主の妻としての責任があるのですから、きかして戴（いただ）きたいのです。」

「どうなりますか私にもわかってはいませんのです。」

「でも、結婚もしない、身を立てることもしないとなれば、いよいよ親同胞（おやきょうだい）の厄介ものだと仰云るのですね。あなたは、それで好いでしょう、けれど親同胞の迷惑ということも考えて見て下さいな。あなたが結婚すれば、皆が助かるというのはここのことではありませんか。御両親のなくなりなすったあとは、一体、誰があなたを引き受けなければならないかは御存じでしょうね。」

「よく知っていますわ。」

「知っていて、知っていてそれではあなたは、只、私を苛める為に生きている方です。私には、とても永い間、あなたと一緒にいることは能きません。」

「あんまりなことを仰云います。」

阿字子は堪えかねて、はらはらと涙を落した。

「何があんまりでしょう。あなたに、苛められて、苛められて、私こそどうなって行くんでしょう。御両親がなくなりなすったら、私達は、どんなにみじめでしょうね。」

「その時には、阿字子も生きてはいませんわ。」

「あなたは死ぬとでも仰云るの。自殺をするとでも。」

「ほんとうに、私が居ないことが皆に好いことでしたら、私は、今でも死んじゃおうと思っていますことよ。」

「いい新聞種ね。」

京子は、思いきり、蔑んで阿字子を見やった。

「親同胞の、恥さらしだということを考えて下さらないじゃ困りますよ。」

阿字子の蒼い唇は、激しく痙攣した。

「ああ、ああ、そんなにまで仰云らなければ、ならないのですか、私は、もう、気がちがいそうだ。」

「気がちがう。」

京子は、殆んど冷笑した。

「気違いならなおさら好い見物じゃありませんか。そして、生きてる限り親同胞の世話になって迷惑をかけて、死んだ後までも人の物笑いになって。」

阿字子は、一瞬間、真暗になった視野の中で、何かを捕えようとして身悶えした。あの母の阿字子が、これほどの辱めを受けていようとは。「お母さん。」阿字子は、声も出ない。僅かに窓に探りよって身を凭せた。そしてむさぼるように、百合の香に充ちた、甘い冷い空気を吸い込んだ。京子は、なお執拗にせまった。

「あなたは、そうして、私にばかりでなく、空ちゃんまでも、一生すたれ者にしてしまう気なんでしょう。」

何かを云おうとして、阿字子の唇は、只、喘いだ。

「あなたが、そうやって、お嫁にも行かず、一生、うちに居るようでは、空ちゃんが、年頃になっても、姉さんがあれでは、と誰一人空ちゃんのもらい手まで、なくなってしまうのだということを、考えて見て下さい。あなたは好いかもしれないけれど、あなたは、好いでしょう、それがあなたの勝手ならばね。でも、でも、そうすれば空ちゃんこそ、一生、不幸なものですわね。姉さんの犠牲になるんですからね。誰だって、あなたを見ていて、空ちゃんを考えれば、あの女の妹か、と一口に云い捨てられてしまいますよ。あなたはそうやって、空ちゃんまでも、すたれものの道連れになさるんですか。空ちゃんも、後妻の組ですかね。」

「京子さん。」

阿字子は傷ついた獣のような眼眸で真直に相手を見乍ら、ぎしぎしした声を咽喉の底から引き出した。

「あなたは、私の傷の上を引掻くほども引掻いて、まだその上、空までもその口で汚しておしまいになりましたね。あなたは勇気のある方です。どんな残忍な真似でもなさる方です。人間というものが、自分を不可ない子だと深くそう思って、それを恥しいと思って、恥じて恥じて、生きていられないとまで思っている上に、屋根のてっぺんからまで、人に云い立てられて、まだ、生きて行く力が、私に、私にあり、ありさい、ありさいしたら、何も云えない。何も云うことが能きない。」

阿字子は、そう云って、床の上に身を投げて、その腕の中に顔を埋めて途切れ途切れに云った。

「母さんの阿字子は、今、これほどに恥かしめられています。ごめんなさいまし、ごめんなさいまし、母さんは、阿字子を、京子さんなんぞから辱められるようには育てなさらなかったのですね。母さんは、阿字子を、王女になれと思っていらしたのですね。あなたの王女が、こんな目に会っているのに母さんは何故、いらしては下さらないのです母さん。ああ結婚は恐ろしい、結婚は恐ろしい。結婚が、変えてしまった女の云うことを、きいてちょうだい。あなたは、京子さんの言葉をききなさらなければ不可ませんわ。」

四五

阿字子より緑に。

「いつもいろいろ親切に、阿字子を考えて下さいます緑さま。ごきげんは如何でいらっしゃいますか、鶴見さんも御達者でいらっしゃいますことを念じています。

緑さま、あなたは、阿字子がどうなればよかったと思召したのですか。阿字子はもう全くわからなくて困っていつもいつも泣きそうになってしまいます。もう快活な好い子の阿字子はすっかりこんなことがあって好いものでございますか。

緑さま、阿字子はそのことをあなたの御上におしつけますことを大へん不当なことだと存じますけれど、でもでも、お許し下さいまし。どうぞ暫くの間、阿字子の生活のことを見て下さいまし。緑さまが、どんなに貧乏でいらしていろいろお困りでいらっしゃいますこともよく知っていて阿字子はこれを、お願い申上げるのでございます。

誤解が傷つける心は、それを阿字子は意識して、傷つける心よりもどんなに惨めないたましいものであるかということを阿字子はこんなによく知ります。どうなりましても、それでも阿字子は幸福だという意識を、胸一ぱいに持ちたいのです。私は人々を愛しています。人々のことを能きるだけ親切に考えようと思いますのです。ほんとうに阿字子が人々の為にしなければならないことは家を出るそのことなのでした。これは、阿字子の今の立場が辛くて只阿字子一個の為に考えられたことなのだと思召さないで下さいまし。そうしますことがどんな意味かでほんとうに人々を安らげ、救うことが能きますように。阿字子は世の失踪者になりたいとは思いませんのです。阿字子がそうすることを、どんなに悲しく、また人々の為にどんなに喜んでそれをしようとしたかということを、阿字子は知りたいのでございます。快くほんとうの理解のもとに阿字子を家から出して戴きたいと思います。阿字子が少しも将来の計画もなく、無謀に家を出ますことは、大変見っともないことだと存じますから。阿字子を救って下さいまし。阿字子をとうとうほんとの不孝ものに遊ばさないで下さいまし。もし阿字子の将来に許されることでしたならあなたの前に、阿字子は生命を誓います。以後の阿字子はあなたのものなのでございますから。

父さまや母さまが快よく阿字子を出して下さいますことは、只あなたの阿字子に支払って下さいます、焦慮のほどにあるのだということを知って下さいまし。そして阿字子がその資格なしにそれをあなたに、押しつけますことを、ほんとうは死をえらぶのが一等であるこの苦しみによって、償わして下さいまし。

阿字子は苦しんでいます。でもでも幸福だということを、今心の底から微笑を以て知ることが出来ましたのです。阿字子にはあんなに欲しがっていました幸福とは、どんなものであったかということを、やっと今、知ることが能きました。幸福というものは、ほんとうの悲しみと、悩みとのすぐ後に続いているということを、こんなに、はっきり知ることが能きましたのです。

緑さま、あなたはたびたび夜の枕に、私の為に揺籃の唄を歌って下さいました時、愛は権利だといくたびか仰云って下さいました。あなたの大きなセルロイドの櫛の歯が阿字子の額髪を分け乍ら。その時のあなたの声は、海の向うの母さん達が、そのいとし子の為にするお祈禱の声よりも、もっと低く、そして甘い声音だったのです。

緑さま、愛は権利だともう一度云って下さいまし。そうしてそれをききます阿字子の心が、深く微笑し、うなずくことを阿字子自身に眺めたく、また緑さまにも見て戴きたいのでございます。

緑さま、阿字子がどうなって行きましても幸福であるということを知って下さいまして、そして、お返事をお書き下さいまし。それが阿宇子の願っていますようになりませんでもその為にあなたも阿宇子も、決して痛み、傷つくことなどのございませんように。神さまがあなたの御上を祝福して下さいましょう。同じことをどうぞ阿宇子の上にも、念じて念じて、お祈禱(いのり)遊ばして下さいまし。ではさようならいたします。」

四六

――若(もし)、かなわばこの杯をわれより離(はな)ち給え。されどわが心の従(まま)を成さんとするに非ず。聖旨(みこころ)に任せ給え――

緑から阿宇子に。

「同胞(きょうだい)はいとしきかな。妹よ御身の姉もまた、御身の心のままなるべし、御身と共に生き御身と共に死なむ。」

「二伸。能き得(で)べくば、母上の了解を得てしたまえ。」

この手紙と共に、十五円の為替を阿宇子は、受けとった。

ああ、緑。阿宇子はそう思うと熱い涙の下で、その手紙を頰ずりした。

阿宇子は、母の部屋に急いで行った。そこには、京子と、今学校から帰ったばかりの空(くう)とが、外出の用意をして、着換した母が、帯をしめるのを待っている所であった。

「母さんは、何所かにいらっしゃるんですか。」

　阿字子は、手紙を握りしめて尋ねた。

「ええ、京子が、今日、帰るものですから、お別れに、天神山まで連れて行こうって、そう云うものだから。」

　と母は、宥めるように答えた。

「阿字子は、母さんに、お話があるんですけれど。」

「どんなお話。」

「母さん、天神山は、またこんどにして下さるわけにいかないのですか。」

「阿字ちゃん。」

　京子は、きつい声で呼んだ。阿字子は見向こうともしなかった。

「阿字ちゃん。母さんは折角お支度までなすったのに、私がお伴しては不可ないと思って、そう仰云るのですか。」

　阿字子は答えなかった。只一心に母の眼の中を見入っていた。

「阿字子。お話は、帰ってからではいけないの。」

「では、母さんは、いらっしゃるの。阿字子をおいて。阿字子はお話があるんだのにな。」

「お話こそいつだって好いでしょう、阿字ちゃん。母さんはまた帰っていらっしゃるんですよ。」

と京子が云った。

「阿字子。帰ってからききますよ。」

母の言葉に阿字子は、半ば放心して答えた。

「ではもう好いんです。出ていらっしゃい。」

「阿字ちゃん、それは、母さんに仰云る言葉ですか。」

阿字子は、思わず京子を見て、母を見た。そして、もう胸が一ぱいになって何も考える隙なしに、急いで自分の部屋に帰った。その時位、阿字子は母を恨めしいと思ったことはなかった。何故、道々、話をきくから、阿字子も一緒に、天神山まで来ないかと云って呉れなかったのであろうかと思って。もう今夜にも、阿字子は行ってしまうかもしれないのに、母にはそれが何故わかって呉れようとはしないのかと思って。

阿字子は、いろいろ、考え乍らそれでもそのあたりを片附けたり、日記や手紙の反古を、纏めたり、絡げたりなんかして、いつの間にか、時間の経ったのがわからなかった。阿字子が精出して、そんな風に整理をしている所に、母がはいって来た。

もうその時は日の暮々であった。

「只今、阿字子。お話は何です。」

阿字子は気がついて顔を上げた。

「お話って、もう、なくなっちゃったんですよ。母さん。あの時きいて下さらないものですから。」

阿字子は、何となく、まだ心にすまない所があるように見えた。

「何だって、そんなに思い出したように、お掃除を始めたの。」

母は、不安を、かくすことが出来ないように見えて云った。

「これが、お話なのですよ。母さん。阿字子は、どうしても、おうちに居られなくなってしまったんですもの。」

「そうかも知れません。でもね阿字子は、いつか決して母さんをはなれないって、そう云わなかったか知ら、何故、おうちにいられなくなったの。」

「母さんは、ちっとも御存じはないのですか。阿字子は、京子さんと、たいへん、びっくりするような喧嘩をしてしまったんです。」

「京子から、少しそんなことをききましたよ。阿字子だって、不可なかったと思っているだろうからって、私からも謝罪っておいたから、そのことの為だけなら、そんなことはおよしなさい。」

阿字子は気色ばんだ。

「何です母さん。あなたが、謝罪りなすったのですか、阿字子が不可ながっていると云って。そうですか母さん。もうこれからは、京子さんの前で、そんな見っともないことをなさらないでも、好くなるんですよ。阿字子はあのことだけは、不可なかったとは、どうしても思いませんことよ。あやまってなぞ下さらなければよかったのです。」

「阿字子。あなたは、私の立場を考えて呉れるでしょうね。」

そう云った母の声は、殆ど困惑に震えていた。阿字子は涙ぐまないではいられなかった。

「好いんです。母さん、阿字子が不可なかったのです。阿字子は、でも、ずいぶん母さんの立場を知っていますことよ。」

「あなたの気持は、よくわかっていますよ。でもね、京子の為にあなたが出て行くようでは、母さんが父様に申わけがなくなります。」

「何を云ってらっしゃるんですか、母さんは。阿字子は、京子さんの為に出て行くんじゃありませんよ。父さんは、何も知ってはいらっしゃらないのですもの。そんなことは決して、決してありませんわ。阿字子はね、もっともっと好い子になろうと思って出て行くんじゃありませんか。緑ちゃんがどんなことでもしてやると云っていらっしゃるんですもの。鶴見さんだってあんなに阿字子のことを可愛がって下さるんですもの。だから、母さん、阿字子は、来年の四月からどこかの学校に入れて戴こうと思っているんですよ。」

「阿字子。それは、好い、それはたいへん好いことだけれど、でも阿字子がそうすれば、将来(さき)では由布(ゆう)の家と鶴見さんとが、阿字子のことから、どんなにか気まずくならないだろうかとは思わないの。」

「そんなことまでは、阿字子は知らないのです。阿字子は、好い子になって、好い子になって、もう一度ここに帰って来ることが出来るようになればと、それよりほかのことは、何も考えてはいないんですもの。だから母さんから、よく父さんに、お話なすってちょうだい、ね。」

阿字子は、もう殆んど決定的に云った。

「どうしても行くの。」

「行くんです、母さん。でも阿字子はそれだって、矢張り、母さんの子で、そして、母さんの王女でそして、そして、いつでも母さんの中にいるんですもの。母さん。そうでしょう。そうだって云ってちょうだい。」

阿字子は、子供のように、身を曲(くね)って、母の眼の中を見入った。

「ほら、また、母さんは、こんなものを、こぼすんですもの。勿体(もったい)ない。阿字子は、たべてしまいますよ。」

阿字子はそう云って、母の頬に、燃ゆるような頬を重ねた。

夕食後、空を誘って、阿字子が寝室に行こうとすると、誰か、玄関に来た気配がした。

阿字子は誰だろうと、何気なく見に出て行った。出会頭(がしら)に、それは思いがけず、和服姿の輝衛であった。京子を迎いにでも来たのかと思って突嗟の場合、思わず、口に出てしまった。

「もう先刻、お帰りになりましたことよ。まだ、お会いになりませんこと。」

そう云ってから、阿字子は、云わなければよかったとすぐ思った。

「会った。それだから来たのだ。」

輝衛は、威嚇するように、彼女を睨みつけて云った。

「ああ。」

阿字子は、その儘、追いつめられるように後退りをして、客間の明け放した襖の蔭に身をかくした。

「何故逃るのだ。」

阿字子は、この時位、輝衛を恐ろしいと思ったことはなかった。恰度、小さい時、悪戯をして父からの折檻を、観念して待つ時のような、恐怖と、憤怒と、憎悪とが、ごちゃごちゃになって、彼女の足をさらった。阿字子は、罪を犯した人のように兄の前に跪いてうなだれた。

「今日、母さんに向って、奴隷に云うような言葉を投げつけたのは、誰だ。」

阿字子は颯と蒼ざめて、輝衛を見上げた。

「誰に仰云るのです。」

「貴様によ。」

阿字子は立ち上った。

「そのお言葉は何です。」

「貴様に、言葉とがめが能きると思っているのか。今日、母さんに向って出て行けと云った阿字にそれが能きると思っているのか。」

阿字子は、蒼白になって、ぶるぶる身を震わしながら、輝衛をいつまでも、見つめていた。その儘、心臓が、引き裂けて、死んでしまいたいと思い乍ら。

「その顔は何だ。貴様なんぞに睨められて、恐いと思う俺かよ。その眼は何だい。」

輝衛は、殆んど、残忍な嘲笑を帯びて来始めた。彼は、抉るように辛辣な物云いで、阿字子を半殺しの目に会わせようとしているもののように阿字子には思われた。

「忘れません、輝衛さん。それが同じ母さんから生れた、阿字子に仰云るお言葉ですか。恥しいと思いなさいまし。」

声は涙に乱れたが、阿字子は、そう云った時、初めて京子の前に見失われた自分を取り戻し得たと思った。

「その言葉に不服が云えるのか。貴様はそれが云えるのかよ。貴様にそれが云えるならば、貴様から残忍だと云われた京子は、何といえば好いのか。貴様のことをあんなに一生懸命になって、自分のものを分けてまでもと云っている京子に、どんなことを投げ返したのだ。そればかりでない今日だって母さんが、折角支度までなすった出足を止めようとして、それが思うようにならないからと云って出て行けとは何事だ。京子が帰って来て、涙をこぼしてそう云ったんだ。あれでは、母さんが帰っていらしても、阿字ちゃんからどんなに苛められなさるかもしれませんから早く見に行って呉れと、そう云ったのだ。それでなくって何の為に今頃、俺が来るものか。そうまでして、母さんや阿字の為に、気を揉んでいる京子のことを、貴様は何と云った。あんまり思い上りすぎるぞ、生意気だ、貴様は。京子を一体何だと思っているんだ。」

阿字子はもう泣いてはいなかった。不思議に落ちついた、冷やかな声が、色の褪せた唇から、低く、静かに答えた。

「阿字子を、野良犬のように辱めなすった京子さんのほかに、阿字子はどんな京子さんも知りません。」

「それが貴様の言葉か。」

「親同胞の厄介者の、恥さらしの気ちがいの、好い新聞種の、世間の物笑いのいう言葉です。」

「何。」

阿字子は、刃のような冷たさで切るように云い放った。

「輝衛さん、あなたは父さんに打たれたことがあるんですか。」

そう云って、阿字子は、不意に涙を落した。

「それがどうしたのだ。」

「阿字子は、打たれてよかったことをしたと初めて思い知りました。打たれて、打たれて、おどおどして育った子には、そんな残酷な真似は能きないのです。あなたは残酷です、あなたは残酷です。泥棒猫だって、あなたの前の阿字子ほどの目には会いません。阿字子が死ねばいいとでも仰云るのですか。」

「死ねば好い、二言目には、死ぬ死ぬと、何だ。死ねるものなら死ね。今、俺の眼の前で死ね。」

「母さんの阿字子ですよ。あなたの……」

阿字子の言葉は、その時、何か争うらしい、隣の部屋の物音に、はたと途切れた。

「ああ父さんだ。」阿字子の心は、それを直覚すると同時に、その輝衛の後にでもかくれたそうに身悶えした。

「阿字子。」

凡(あら)ゆる意味を含めて、これほど母の咽喉(のど)から、鋭く叫ばれた、自分の名前を、かって阿字子はきいたことがなかった。阿字子は、自分を忘れて、その声の方に飛んで行こうとした時、襖と共に、母の体を突きのけて、憤怒に顔色の黝(くろず)んだ、父の拳(こぶし)が突如、阿字子の胸倉を引っ掴(つか)んで、仰向(あおむ)けざまに、足を上げて、蹴倒した。声をも立てず伏し沈んだ阿字子の上に父の拳は、続けさまに、所きらわず揮り下ろされた。

「出て行け。不孝者の恥知らず奴、今、出て行け。」

憤怒に任して、荒々しく、父は、もう一度阿字子の肋間を蹴飛ばした。娘は声なく横たわった。

父と阿字子との間は、母と空とから遮られた。

「空、父さまを。」

母は、そう云って、そこに跪いて、腕を伸ばして倒れた娘の頭を抱え上げた。死のような沈黙のその数秒が、どんなに永かったか。

娘はかたく閉じた蒼い瞼を漸く上げて、怨恨と絶望とにこわばった眼眸を、やっとのことで母の面に投げかけた。何も云わない母の眼からどんなに多くの涙が、阿字子の小さく開いた唇に注がれたことであったか。

「母さんは、お母さんは、阿字子を抱いて下さるのですか。」

娘は、ききとれないほどの声で途切れ途切れ囁いた。

「母さんは、まだ阿字子に、生きておいでと仰云るのですか。」

「だまっておいで、黙っておいで。」

「ええ、だから阿字子は、黙っていたでしょう。母さん。」

そう云って、娘は、蒼白く微笑んだ。

「父さんは、阿字子を打ちなすったりなんぞして、ひどい方です。父さん。」

阿字子は、弱々と父を見上げて怨み深く云った。

「親に向って何を云うか。」

母の身が、娘に伏し重なって、乱れた声を、夫に投げた。

「まだ、お打ちになるんですか。私は、この子を抱いたまま、死んで、死んでしまいます。」

そう云って涙ながらに母の腕が激しく娘を締めつけた時、阿字子の胸から不意に歔欷の音がもれた。

四七

「空は、まだ、行かないでも好いの。」

阿字子は、寝台の上から、窓に立っている空の方を視た。

「今日は、日曜日ですもの。」

「そうだっけ、阿字子は忘れてしまっていたの。」

阿字子は、そう云って身を起すと、寛い寝衣のままで窓の方に寄って来た。

「百合がきれいね。阿字ちゃん。」

「そうね。空、阿字子は、お話を考えているのよ。」

空は、姉に身を擦りよせた。

「どんなお話さ。」

「昔、昔希臘とトロイが、戦争をしました。そんなお話さ。」

「それから。」

「夢よ、阿字子が夢を見たの。空はきくこと。」

「きいてよ、阿字ちゃん。」

「オリムピヤの野に、百合がたくさんたくさん、咲いていました。そこにある百合よ。この百合さ。それから、希臘の年若い将軍が、たそがれの野を、真一文字に疾走を続けていました。将軍の故里の街では、母さんが門に立って、その子がもたらして帰る戦勝の便りを、今か今かと待っていました。南に一丁をはなれて、美しい処女が、夕月の窓に髪を梳かしながら愛人の帰りを待っていたのでした。それ等の幻が傷手に悩む将軍の眼の前に、絶えず絶えずちらついていました。将軍の楯は月のように閃いて、その途を照らしていたのです。頰の色も蒼ざめて吐く息は炎のようでした。ああそこに、愛する処女がと思った時、将軍の膝はくずれおれて、はたと百合の花叢の中に、倒れてしまいました。黄昏の露が明星の影を宿して、はらはらとこぼれかかったのです。ああ愛する人の涙が散らされると、思った時将軍の意識は、混沌としてしまいました。身動きに槍の石突が、大きな百合の花に触れて、明星の影乍らに将軍の唇に、涙のような露がかかったのです。彼は、意識をとり戻しました。その処女だと思う、百合の花を、鎧の胸甲深く膚に納めて、将軍は、再び立って、その疾走を続けました。そして故里の門に待つ、なつかしいお母さんの腕に瀕死の身を投げかけて、『勝ったのです。』と只一言、その儘瞼は深く閉じられてしまったのです。処女は、象牙の櫛を手に持ったまま、その人の帰りを、町人から伝えられるとすぐ、髪を、夕月に乱しかけて、そのまま、駈けつけて来ましたけれど、ああ将軍の、蒼い瞼は再び、処女を見ることは出来ませんでした。美しいとび色の、長い睫毛を濡らして、処女の涙は将軍の上に散りました。あの、その、この百合の露のように。」

阿字子は、そう云って、空を見て、百合を指して微笑した。

「お話はどう。気に入って。」

「気に入っちゃったの。それでもうおしまい。」

「おしまいさ。何も彼もおしまいよ。それからね、それから母さんが跪いて、人々の手を借りて致命の傷手を、母さんの手で蓋する為に鎧を脱がしました。そして、脇腹を貫いた槍の穂先と共に血に塗れた、大きな百合の花を取り出した時、処女は、それを一眼見ると、その儘、するすると倒れかかって、気を失ってしまったのでした。」

「もうおしまいなの。」

「そうよ。空や、手をお出し、阿字子が、ご挨拶をするんじゃないか。」

阿字子は、惨ましい声で、それでも冗談のように、そう云って、空の手に、唇を接けた。そうして涙をはらはらと落した。

「阿字ちゃん。阿字ちゃん。」

空は、咽喉が軋むような声で姉を呼んで、その首筋を、しっかりと抱えた。

「ちゃんとおし、空や。好い顔をしてお見せよ。」

と云い乍ら、阿字子も空の胸に顔をあてて、咽び泣いた。

「何所かに行っちゃいやよ。阿字ちゃん。」

「どこに行くものですか。緑ちゃんの所にも行けなくなっちゃったわ。だって父さんが、阿字子が行けば、緑ちゃんと、絶交しちゃうってさ。こわいわね。緑ちゃんはそれでも好いって云うだろうけれどそれでは、阿字子が駄目さ。」

阿字子は、そう云って、空の額と頬とに、たくさんの接吻を押しつけた。

母と、向い合って、朝食をすますと、阿字子は、部屋にも帰らずすぐに、ヴェランダから、草履ばきの儘で、表に出た。坂のゆるい傾斜を下りると一度振り返って、それから炎天を洋傘もささずに堤の方にのろのろと歩いて行った。一本松の曲り角まで来ると、阿字子は立ちどまって、ゆっくりと、家の方を振り返って眺めた。誰の姿も誰の姿も見えなかった。阿字子は、急に恐ろしいものから追われるように、一生懸命に馳け出した。

解説　野溝七生子の人と作品

矢川澄子

このたびはじめて野溝七生子の名に接する方々も多いかと思い、とりあえず彼女の略歴だけでもざっと紹介しておきたい。

野溝七生子は一八九七（明治三十）年、軍人だった父甚四郎の任地である兵庫県姫路に生まれた。野溝家はもともと豊後竹田の出で、中川藩に文武両道で仕えた家柄とか。甚四郎自身蛤御門の変のころには弱冠十五歳で守備隊長をつとめたという。明治に入っては職業軍人として、日清・日露両役にも出征し、金沢、大分、丸亀など連隊の所在地を転々とした。かたわら、妻正尾とのあいだに九人の子女（男六人、女三人）を儲けている。七番目に生まれた次女のナオは、大分県立大分高女、同志社大学英文科予科を経て、東洋大学文化学科に進む。在学中、福岡日日新聞の懸賞小説に応募して首位入選。これが処女作にして代表作とされる『山梔』であり、選者である秋声、花袋、藤村らの注目をあつめた。その後、長篇小説としては『女獣心理』（昭和六年、「都新聞」に連載）

の他、『南天屋敷』『月影』『ヌマ叔母さん』の三冊に見るような短篇小説を数多発表するも、肺患のため一時は潔く断筆。戦後はその学殖を買われて、母校である東洋大学国文科の教壇に立ち、比較文学的見地からする鷗外論や東西文化交流の研究成果を数々発表。当時の皇太子妃美智子さんにも進講の機会があったとかきく。一九八七年二月、九十歳にて没。

どこの文学辞典にものっかっているような、こうした紋切り型の野溝七生子伝を補充するかたちで、少しずつ彼女のユニークな人となりにふれて行こう。というのも、筆者はたまたま縁あって晩年の彼女に親しく会うことが多かったからで、面会場所は新橋の第一ホテルときまっていた。

いまはもう建て替えられて往時の雰囲気はほとんど偲べないが、なにしろここは帝国ホテル同様、戦前からあった近代的洋式ホテルではあり、GHQのあった第一生命ビルに近かったこともあって、戦後しばらくは進駐軍に接収されていた。野溝七生子がここを自分の根城と定めたのは、接収解除と東洋大学出講の双方が重なった一九五〇年代半ばのことであろう。いまでこそ、都会にひとり暮らしする女性のために、マンションなどという便利な空間がいくらでもあるけれど、当時は日本中見回しても皆無であった。

野溝七生子の先進性はこの点でも高く買われてよい。もちろん大学教授という経済的余裕のある身分でなければ許されなかったことであろう。

ひとり暮らしの女性、とうっかり書いたが、野溝七生子が独身であったかないかについても、ついでに触れておかなくてはならぬ。

正式の婚姻関係ではないものの、野溝七生子には、昭和のはじめから晩年まで、きまった伴侶があった。戦後短歌史にのこる名出版社、白玉書房の社主である鎌田敬止氏がそのひとだ。鎌田氏は大正期から名編集者として活躍していたが、野溝七生子とは北原白秋門下として知り合ったらしく（白秋夫人が七生子の大分高女時代の同学であった）、その後二人は同棲するようになり、池上線の調布嶺町に住んだ。というより、すでに妻子のあった鎌田氏が、才媛の一人住居に押しかけてきたといった方があたっていよう。嶺町の家はその後、戦前は八雲書林、戦後は白玉書房として、短歌史の上ではガリマールや岩波書店にも比較される名門になり、宮柊二、坪野哲久、斎藤史、岡井隆、塚本邦雄、葛原妙子、寺山修司、などなど、綺羅星のごとき俊秀逸材を世に送りだすことになった。ヴァージニア・ウルフが夫レナードの出版社を手伝ったように、ここでは野溝七生子は社主のよき伴侶として尽していたようである。

このあたりの事情は拙著『野溝七生子というひと』（一九九〇年、晶文社）に記録してあるので、詳しくはそちらを参照されたい。

一九六七年、七十歳で定年退官するまで、五十代六十代の働きざかりの時を、野溝七生子は東洋大学国文科の名物教授として、若年からの蘊蓄を教壇から学生たちに大盤振舞いして過したようだ。だいたい旧制以来の由緒ある大学が女性を教壇に迎えること自体、当時はごく限られた人数であった。

戦後まもないその頃の大学生たちは、いまどきとちがって向学心もファイトも十分にあり、貧しさのなかでようやく与えられた自由平等を謳歌しはじめた矢先だった。幼時から男女差別などさまざまな日本古来のしがらみの中でもがいていた野溝七生子には、当時の学生たちとの交流はさぞや心温まるものであったにちがいない。時には安保反対の学生デモの列に加わったりもした。定年後も第一ホテルの野溝先生を訪うひとは多く、文学研究会の試みもいくつかあったはずである。

七十代の野溝七生子は幼時以来憧れたヨーロッパに四度にわたって遊び、ルーヴルでは「モナリザ母さん」のまえにも立った。どこへ行くにもしゃっきりと和服を着こなして堂々とした彼女の姿は、かなり人目を惹くものだったにちがいない。

優雅な老婦人のホテル住まいは八十代半ばまで続き、一九八三年には立風書房から一巻本の『野溝七生子作品集』も上梓されて話題をよんだが、しかしそれと前後してある事件をきっかけに急速に頭がおかしくなってホテル滞在をことわられ、最晩年の住居は都下の老人専門病院であった。

＊

話は前後するが、鎌田氏の存在にふれた以上、野溝七生子のありように心動かされた異性として、他にもいくつかの名前を挙げておかなくては片手落ちになるであろう。まず、ダダイスト辻潤である。彼は大正五年頃、同志社の学生だった頃の野溝七生子と避暑先の比叡山（ひえいざん）で知り合い、その後も長く親交を重ね、わが心の〈永遠の女性〉として、幾度も彼女にオマージュを捧げている。

「ふみにじられた雑草の
最初の花束を
わが観自在白痴菩薩
白蛇姫の御前にささぐ

わがままにして従順なる汝の奴僕
風流外道跪拝」

と、『浮浪漫語』の献辞にもある通りだ。後年一部で二人の関係を邪推するような噂も流れたが、辻潤に関するかぎりこれはあくまでも男の側の一方的な恋慕にとどまったもののようである。

それから、東洋大学文化学科在籍当時の学生たちはいうに及ばず、教授陣の諸先生方、なかんずく和辻哲郎氏はこの才媛にかなり心を寄せられており、鎌田敬止のまえでは和辻先生の名は後々まで禁句であったとかきく。

ただしこうした人々にとっては、野溝七生子はある意味で漠然とした憧れの対象でしかなく、鎌田氏以前に七生子の方で心を燃やした異性としては、一九二七年三十歳の彼女にはじめて男女の営みを手ほどきしたというフランス人の空軍将校ピエール某の名を挙げなくてはならない。この初体験の事実は七生子自身により日記のかたちで刻明に記録されており、いつの日かこれを活字にして世に問うつもりの、覚悟の文章とも受けとれるのである。ただし野溝七生子には、当時の良家の子女の常としてかなり古風な一面があり、いかに異国の軍人とはいえその後の相手の事情などをも思い合せ、在日中のアヴァンチュールが取沙汰(とりざた)されるようになってはということで、作品化を見合せたものと思われる。

それにしても最初の男からして異邦の旅人であったとは、いかにも常識はずれのこの令嬢にふさわしいエピソードではなかろうか。ついでにいえば野溝七生子は才色兼備というか、当時の女性としてはかなり大柄で色も白く、たとえば野上弥生子のような容貌コンプレックスからはきれいに免かれており、風采の上でぱっとしない相手にはそれほど男を感じないタイプであった。フランス士官ピエール、そして鎌田氏と、いずれも長身の美丈夫であったことを見逃してはなるまい。

昭和二年春の日記ノートの存在を明かしたついでに、野溝七生子には終生生原稿のまま持ち歩いていた未発表の長篇があることを、申し添えておこう。これは一九二五年、つまり大正最後の年、『山梔』の発表直後に書かれたもので、『眉輪』という歴史小説である。作者はこれを「映画時代」の懸賞シナリオに応募し、『山梔』同様首位入選を果したものの（選者は久米正雄と菊池寛）、題材を皇室にとったために受賞を見合せられたという。生前、野溝七生子のホテルのベッドサイドには、件のノートとこの原稿『眉輪』とがつねに置かれており、いつかこれを活字にすることは、老文学者の執念みたいなものだったろう。

じつはその『眉輪』がこの春、ようやく単行本として展望社から発売される運びになったときき、関係者一同胸をなでおろしているところである。執筆からじつに七十余年。幼い眉輪王の父親殺しというショッキングな内容は、たしかに当時の世情には迎えられるはずもなかったろう。『山梔』の読者はぜひ、処女作につづいて書かれたこの長篇をも手にとって、先人の苦難のあとに思いを馳せていただきたい。

＊

『山梔』はひとりの聡明な少女、由布阿字子が、その知的優越ゆえに無理解な周囲の人間とくり返し衝突を重ね、ぼろぼろに傷ついてついには家をとびだすに至る物語である。お読みになればおわかりのように、阿字子の造型には作者自身の体験がかなり織り込まれている。家族構成も軍職にある父をはじめ、やさしい母や姉と妹の存在など、七生子の境遇の敷き写しといってもよい。男兄弟は兄輝衛ひとりに整理されているものの、世間智にたけた嫂の登場など、短篇『ヌマ叔母さん』などからも推し測られるように、家父長制度によるしめつけは阿字子／七生子の身辺にも、長ずるにつれひしひしと迫ってきていたのだった。

『山梔』はまさにそのような時機に成立した、当時の潔癖な一少女の心情を物語る、一種の記録文学とさえ見られなくはない。そういえば阿字子の祈りはつねに「マリア様、アフロヂテ様」の双方に捧げられる。「希臘（ギリシヤ）を懐う心」と「修道院を呼び求める心」とは彼女のなかでさして矛盾しない。阿字子の脳裡には、明治このかた日本に紹介された舶来の知識が山とつめこまれており、『山梔』一篇に散見する外国名詞を網羅しただけでも当時の文化状況がわかるほどだ。

そんな少女が、「学がある」ゆえに差別され貶しめられる、これはいたましい受難の物語でもある。

じっさい敗戦までの日本を律していたものは、どこまでも男性優位の富国強兵思想でしかなかった。文化は男たちの手中にあり、参政権でさえ戦前は男性の独占物だったことを思い出すがよい。最高学府しかり、官僚機構しかり、軍隊しかり。「末は博士か大臣か」――当時の立身出世の合言葉に、だれが女性を想定できたろうか。

読み返すたびに慄然とさせられる阿字子の独白がある。

「只結婚ということばかりのほかは、自分は、人々の意志の求める儘に行動しよう。（中略）運命に、抗うことなく、追いまわされることなく、黙って、俯向いて、運命のあとから、犬のように随いて行こう。」

犬のように――。当時の有為の少年の誰がこんな悲しいことばを書き遺したろうか。

こうした一般論に加えて、作家野溝七生子の成立にあずかって力あった、彼女の環境の特異性もいちおう考慮に入れる必要があるだろう。

士族の裔で軍籍にある父。その膝下で生い立つ娘たち――ここに一連の名が思いうかぶ。森茉莉（軍医総監森鷗外の娘）、白洲正子（樺山資紀大将の孫）、斎藤史（軍人歌人斎藤瀏の娘）etc. 世が世だけに、将官ともなれば社会的経済的にも保障された身分ではあり、娘たちは生まれながらに令嬢として扱われていたはずである。

ここでは世代的にいちばん近い森茉莉を引合いに出すが、文人としての器量を兼ね具えた森鷗外とはあまりにも異なり、野溝甚四郎は人間的にもいささか偏っていたようである。つめたい継母に育てられたせいか、彼は子供たちとのコミュニケーションについてあまりにも無知であって、万事威圧すれば従わせられると信じこんでいたらしい。『山梔』の主人公阿字子の父親像には、かなり野溝甚四郎の俤（おもかげ）が忠実に投影されており、森茉莉のいわゆる「甘い蜜」の味わいはたえて見られなかったもののようだ。こうした性格破綻者の娘として幼少期から苦しみつづけ、書くことによって自己浄化をなしとげずにいられなかった野溝七生子と、還暦をすぎてようやく『甘い蜜の部屋』の浄福を偲ぶにいたった森茉莉と。両者の差違を見逃してはなるまい。

＊

最近出た高原英理氏の『少女領域』（国書刊行会刊）によれば、書き手の性別を問わず「少女型意識」をもった文学の系譜がたしかに存在するという。そして、川端康成、室（むろ）生犀星（うさいせい）、稲垣足穂（たるほ）から倉橋由美子、大原まり子までをも含めたこの手の文学の嚆矢（こうし）として、野溝七生子の『山梔』が挙げられているのである。

「私が『少女的な意識』と考えてきたものは、いずれも、性を通して感じる共同体的規範への違和感でもある。少女型意識は、必然的に、性の制度への批判として機能する。」

高原氏は、男色の伝統にまでさかのぼって、少女型意識の歴史をたどった上で、「現在われわれが思い描く『少女』という概念が発生したのはせいぜい明治末か大正くらいでしかない。」と言いきっている。

「少女型意識は、大正時代の中産階級以上の子女に発生した。いわば大正という、少数ながらある程度裕福な層が存在し、国家意識や経済的効用以外の美意識を持ち得た時代の余裕の産物と言える。（中略）だが、実のところ、何の力もなく、たまたま容姿のよさで愛されることはあっても、自己決定をほとんど禁じられた不自由な被支配者的存在だった。そういう不如意の中で発生した近代的意識だからこそ、われわれの望むところをより直截的に指し示す。」

高原氏はこうして、「少女型意識文学」の発祥ともいうべき『山梔』の先駆性を十分に認めた上で、さらに言う。

「それは敗戦後、アメリカのヘテロセクシズムを背景にした教育により一層強化され、八〇年代に全盛を迎える。もはや『素敵』は少女たちに独占されたかのような状況となり、少年たち・青年男性たちは『カワイイ女の子』を『手に入れる』ことによってしか『生の輝き』に触れることはできない、というような思い込みが生じてしまう。」

しかし、そうした思い込みを批判するのもまた「少女型意識」なのだ。

それにしても、いまなぜ少女なのか。高原氏はその理由づけとして、「近代人特有の自由と高慢」が他ならぬ少女たちにおいて最も尖鋭なかたちで体現されているから、と説く。

「自由」はともかく「高慢」の語にはやや抵抗を覚える向きもあろう。いっそ自恃とかプライドとでも言いかえておこうか。高原氏によれば、少女らは何事につけても「自分が最高」の感覚を求めたいのだ、と。

しかし考えてみると、もともと一かどのことをなしとげるほどの少女たちは、かなり理知的にも恵まれていたはずである。思春期までは兄弟にもひけをとらず、悧発さゆえに愛でられてきた少女らが、いやおうなしに直面する性別の壁。その厚さを思ったとき、少女の高慢はゆるされることではなかろうか。男の子ならばいずれは権力の座につながる道へ、たとえば旧制高校、帝大、士官学校等々のエリート養成コースへ進むための切札でもあった「頭の良さ」がある時期から貶下的価値になり、自分は単なるモノとして取引きされるという事態に、だれが苛立ちを覚えずにいられようか。阿字子の高慢はじつにその一事に発していたのだ。

　そして世紀の変り目のいま、都会のマンションの一室とかぎらず、野溝七生子のような生きかたをしている女性がなんと増えてきたことだろう。鎌田敬止氏のような理解ある伴侶に恵まれれば有夫でさえ、いや時と場合によっては子持ちでさえ、聡明な彼女たちは「少女型意識」によって生活を設計することができる。そんな時代が幸か不幸か、現実に到来してしまったのだ。

　まさか、そう簡単には、と眉をひそめる方々も読者の一部にはおありだろう。相も変らず週刊誌を賑わわせているような職場のセクハラだとか、見合結婚をすすめる親族とかの矢表に立たされているような女の子の身にしてみれば、とりわけて。

　いや、だからこそ、といおうか、いまこそこの小説を読み直し、ひとりの明治少女、それも十九世紀生まれの大先達が何に苦しみ、何を望んだかを偲ぶにはまたとないチャンスではなかろうか。由布阿字子の共同体的規範との格闘は所詮阿字子の敗北に終るさだめであったけれども、二十一世紀からの少女たちは、それ以外の道をかならず見出すはずだ。時代は確実にそこまできている。いな、それでなければ先人たちの苦労は何のためにあったというのだろう。

＊

筆者はここまで「野溝七生子という作家」について、やむなく語らされてきた。けれどもこの小論を閉じるにあたっていま一度、ものごころついてこのかたのなつかしい呼び名を以て、あなたを呼ばせて下さい。

なァちゃん小母さん。

あなたはほんとにご立派で、素敵でした。こんな同性が同世代として目のまえにいたならば、嫉妬と羨望でこちらがどうにかなってしまうにちがいない、と思わせたほどの——

二〇〇〇年二月十二日、あなたの十三回目のご命日に、このささやかな解説文をつけた『山梔』と、未公刊の長篇小説『眉輪』が、ご霊前にならぶことを信じて筆を擱(お)きます。この二冊が来たるべき世紀にもきっと読みつがれるであろうことを念じつつ——

一九九九年晩秋

解説　阿字子の帰還

山尾悠子

我らの阿字子が帰還するという。しばらくぶりに、何と喜ばしい。

思い返せば、本書前掲の矢川澄子氏による『山梔』解説にあるとおり、野溝七生子についての再評価ムーブメントが始まったのは二〇〇〇年前後からのこと。それより以前の八〇年代にもいったん復刊の動きがあって、その折には短編集『ヌマ叔母さん』と大型全集本『野溝七生子作品集』の二冊が刊行され（作者の生前ぎりぎりに間に合うタイミングで）、そののちこれも矢川氏の手による評伝『野溝七生子というひと　散けし団欒』が決定打のように出て、これらをもって知るひとぞ知る位置づけの伝説的作家となっていたものだ。――そして記念すべき再評価実質始動の年となり、まず代表作というべき『山梔』が初の文庫化。と同時に、長く未発表だったロマンの香りたかい長編歴史小説『眉輪』、ついに刊行。両者は満を持して準備されたものと思しいが、その勢いのままに秘密の恋の手記『アルスのノート』も書籍化され、さらに翌年、発表当時の人気作だったモダンな意匠の恋愛悲劇『女獣心理』も文庫入り。という俄かな賑わいとなったものだった。翌々年には単行本未収録作を含めた『暖炉　野溝七生子短編全集』刊行。当時の読書界の静かな熱狂は記憶に鮮やかだが、それから早くも二十年以上が経過して、今やその名を新刊書店で見かけることもなくなってしまった。野溝七生子とよく名を並べられる尾崎翠（おさきみどり）などは、多種の文庫もばりばり現役で、電子書籍ともなっているのに。この差はいったい何故、と寂しく思っていたところ、この度はちくま文庫での『山梔』復刊という朗報が訪れた。ならばいっそ、他のあれもこれも希望と気は逸る（はや）ものの、まずは順当に、野溝七生子本人の分身でもある〈阿字子〉のものがたりから。

今の読書人ならば、皆川博子氏の『辺境図書館』で手厚く紹介されていることで、野溝七生子と『山梔』の名を（それと『眉輪』も）知っているひとも多いかと思う。そして、いま改めて読む『山梔』とは。そうしたことも、覚束（おぼつか）ないことながら少々考えてみたいと思う。

さて。家父長制など世の桎梏（しっこく）に女たちが苦しめられた『山梔』の昔と、今と。較べてどちらがましだとも、自信を持ってきっぱりとは言い難い恐ろしい時代となってしまった。ほんの二十年か三十年前には、いったい誰が予想しただろうか——否（いな）、すべてのことは成るべくして成ったことなのだろうけれども。前世紀終盤の一時期、若く美しい女こそが強者であると過剰に持てはやされたこともあったけれど、今やもっとも弱い立場として苦しむのも若い女たちではないか。否否、皆の多くが広く等しく苦しむ時代となってしまったのだが。——それでも女性たちに関してのわずかな希望のひとつとして、たとえば現在の創作の場における実に多数の女性の活躍という状況があるのでは、そのようにも思える。我が国に限ったことでもなかろうが、小説の現場など、女の数は極端に少ないという状況はそこまで昔のことではなかったのに。まるで堰き止められていたものが一気に溢れ出たとでも言わんばかり。そして現在の若き女性表現者たちの汲めども尽きぬ豊かなポテンシャルを目の当たりにするにつけ、思うのは似たような資質を裡に秘めつつ時代に埋もれてしまったのだろう昔の女性たちのことだ。

　とりわけ突出した能力と人格を併せ持っていた明治生まれの野溝七生子というひとは、曰く孤高の人。ヴァージニア・ウルフ言うところの〈自分ひとりの部屋〉としての、新橋第一ホテル２５２６室の住人。伝説の作家として首尾一貫、老残の最期をも含めて、見事な人生を全うしてのけた。その尊さよ。そして今となっては、その傍らにあった重要な存在のことを再度ここで想起せざるを得ないだろう。野溝晩年期に影のように寄り添い、支える力となっていた矢川澄子というひと。再評価ムーブメントを喜んだのもつかの間、二〇〇二年自死。『暖炉』刊行から三か月後のこと。

　さて『山梔』について。懐かしさとともに久びさ読み返した『山梔』の印象は、以前と変わったところもあり、まったく変わらぬところもあり。

野溝七生子という作家について、また『山梔』の阿字子という永遠の少女の造形とその意義については、先の詳しい矢川解説にあるとおり。さらに「『山梔』はファンのつきやすい作」とも矢川は指摘しており、なるほどそうかもしれないと改めてそう思う。今の言葉で〈悪い意味でなく〉言うところの「意識の高い」文学少女と、周囲との齟齬。その始祖ともなれば、時代との軋轢も大きくて当然。息苦しいまでの迫力は再読でもまったく変わらず、しかしここでちょっと先走って、〈その後の阿字子〉について言及してもいいだろうか。

苦悩と混迷のままに終わる『山梔』の結末に関して、「阿字子はあのまま死んでしまうのですか」との識者の問いに対し、「死にはしません、ここにこうして生きています」と野溝本人が堂々応えたという有名なエピソードがある。また『山梔』の枝編か続編とも読める後年の短編「ヌマ叔母さん」などもあり、阿字子という名の少女や兄嫁京子も再登場するのだが、中心人物となるのは外国帰りの変わり者・ヌマ叔母さん。年配者となってからの作者の投影、すなわち〈その後の阿字子〉であるかもしれない。変わり者のヌマは厄介な親族間での辛い生い立ちを持ち、のちに経済的自立と遠いフランスの地での安住を得て、それでも同胞への思いを断ち切れずわざわざ戻ってくるのだ。戦後の故郷へ、しかも大いなる与え手として——この短編が『山梔』のひたすら苦しい閉塞感のずっと先に存在するということ、ここでちょっと触れておきたかった。

そして改めて、今の目で読む『山梔』は。何より、阿字子の父母の比重が違って見えるのではあるまいか。むかしの初読時には、軍人でありサディスティックな性格破綻者である父親の問題のみ重く見えたものだが。さて今の感覚で見るならば、子を守ることもできず、ただに弱々しく優しいだけの母親の在りかたもまた気障りになってしまう。などと、この大正年間の『山梔』の世界で言っても仕方ないことだけれど。——昭和三〇年の作「ヌマ叔母さん」のことをまたも持ち出すならば、再登場の兄嫁京子はますます生き生きと性格が悪く、男たちの多くは戦死して、世界は残された女たちのさらなる苦難の時代となっている。そして昭和の若い世代の母たちは「母性愛のエゴイズム」といった言葉も口にするし、旧弊を批判しつつ「新鮮な空気」をしきりに欲している。作者の経年の変化も感じられ、面白く思うところだ。

それでもなお、『山梔』終盤の緊迫した迫力は時代を超えてやはり恐ろしい。香りたかい山梔や白百合の世界に永住を望む阿字子に対し、痛罵（つうば）の奔流となって敵対者の口から浴びせられる〈現実〉の恐ろしさ。男たちによる「貴様」呼びの生なましい恐怖。あの種の恐ろしさなら、どの時代の私たちもよく知っていることだ。

阿字子という名の少女のこと。

このいかにも不思議な名、辞書でも引いてみればすぐわかる。「阿字」とは「梵字（ぼんじ）の第一文字である阿の字」のこと（だから本来は、次女の名づけに用いるには不向きの筈）。また真言密教のほうの観想法の仏語でもある由で、おやおや、確かに仏門とは縁の深い野溝世界ではあるけれど、でもしかし。これを阿字子、と人名にしたとたん、何と上級魔法が発動するではないか。由緒ある古めかしさに絶妙なモダン感覚もミックスされて、まさに唯一無二。そのまま大正年間絶対文学少女の名と化す。そしてやはりどう眺めても、観念的あるいは文学的としか言いようのない文字づらの名ではある。——ということをずっと思っていたので、余計ごとかもしれないがちょっと記しておくことにする。短編「緑年」によれば、野溝の姪たちは阿字子に征矢（ソヤ）（『女獣心理』のヒロインの名）など、伯母の作中人物の名を貰って名づけられていたとか。その姪たちのこと、とても羨ましく思える。特に阿字子の名はやはり格別であったようで、姪として若返った少女の阿字子（しかも読書する子）が昭和の作中に何度も登場する訳なのだ。その名の姪はさぞ可愛く思えたことだろうし、過去の自作と自身への愛惜とも、再生し続ける希望の源とも。

そしてどうしても触れておきたい『眉輪』のこと。矢川解説でも何度も言及があるとおり、『山梔』初文庫化と同時に発刊された『眉輪』。当時の読書界の一部、特に幻想界隈での熱狂は今も記憶に残る。若き三島由紀夫の「軽王子（かるのみこ）と衣通姫（そとおりひめ）」の美文とロマンに酔いしれた経験のある読書家ならば特に、是非とも図書館なり古書店なりで発掘して欲しい一冊なのだ。書き出しはこのようだ。

「私の友よ、わが竪琴に聴くか、これは千古の伝説に残る私達の遠い祖先の物語。」

「秋十月、兄君木梨軽太子が、その追放の地で、彼の〝美しい命〟なる衣通媛王と共に、自ら失せ給うたといふ報せをもたらして、坂本臣の祖、根臣が伊予の湯から参り上った。」――

最後にこの存在のことを今いちど。新橋第一ホテル2526室の伝説の住人の元へしめやかに通い続けた矢川澄子というひと、その姿を遠い憧れを込めて思い描いてみることがある。今ではとうに取り壊されてしまったシンプルな箱型の本館建物。世界地図の壁画があしらわれた昔のロビーの様子も、絵葉書となっていてネットで画像検索できる。冷たい風の吹く秋の夜更け、ふと立ち寄って野溝を呼び出し、薄暗くなったロビーで他愛ないお喋りをしたこともあったとか。そのような「なァちゃん孝行」と称しての数々の助力（出版の後押しなど）に加え、世田谷経堂のアパート住まいの森茉莉のところへも、矢川は「茉莉さん孝行」と称して通っていたという。――老いや俗事や、そうしたことの何もかも含めて懐かしく慕わしい、旧世代の文学界の女のひとたち、今はもういない。

新装ちくま文庫復刊の『山梔』、冥界へ去ったそのひとたちの口もとを綻ばせてくれることを願う。そして旧来の野溝七生子読者および新たな読者のもとへ、この一冊が無事届きますように。

二〇二三年　秋十月

本書は一九二六年に春秋社より刊行されました。この文庫は講談社文芸文庫版（二〇〇〇年）を底本とし、誤植を訂正し、ふりがなを一部変更したうえ、解説の図版と年譜・著書目録を削除し、山尾悠子氏の解説を新たに加えました。また校正にあたって、適宜『野溝七生子作品集』（立風書房）と前記の春秋社版を参照いたしました。一部、今日の人権意識に照らして不適切と考えられる表現がありますが、物語の時代的背景や著者が故人であることから、そのままとしました。

矢川澄子ベスト・エッセイ
妹たちへ　矢川澄子　早川茉莉編
澁澤龍彦の最初の夫人であり、孤高の感性と自由な知性の持ち主であった矢川澄子。その作品に様々な角度から光をあて織り上げる珠玉のアンソロジー。

ラピスラズリ　山尾悠子
言葉の海が紡ぎだす、〈冬眠者〉と人形と、春の目覚めの物語。不世出の幻想小説家が20年の沈黙を破り発表した連作長篇。補筆改訂版。（千野帽子）

増補 夢の遠近法　山尾悠子
「誰かが私に言ったのだ／世界は言葉でできていると」。誰も夢見たことのない世界が、ここではじめて言葉になった。新たに二篇を加えた増補決定版。

歪み真珠　山尾悠子
「歪み真珠」すなわちバロックの名に似つかわしい絢爛で緻密、洗練を極めた作品の数々。読んだらきっと虜になる美しい物語の世界へようこそ。（諏訪哲史）

尾崎翠集成（上・下）　尾崎翠　中野翠編
鮮烈な作品を残し、若き日に音信を絶った謎の作家・尾崎翠。時間と共に新たな輝きを加えてゆくその文学世界を集成する。

甘い蜜の部屋　森茉莉
天使の美貌、無意識の媚態。薔薇の蜜で男たちを溺れ死なせていく少女モイラと父親の濃密な愛の部屋。稀有なロマネスク。（矢川澄子）

紅茶と薔薇の日々　森茉莉　早川茉莉編
天皇陛下のお菓子に洋食店の味、庭に実る木苺……森鷗外の娘にして無類の食いしん坊、森茉莉が描く懐かしく愛おしい美味の世界。（辛酸なめ子）

贅沢貧乏のお洒落帖　森茉莉　早川茉莉編
鷗外見立ての晴れ着、巴里の香水……江戸の粋と巴里のエレガンスに彩られた森茉莉のお洒落。全集未収録作品を含む宝石箱アンソロジー。（黒柳徹子）

わたしは驢馬に乗って下着をうりにゆきたい　鴨居羊子
新聞記者から下着デザイナーへ。斬新で夢のある下着を世に送り出し、下着ブームを巻き起こした女性起業家の悲喜こもごも。（近代ナリコ）

ゴシックハート　高原英理
世界の理不尽を前にただ一人立つ人へ。「名著」にして「最先端」――不滅の文化論、再臨。（新章及び書き下ろしあとがきを追加収録）

オーランドー　ヴァージニア・ウルフ　杉山洋子訳
エリザベス女王お気に入りの美少年オーランドー、ある日目をさますと女になっていた――4世紀を駆ける万華鏡ファンタジー。（小谷真理）

世界の果てまで連れてって！…　ブレーズ・サンドラール　生田耕作訳
第二次大戦後パリの狂気、突然の事件、精力絶倫の老女優テレーズの「とてつもない」生……。横溢する言葉の力に圧倒される、伝説の怪作。（野崎歓）

さみしいときは青青青青青青青　寺山修司
青春の傷、憧憬と恋、イメージの航海――寺山修司だけに描ける切なく鮮烈な無限の「青」。没後四十年・今なお輝く世界を映す詩と物語。（幾原邦彦）

むしろ幻想が明快なのである　虫明亜呂無　高崎俊夫編
三島由紀夫、寺山修司に絶賛された異才の作家、虫明亜呂無。映画・音楽のコラムや渾身のスポーツ・エッセイなど珠玉の作品を収録。文庫オリジナル。

須永朝彦小説選　須永朝彦　山尾悠子編
美しき吸血鬼、チェンバロの綺羅綺羅しい響き、暗い水に潜む蛇……独自の美意識と博識で幻想文学ファンを魅了した小説作品から山尾悠子が25篇を選ぶ。

十六夜橋 新版　石牟礼道子
不知火（しらぬい）の海辺に暮らす人びとの生と死、恋の道行き、うつつとまぼろしを叙情豊かに描く傑作長編。第三回紫式部文学賞受賞作。（米本浩二）

新版 慶州は母の呼び声　森崎和江
わたしが愛した「やさしい故郷」は日本が奪った国だった。1927年・植民地朝鮮に生まれた作家の切なる自伝エッセイ、待望の復刊。（松井理恵）

女と刀　中村きい子
明治時代の鹿児島で士族の家に生まれ、男尊女卑や家の厳しい規律など逆境の中で、独立して生き抜いた一人の女性の物語。（鶴見俊輔／斎藤真理子）

洲崎パラダイス　芝木好子
「橋を渡ったら、お終いよ。あそこは女の人生の一番おしまいなんだから」。華やいだ淫蕩の街で生きる女たちを描いた短篇集。（水溜真由美）

倚りかからず　茨木のり子
もはや／いかなる権威にも倚りかかりたくはない……話題の単行本に3篇の詩を加え、高瀬省三氏の絵を添えて贈る決定版詩集。（山根基世）

ことばの食卓　武田百合子　野中ユリ・画

なにげない日常の光景やキャラメル、枇杷など、食べものに関する昔の記憶と思い出を感性豊かな文章で綴ったエッセイ集。（種村季弘）

向田邦子ベスト・エッセイ　向田邦子　向田和子編

いまも人々に読み継がれている向田邦子。その随筆の中から、家族、食、生き物、こだわりの品、旅、仕事、私……、といったテーマで選ぶ。（角田光代）

遠い朝の本たち　須賀敦子

一人の少女が成長する過程で出会い、愛しんだ文学作品の数々を、記憶に深く残る人びととの想い出とともに描くエッセイ。（末盛千枝子）

そこから青い闇がささやき　山崎佳代子

紛争下の旧ユーゴスラビア。NATOによる激しい空爆の続く街に留まった詩人が描く、戦火の中の人びとの日常、文学、希望。（池澤夏樹）

橙書店にて　田尻久子

熊本にある本屋兼喫茶店、橙書店の店主が描く本屋と「お客さん」の物語36篇。書き下ろし・未収録エッセイを増補し待望の文庫化。（滝口悠生）

イリノイ遠景近景　藤本和子

イリノイのドーナツ屋で盗み聞き、ベルリンでゴミ捨て中のヴァルガス・リョサと遭遇……話を聞き、考える。名翻訳者の傑作エッセイ。（岸本佐知子）

傷を愛せるか 増補新版　宮地尚子

傷がそこにあることを認め、受け入れ、傷のまわりをそっとなぞること——。トラウマ研究の第一人者による深く沁みとおるエッセイ。（天童荒太）

水辺にて　梨木香歩

川のにおい、風のそよぎ、木々や生き物の息づかい。カヤックで水辺に漕ぎ出すと見えてくる世界を、物語の予感いっぱいに語るエッセイ。（酒井秀夫）

新編 おんなの戦後史　もろさわようこ　河原千春編

フェミニズムの必読書！ 女性史先駆者の代表作。古代から現代までの女性の地位の変遷を、底辺の視点から描く。（斎藤真理子）

真似のできない女たち　山崎まどか

彼女たちの真似はできない、しかし決して「他人」でもない。シンガー、作家、デザイナー、女優……唯一無二で炎のような女性たちの人生を追う。

ちくま文庫

山梔（くちなし）

二〇二三年十二月十日　第一刷発行

著　者　野溝七生子（のみぞ・なおこ）

発行者　喜入冬子

発行所　株式会社　筑摩書房
東京都台東区蔵前二―五―三　〒一一一―八七五五
電話番号　〇三―五六八七―二六〇一（代表）

装幀者　安野光雅

印刷所　明和印刷株式会社

製本所　株式会社積信堂

ISBN978-4-480-43922-2 C0193